narrativa

Della stessa autrice in edizione TEA:

La serie L'allieva
Sindrome da cuore in sospeso
L'allieva
Un segreto non è per sempre
Le ossa della principessa
Una lunga estate crudele
Un po' di follia in primavera
Arabesque
Il ladro gentiluomo
La ragazza del collegio

La serie di Costanza Macallè
Questione di Costanza
Costanza e buoni propositi

Alessia Gazzola

Questione di Costanza

Romanzo

TEA

Per informazioni sulle novità
del Gruppo editoriale Mauri Spagnol visita:
www.illibraio.it

Questo romanzo è un'opera di fantasia. Qualsiasi riferimento a persone, luoghi e circostanze reali è del tutto casuale.
Personaggi e luoghi citati sono stati inventati dall'autrice allo scopo di conferire veridicità alla narrazione.

TEA - Tascabili degli Editori Associati S.r.l., Milano
Gruppo editoriale Mauri Spagnol

www.tealibri.it

Prima edizione SuperTEA settembre 2020
Edizione speciale TEA[2] maggio 2021
Quarta ristampa SuperTEA marzo 2022
Prima edizione Narrativa Best Seller novembre 2023

QUESTIONE DI COSTANZA

Dedicato alla zia Elvira

« Ieri, oggi e domani non sono momenti che si susseguono, sono uniti in un circolo senza fine. »

Dark

1

L'aereo si immerge gradualmente in una densa coltre grigia e sembra immobile, sospeso nel nulla. L'atterraggio è brusco e improvviso e io sobbalzo sul sedile, le orecchie tappate, i capelli elettrizzati. Non vedo l'ora di scendere: io odio viaggiare in aereo. Se posso lo evito, ma stavolta non avevo alternative.

Flora si arrampica al mio braccio, poggiando la testolina sulla mia spalla. Compirà tre anni a marzo, cresce da sempre all'ottantesimo percentile, ha una passione per l'altalena, il latte e il turpiloquio, e morbidi e sgargianti capelli rossi, come me quando ero piccola, ma poi i miei sono cambiati e adesso, per ottenere lo stesso effetto, devo usare l'henné.

Il comandante annuncia che siamo atterrati a Verona con quindici minuti di ritardo, il tempo a terra è nuvoloso e la temperatura è di dieci gradi centigradi. Stamattina, quando siamo partite, a Messina ce n'erano ventidue. È ufficiale: sono un'emigrata in piena regola. Con una laurea in medicina non te lo aspetti, ma la vita è sempre bravissima a impacchettarti nuove sorprese.

«Siamo arrivati?» mi chiede Flora, distraendomi dai miei pensieri. Che lo si voglia o no, un figlio limita e anche di molto la possibilità di rimanere da soli con se stessi. In certi casi, è un bene.

«Sì, Florabella.» La chiamo così da quando era una

neonatina itterica che passava le sue giornate coricata su di me.

« Mamma, ho un gattino nella pancia. »

« Ah sì? E come si chiama? »

« Martino. »

Da poco ha capito che, prima di nascere, il bambino vive nella pancia della mamma. Questa cosa ha colpito la sua immaginazione e da allora nel suo pancino si danno il cambio le più disparate creature. Mi hanno detto che è una fantasia molto frequente e che non devo preoccuparmi.

Estrae da sotto la felpa un pupazzetto con gli occhi a palla che le ho comprato in aeroporto.

« È nasciuto. »

« Congratulazioni! »

« Ora gli do il ciuccilatte. »

« Buona idea. »

« E lo facciamo vedere anche alla zia. »

Flora è molto emozionata. Ha un debole per mia sorella, che è minore di età eppure molto più saggia di me. Antonietta vive a Verona da due anni, è psicologa e assistente sociale. È stata lei a trovarmi questa opportunità professionale, che a tutti gli effetti credo fosse l'unica in circolazione. Cinque mesi fa ho concluso la specializzazione in anatomia patologica e sono rimasta a Messina ad aspettare il bando per un assegno di ricerca che non è mai uscito. A quel punto, mi sono presentata ai direttori sanitari di alcune cliniche private e di laboratori: sono stati tutti molto calorosi e gioviali, ma nessuna proposta di lavoro è mai arrivata. Un po', va detto, me l'aspettavo che non sarebbe stato facile trovare subito un impiego. Per questo, già due anni fa, ho iniziato un corso avanzato di inglese e mi sono iscritta all'ordine dei medici a Londra, sperando di poter cercare fortuna in Inghilterra. Poi però ci si è messa di mezzo la questione della Brexit e gli italiani hanno iniziato a tornare indietro. Io continuo a inviare il mio curriculum e ho contatti con Carrie, una broker che mi rassicura che troverà l'occasione giusta per me e che l'uscita dell'UE non deve spaventarmi né fermarmi. Non ancora, almeno! – ha aggiunto con una risatina. Ma mantenere una figlia costa, e non soltanto soldi: anche ansia. I risparmi si stavano prosciugando al pari delle energie emotive e per fortuna Antonietta è giunta in mio soccorso, più o meno come sempre.

«Non mi aspetto che tu lo sappia, ma a Verona c'è uno dei pochi centri italiani di Paleopatologia e l'altro giorno un'amica mi ha detto che è stato bandito un assegno di ricerca per un anno.»

Per prima cosa ho dovuto capire cos'è la paleopatologia. È un po' come la medicina applicata all'archeologia, si studiano le malattie del passato a partire dai resti umani. Mummie, roba così.

«Non penso che tu sia nella posizione di andare tanto per il sottile» ha commentato Antonietta quando ho osato dire che non era la mia massima aspirazione. Anzi, in tutta onestà, la mia è una vera e propria repulsione, ma me la devo far passare.

Il concorso si basava su una selezione per titoli, non ho nemmeno dovuto studiare o presentarmi per un colloquio. Una pacchia insomma, e infatti non l'ho vinto io. C'era un solo posto a disposizione e io sono arrivata seconda in graduatoria. Su quanti? Su due, naturalmente.

Stando ai risultati ufficiali, la vincitrice era una ragazza di nome Diana, che però poi ha rifiutato – buon per lei, si vede che aveva di meglio da fare – ed è stato così che, con un balzo, da ultima sono diventata prima.

Ma ho appena ventinove anni, per i tempi della Medicina sono una bambina. L'assegno ha la durata di un solo anno, perché è legato all'intenzione di portare a termine un importante progetto di ricerca. Lo ammetto: non sono carica di entusiasmo, anzi. Con in tasca una specializzazione in anatomia patologica mi proponevo qualcosa di molto diverso, immaginavo di rendermi utile alla società facendo diagnosi e non certo di avere a che fare quotidianamente con ossa deteriorate per appurare che i nobili del Rinascimento avevano la gotta.

Continuo a sperare che Carrie mi contatti e mi dia una buona notizia, ma nel frattempo è meglio che metta a tacere questa acidissima vocina interiore così maldisposta verso un incarico che mi darà da vivere per il prossimo anno. Da lunedì in avanti, scheletri, mummie e resti umani saranno i miei compagni quotidiani e, che mi faccia schifo o no, avrò un vero lavoro. *Pecunia non olet.* Se manca la passione sopperirò con qualcos'altro.

Estraggo il bagaglio a mano dalla cappelliera e mi rassegno ad aspettare con pazienza il valigione con l'indispensabile che ho portato per noi. Il resto arriverà tra un paio di giorni tramite una ditta traslochi di Messina.

Mi sento ancora appiccicata addosso la malinconia del giorno prima della partenza, aggravata dalla consapevolezza che non so se e quando tornerò. Forse sì, forse mai. L'ultima sera l'ho trascorsa prendendo un aperitivo con un paio di amiche storiche con cui ormai però non ho più molto in comune. La maternità fa da grande spartiacque: quando le altre parlano di ultime tendenze della moda o di appuntamenti, io me ne esco con lo spannolinamento. Quando si è fatta l'ora di salutarci non ho provato struggimento: non cambierà davvero molto, negli ultimi tre anni le ho viste tre volte pur condividendo lo stesso suolo cittadino. Rincasata, ho trovato Flora addormentata sul divano mentre guardava *L'Eredità* con mio padre. L'ho spostata nel suo letto, mi sono fatta una tisana e non mi sembrava vero quando ho intercettato *Harry, ti presento Sally* iniziato da dieci minuti scarsi, che mi ha fatto compagnia fino a quando sono andata a letto. Ma la notte è trascorsa inquieta, ho dormito solo a tratti e senza ristoro.

« Non lasciare la mia mano » raccomando a Flora, che scuote il capo e tiene stretto nell'altra mano il suo nuovo gattino made in China.

Siamo soltanto io e lei. A Messina vivevamo in un bilocale in via Jaci, preso in affitto perché al piano di sopra ci vivono mio padre e mio fratello. Mia madre è morta sedici anni fa, quando io ne avevo tredici, Antonietta undici e Michele nove. Ma Michele non è solo il figlio minore, lui è un bambino per sempre, perché ha un significativo ritardo mentale e vive in una dolce e perenne infanzia. È la creatura più buona del mondo e, a modo suo, aiuta mio padre in officina. Papà è un lattoniere, e la sua bottega in via Fata Morgana ha il nome più bello di sempre: « Rinomata Officina Macallè e Figlio ».

Era comodo vivere vicino a loro e mi faceva stare bene. Finivamo con il cenare insieme tutte le sere e Michele è un perfetto compagno di giochi per Flora. Antonietta ha lasciato Messina due anni fa per una buona opportunità di lavoro, ma forse era stanca della Sicilia e aveva voglia di vivere un'esperienza da sola.

Papà mi diceva: « Risparmia sull'affitto, stai in casa con noi, il posto c'è ». Ma io ritenevo indispensabile che Flora percepisse lo stacco. Volevo le fosse chiaro che lei non è un'appendice a un nucleo familiare composto da papà e noi tre figli, bensì lei stessa parte integrante di un nucleo indipendente. A due, ma pur sempre una famiglia. Tuttavia finivamo con il cenare sempre insieme, Michele era perfetto con Flora e, malgrado i limiti concettuali che avevo provato a delineare, adesso papà e Michele mi mancano visceralmente. Ma non c'è tempo di incupirsi. Il clima lo è già a sufficienza.

Antonietta mi ha avvisata: a Verona il sole si spegne a novembre e non torna prima di marzo. Addio alla luce calda e languida della mia Sicilia, alle correnti dello Stretto, alla modestia di una città di passaggio, in cui molti non vogliono restare e la cui bellezza è talmente segreta che nemmeno chi ci vive sa che c'è davvero. La mia Messina sbiadirà un po' nei miei ricordi, o magari no, magari diventerà più splendente perché ammantata di nostalgia.

Ma nel frattempo il portellone si è aperto e la nebbia è tale che non si vede a un palmo, l'aria odora di stallatico, è gelida e impregna le narici. Quel refolo di malinconia che già mi fa orlare gli occhi di lacrime è presto soppiantato dalla pragmatica constatazione di aver sbagliato a non tirare fuori dalla valigia i guantini di Flora.

Antonietta e io abbiamo pensato di andare a convivere. In effetti non se n'è neppure discusso, era semplicemente la scelta più ovvia. Lei ha lasciato casa sua, che era troppo piccola per tre persone. Fidandomi del suo buonsenso le ho dato carta bianca e lei ha affittato un appartamento in una palazzina situata in una traversa vicino a viale Galliano. Sembra la villa della Miss Havisham di

Dickens e parcheggiare è un inferno, ma tanto noi non abbiamo un'auto, quindi al momento il problema non ci riguarda. E ancora, non ha balconi se non un piccolo poggiolo sul cortile interno dove si può stendere la biancheria. Tuttavia, garantisce Antonietta, la casa è in una buona posizione, vicina un po' a tutto – al centro, alla stazione, alla tangenziale e anche a varie piscine, cosa che non guasta affatto dal momento che quando mi sento sotto pressione e infelice l'unico rimedio è nuotare e lo stress è una situazione che ormai da qualche tempo mi è diventata molto familiare.

Il taxi ci lascia di fronte alla nostra nuova casa, che è anche un po' peggio di come sembrava nelle foto di Antonietta.

Gli alberi sono quasi del tutto spogli, permane solo qualche foglia come quei radi capelli sulla testa di un uomo che non si è deciso a rasarli a zero. Le foglie cadute si sono ammonticchiate, secche e fragranti, sul ciglio della strada e Flora ci salta sopra come fossero un tappetino. La devo tirare per mano per convincerla a salire sull'ascensore.

« Costinz! » esclama mia sorella, quando la porta si apre a fatica, mentre cerco di spingere fuori il valigione e Flora a sua volta cerca di scavalcare me e la valigia. Mi ha sempre chiamata così, mentre a lei dà fastidio che io la chiami Tony, io però lo faccio lo stesso. Le vado incontro per abbracciarla ma le attenzioni di Antonietta si spostano presto sulla mia creaturina, che abbraccia dicendole di volerla strizzare così forte per ottenere il succo di Flora. Che gioia rivedere mia sorella, l'adorata metà del mio cuore, la grande fortuna che mi ha lasciato mia madre, perché papà lo dice sempre che era stata lei a desiderarla tanto – e meno male che la spuntò.

Mentre zia e nipote intessono un'impossibile conversazione sulle circostanze della nascita del gatto Martino, io faccio un giro della casa. Io e mia sorella ci siamo riservate una stanza a testa, e accanto alla mia c'è un'altra cameretta più piccola ma più luminosa, che sarà la stanza di Flora. Poi c'è un salottino comune, piccolo se raffrontato alle sale di rappresentanza siciliane ma in linea con le dimensioni in voga nel Nord Italia, e una cucina abitabile un po' triste: foggia anni Settanta, luce insalubre, piastrelle color crema e un tavolino finto noce cui manca solo il centrino all'uncinetto per fare disperazione.

« Sì, lo so, è squallidissima. Però apri la dispensa e guarda cosa ti ha fatto trovare la tua sorellona! » mi incoraggia Antonietta, tenendo in braccio Flora. « Come fanno i bambini a profumare così? Perché da adulti diventiamo puzzoni? »

« Parla per te » rispondo, controllando frigo e dispensa, pieni di tutti i nostri prodotti preferiti di sempre, incluso quell'abominio che è il latte condensato. È stupefacente che ancora non sia stato bandito da qualche campagna salutista. « Questo però a Flora non lo facciamo assaggiare » le dico, ma non appena volta le spalle per portare Flora in bagno a fare pipì me ne riempio un cucchiaio. Viva la coerenza, ma d'altra parte qui siamo in emergenza.

Che malessere. Niente ha un effetto così devastante sul cervello umano quanto un improvviso cambiamento. La permuta tra lo scenario siciliano e quello veronese ha un impatto che si preannuncia faticoso, a partire dall'inserimento di Flora alla scuola materna e dal mio in una vita tutta nuova.

Poggio la valigia sul letto e la apro. Una delle prime cose che si palesa alla mia vista è il librone sull'archeologia dei resti umani. Non è il momento di pensarci. Lo ficco in un cassetto, chiudendocelo dentro insieme ai brutti pensieri.

2

L'accoglienza del Grande Nord è spietata: pioggia fissa e sei gradi di massima per tutta la settimana. L'inserimento all'asilo di Flora è un tormento, le classi erano già state costituite a settembre e la mia bebè è stata infilata in corner a partire dal tre novembre. La maestra si chiama Laura ed è la nemesi divina per tutte le volte in cui, per risolvere i momenti di crisi di Flora, le ho comprato all'edicola una bustina di ciarpame da 2.99 euro. La maestra Laura mi sciorina Steiner e il rischio di un avvio al materialismo e mi interroga implacabile sulle abitudini domestiche, arricciando le labbra in maniera molto enigmatica dopo ogni mia risposta. Quando non fa smorfie che a stento nascondono la disapprovazione, si lascia apertamente andare alla condiscendenza.

Inutile aspettarsi solidarietà dalle altre mamme. In genere quando le incrocio all'uscita sono lì che parlano di iniziative che « migliorino le condizioni psicoambientali dei nostri figli », o che contestano il menu o che puntualizzano la regola per cui non si portano all'asilo giocattoli da casa. Mi sento morire, perché Flora non esce mai di casa senza Unicorn, il peluche dei Minions con la criniera rosa, la lingua storta e l'espressione ebete. La maestra, bontà sua, in deroga alle regole chiude un occhio perché, mi dice sibillinamente, « La bambina ha già affrontato tante prove ». A parte il trasloco e il cambio città, quali sarebbero le altre? « Che ne sai tu? » mi piacerebbe tanto chiederle, ma non voglio apparire polemica.

Avevo organizzato le cose in maniera tale da iniziare il mio nuovo lavoro quando l'ambientamento di Flora fosse stato completo, ma di questo passo il giorno perfetto in cui lei sarà serena a scuola e io serena al lavoro non arriverà mai. È tempo di essere risolutivi e di andare incontro al proprio destino, che sia il grembiulino dell'asilo, nei confronti del quale Flora nutre un'avversione incontenibile, o che siano le mummie.

Ho scelto con cura cosa indossare. Credo che l'apparenza inganni e pur tuttavia che sia ancora usata come unità di misura del prossimo.

Vesto prevalentemente di nero. Non è stata una scelta ragionata, per lo meno all'inizio, quando avevo la tendenza a comprare abiti neri perché nei mesi dopo il parto speravo mi assottigliassero. Poi è diventata un'abitudine e come tale si è consolidata. D'estate ho qualche problema, perché il nero è lugubre e attira il calore e quindi di tanto in tanto tiro fuori qualche T-shirt bianca, ma con l'arrivo del freddo sono a posto. Quindi per il primo giorno di lavoro non faccio eccezione: nero a tutto spiano. Raccolgo la chioma in una coda e metto il cappotto cammello modello accappatoio, che non passa mai di moda. Mi sento ordinata e professionale.

Inforco la bici, per cui non ho badato a spese, dovendoci trasportare anche la bebè. Lei trova l'esperienza molto divertente e io rassodo i glutei. È la migliore idea che abbia mai avuto.

Lascio Flora alla maestra dopo un lungo abbraccio

stretto stretto e un saluto commovente come se stessi per partire per sei mesi al largo della Groenlandia e poi pedalo fino all'Università, percorrendo corso Porta Nuova, raggiungendo un vecchio brefotrofio caduto in disuso dove sono alloggiati la Divisione e il Laboratorio di Paleopatologia. Non ci sono altri medici, tranne Edoardo Melchiorre, l'anatomopatologo che ha fondato questo Istituto, che è a tutti gli effetti un centro universitario. L'assistente del professore è un archeologo a metà tra il nerd dall'aria spiritata e il barbone, che sembra avere la mia stessa età.

« Lei è Costanza Macallè? » mi chiede, frugandosi con le dita la barba che gli arriva fino al collo, in continuità con i peli del petto.

« Sì. »

« Benarrivata. Ci diamo del tu? Ti hanno già fatto vedere la tua stanza? »

« Non ancora » rispondo con un sorriso cordiale che lo esorta a contraccambiare con altrettanta gentilezza. L'archeologo, che nel frattempo si presenta con il nome di Anselmo Gualandris, mi accompagna fino a una piccola stanza surriscaldata. C'è una scrivania di formica grigina, un armadietto vuoto, appesa a una delle pareti una stampa raffigurante un'antica illustrazione di uno scheletro umano. La lampadina emette un ronzio che a lungo andare potrebbe far impazzire. Anselmo biasima a lungo la manutenzione e mi promette di chiamare subito i tecnici per farla sostituire con una nuova.

« Il professor Melchiorre è già nella sua stanza. Mi ha detto che ha da fare fino alle dieci e ti aspetta per incontrarti alle dieci e un quarto. Ci tiene molto alla puntualità. E poi penso che voglia inquadrare il lavoro da fare: domani partirà l'allestimento nella chiesetta medievale del castello di Montorio, che è il motivo per cui tu sei qui.»

Mi sento un po' confusa, perché confesso di non aver ben approfondito gli aspetti legati alla ricerca cui io in teoria dovrei dare un prezioso contributo anatomopatologico. Ci si aspetta da me che io diventi una paleopatologa, in soldoni.

«Certo, certo» dico rassicurante, ma se Anselmo riuscisse a leggermi nel cuore e nella mente troverebbe tanta, tanta, tanta voraginosa ignoranza. Appendo il cappotto all'attaccapanni ed estraggo dalla borsa un atlante di Anatomia e un libro di Paleopatologia in lingua inglese che ho fatto arrivare dalla Gran Bretagna, che ripongo dentro l'armadietto con aria afflitta per tirarlo fuori subito dopo e poggiarlo sulla scrivania accanto a una foto incorniciata di Flora: forse, guardando lei, mi convincerò che sto facendo la cosa giusta.

Nel frattempo anche una ragazza si è affacciata alla stanza. «Costanza, ti presento Sarah Foley. È una dottoranda in Antropologia e Bioarcheologia» dice Anselmo.

Sarah si avvicina e porge la mano. Ha le fossette e un sorriso molto deciso e fiero, un pullover a righe, una gonna di jeans, polpacci da calciatore e lunghi capelli color miele.

«Molto piacere» dice, con quella erre lievemente arrotondata tipica dei madrelingua inglesi. «Così, tu sei la nostra anatomopatologa nuova di zecca, bene!»

Mi ispira immediata simpatia, sarà per lo sgargiante rossetto dello stesso color geranio dello smalto. Una ragazza che si presenta così in un luogo in cui si studiano mummie non si prende troppo sul serio.

« Vuoi fare un giro del laboratorio e della biblioteca? » mi domanda Anselmo.

« Dopo, magari? »

« Quando vuoi, io sono nella stanza accanto » risponde, e si allontana insieme a Sarah. Rimango da sola ad aspettare il momento dell'incontro con Melchiorre, ma sono sufficienti dieci minuti di attesa lì dentro per farmi sentire come una sardina in scatola, così metto il naso fuori dalla stanza e busso alla porta di Anselmo. Lui picchietta febbrilmente i tasti del suo computer ascoltando musica corale antica del genere Hilliard Ensemble e sembra molto concentrato. Appena mi vede affacciata alla porta abbassa lo schermo del portatile come per tenere nascosta la sua attività.

« Che fai? » gli chiedo.

« Niente di importante. Hai cambiato idea? Vuoi visitare il laboratorio e la nostra biblioteca? »

« Vorrei, sì... Ma non è che ti ho disturbato? »

« Ma figurati » risponde lui, con molta enfasi. Mi metto alle sue calcagna non potendo fare a meno di notare che, tra il bordo del maglione giallino e l'orlo dei suoi jeans un po' sformati, fa la sua tremenda apparizione una fin troppo generosa vista del suo peloso didietro. Grazie a quella meravigliosa cosa che si chiama propriocezione, Anselmo se ne accorge e si tira su i pantaloni agevolando l'operazione con un goffo movimento del bacino. Nel frattempo attraversiamo un lungo corridoio, un po' cupo, le graniglie a composizione geometrica ben conservate, le pareti piene di poster di pubblicazioni degli studi già compiuti dal professore su resti di martiri e principi di ogni epoca e di tutto il territorio nazionale. Anselmo dischiude la porta del laboratorio e lì, a sorpresa, troviamo proprio Melchiorre.

L'ho sentito soltanto per telefono, dopo essere stata contattata dalla segreteria del Dipartimento, e mi ha colpita per il tono di voce aristocratico. Adesso che lo vedo, riconosco che la sua voce dalla sfumata cadenza veneta si adatta perfettamente all'individuo che ho davanti.

Ha passato da poco i cinquanta, lo so perché l'ho cercato su Google, e non è molto alto. I capelli sono scuri con un taglio regolare e la riga di lato, ma ha la barba già ingrigita, che porta corta e molto ordinata. Indossa occhiali con una montatura di corno e lenti grigio-azzurre che coprono sopracciglia nette, scure, e occhi orlati da ciglia scure che sembrano sottolineare il suo sguardo come un kajal.

« Ah. Siete voi » esordisce. « Benvenuta, dottoressa Macallè » dice, porgendomi la mano. Le dita sono un po' tozze, le unghie molto corte. Indossa il camice, sotto al quale c'è una camicia bianca e una cravatta grigia con disegni jacquard un po' kitsch. « Anselmo le ha già detto che la aspetto alle dieci e un quarto? »

Faccio cenno di sì con il capo, lui mormora: « Bene, bene » e lascia il laboratorio.

Anselmo è uno storico, eppure a furia di lavorare al fianco di Melchiorre ha imparato l'uso dei macchinari e la loro finalità e dimostra di capirne più di me, che sono medico anatomopatologo. È un tipo curioso per natura, mi dice.

« Del resto, in un lavoro come questo, la curiosità è tutto » aggiunge. « Vedrai, è come un appetito insaziabile. Con la storia è così, più vai a fondo, più non ti basta, più vuoi saperne. E pensare di poterci arrivare con le tecniche scientifiche è una goduria incredibile! »

Resto in silenzio, perché non saprei davvero cosa dire se non che mi sento sempre più fuori posto, che forse era meglio perdere il concorso anziché ritrovarsi in questa situazione. Sono una ragazza madre con aspirazioni di carriera lontana da qui, ignorante come una capra per tutto quel che concerne il Sacro Romano Impero, le Signorie e le mummie precolombiane – sì, Anselmo mi sta parlando di questo mentre la mia mente vaga altrove –, e la verità è che sono interessata a questa borsa di studio né più né meno come a un bancomat.

Poi Anselmo mi porta in biblioteca e mi dice: « Adesso ti lascio il tempo di bearti da sola di queste meraviglie. So bene che effetto possono fare ».

Se allude a una sorta di Sindrome di Stendhal da accumulo di libri storici, è fin troppo ovvio che io ne sono costituzionalmente immune. Quando infine arriva l'ora convenuta, busso alla stanza di Melchiorre. Ma lui non c'è.

Inspiegabilmente, la cosa mi fa sentire molto sollevata.

3

« Ma scusa, ti ha bidonato? »

« Sì. Secondo Anselmo la cosa non ha precedenti. »

« Chi è Anselmo? Un bell'archeologo alla Indiana Jones? » chiede allusiva Antonietta, inarcando un sopracciglio, mentre mi versa nel piatto una non meglio specificata sbobba. Piatto unico per tutte e tre, Flora sul seggiolino brandisce il cucchiaio ed è pronta a combinare una delle sue abituali stragi di felpe e tovaglie.

« Guarda, lasciamo stare » rispondo.

« E quindi poi questo fantomatico professore è sparito? »

« Già, senza avvisare e senza spiegazioni. »

« Forse ti dirà domani. »

« Domani iniziano gli studi delle deposizioni nella chiesa medievale dentro il castello di Montorio. Ho studiato tutto il giorno tafonomia. Sono depressa. »

Flora prova a ripetere « tafonomia » e sono contenta che non mi chieda cos'è, perché non saprei proprio come spiegarle che è la scienza che studia ciò che avviene a un organismo dal momento della morte a quello in cui viene ritrovato. Per mia figlia tutto genera un « cos'è? » o un « perché? » e troppo spesso, in ambasce per i suoi quesiti sui massimi sistemi, le rispondo: « Te lo spiego quando compi sei anni ». Mia madre faceva lo stesso con me, ma lei rinviava sempre ai fantomatici quattordici anni.

Quando li ho compiuti lei non c'era già più e tante cose non me le ha mai dette.

Al termine della cena si è consumato il previsto sterminio ai danni di tutti i tessili limitrofi a Flora.

« Serve l'additivo per la lavatrice » commenta mia sorella.

« Già finito? »

« Eh, sì » replica lei, un'eloquente occhiata alle mani paffute sporche di passato di verdura che mia figlia si sta asciugando sulla maglietta come fosse un tovagliolo. Ovvio che sia già finito, dato il ritmo con cui Flora devasta tovaglie e indumenti.

Mi alzo dal tavolo per rassettare, essendo tacito accordo da sempre tra noi la spartizione dei compiti per cui, se lei ha cucinato, tocca a me sparecchiare e lavare i piatti. Nel frattempo Flora guarda imbambolata *Peppa Pig*. Reso lustro il lavello, inizia l'impervia routine serale, una sequela di piccoli atti che appropinquano Flora al mondo dei sogni cui lei si oppone strenuamente. Ha da ridire su tutto: sul pigiama, perché quello che le metto non le va mai bene e vorrebbe invece proprio quello che guarda caso è a lavare, sulle calze che le fanno il solletico, sul pannolino che non vuole più, ma se non glielo metto bagna ancora il letto a orario fisso, sulla coperta che le tiene troppo caldo ma senza la quale ha troppo freddo, sulla scelta del pupazzo che avrà l'onore di accompagnarla per la notte, sulla storia da leggere e che non mi lascia finire perché inizia a urlare che vuole il latte, che poi è troppo bollente, ma se lo allungo diventa troppo freddo, e solo alla fine, dopo i grattini che ora vuole sulla schiena, poi sul tallone, poi sul collo, poi sulla coscia, poi sul palmo della manina, solo alla fine, come improvvisamente annientata dal dardo avvelenato di una cerbottana, da un momento all'altro crolla addormentata.

Anselmo passa a prendermi alla guida di un furgoncino marrone che olezza di fiatella stantia. Sulla guancia ha ancora l'impronta della cucitura del cuscino. Il termometro interno segna nove gradi ma lui non ci pensa nemmeno ad accendere il riscaldamento. Anzi, per disappannare il vetro fa partire l'aria fredda e io mi stringo nel cappotto pensando che probabilmente si gela di più qua dentro che all'aperto. Il cielo è una vastissima distesa uniforme color grigio tenue, denso al punto da togliere qualunque speranza che in un'altra parte del mondo sia estate e il sole riesca a splendere. Anselmo accende la radio per fare atmosfera e parte l'apocalittico riff di *The Power of Love* mentre imbocca la strada per Montorio, dove il castello sorge appollaiato su una modesta altura fitta di verde.

« Da un punto di vista tecnico è tutto già pronto, ho coordinato personalmente una squadra di archeologi. »

« E quindi io e te che dobbiamo fare? » chiedo perplessa.

« Come, che dobbiamo fare? » ripete lui, sottilmente irritato. Fa finta di non aver capito quanto profonde siano le mie lacune in quella che sarà la nostra attività e dice: « Dobbiamo recuperare i resti scheletrici ».

« Ah, sì, certo, chiaro » farfuglio, sentendomi una completa inetta.

Lui sospira e alza il volume. Mi ha sgamata, non ho speranza di riscatto, a meno che non mi dimostri una maga con il *trowel* – cosa su cui sono abbastanza perplessa, dato che non ho mai maneggiato una cazzuola in vita mia.

Quel che resta del castello di Montorio è avvolto dalla nebbia. La luce è fredda e pallida. Anselmo si inerpica con l'auto fino all'ingresso, possibile attraverso una bastia che risale al periodo asburgico. Scesi dal furgoncino, lui attacca a parlare mentre ci facciamo strada in mezzo alla vegetazione infestante.

« Quello che vedi risale al XII secolo » esordisce, senza poter fare a meno della sua sindrome da divulgatore accademico. « Delle otto torri originarie ne restano soltanto quattro. Il castello è stato devastato all'inizio del quattordicesimo secolo dai Carraresi, poi quando è tornato agli Scaligeri è stato rimesso a nuovo e ampliato come simbolo del nuovo potere ma dopo il 1600 ha avuto un declino graduale fino a quando non è stato trasformato in una caserma degli artiglieri austriaci. Delle abitazioni per le guarnigioni non resta più niente, e nemmeno il pozzo usato in eventualità di assedio. Resta qualcosa della chiesa, il paramento è intatto, e poi c'è quello che interessa a noi » dice, lasciando la frase sospesa e allargando le braccia di fronte a noi. Davanti a una distesa di scheletri, lui ha lo stesso sguardo sognante che io ho di fronte a una piscina. Non c'è bisogno di immergermi, a volte mi basta anche solo vederla per sentirmi meglio, quell'acqua turchese, l'odore del cloro, la geometria perfetta. A un certo momento della vita ti accorgi che piccoli piaceri e piccole ambizioni sono la compagnia più rassicurante verso cui ci si possa protendere.

« Eccoli, i nostri amici » prosegue. « Tutti rivolti a est, verso Gerusalemme e la valle di Giosafat, sede del Giudizio, in linea con il simbolismo medievale. A ridosso della facciata, ai lati del sagrato, in modo che siano irrorati dall'acqua piovana che bagna la chiesa diventando così acqua santa. Ricordati, Costanza: nel Medioevo, tutto ciò che riguarda la morte è strutturato in funzione della resurrezione eterna. »

In quel momento ci viene incontro Melchiorre.

« Oh, eccovi qui. Macallè, mi scuso per aver disertato l'appuntamento di ieri. Non è mia abitudine farlo, ma ho dovuto incontrare con urgenza il preside » dice, stringendomi la mano.

« Non si preoccupi. »

« Problemi in ateneo, capo? »

Noto che Melchiorre si irrigidisce. « I soliti. Ma è tutto risolto. Allora, Macallè, Anselmo le sta facendo da Virgilio? »

« Il migliore possibile. »

« Bene. Adesso però la seguirò io personalmente. Cominciamo dalle tecniche di scavo delle sepolture. Nei miei progetti, lei dovrà essere autonoma entro la fine del mese. »

E così sia, dunque!

Quelle che io chiamerei fosse comuni – ma non mi azzardo, perché è ovvio che sarei imprecisa – sono coperte da gazebi impermeabili, nel caso dovesse piovere.

« Faccia attenzione, Macallè, si rischia di scivolare » mi mette in guardia Melchiorre, che infatti si poggia a un bastone che lo fa apparire distinto ma ancor più eccentrico. È un vecchio bastone di legno, con il manico di corno di cervo e d'argento, e lui lo usa non solo per mantenere l'equilibrio ma anche per indicarmi ciò che sta spiegando.

« Questa si chiama tomba a cassa litica, in altri termini, una fossa rivestita da elementi in pietra. Una tomba murata, diciamo. I nostri antenati appartenenti all'élite aristocratica, oppure i laici eminenti, venivano deposti in un sudario e coperti con una lastra di pietra.»

«Il sudario non si conserva?» gli domando.

Melchiorre sorride, quasi intenerito. «No, Macallè. Seta e cotone si dissolvono. Resiste parzialmente il broccato, sa perché?»

Scuoto il capo.

«Non si preoccupi. È comprensibile che le sfugga. Perché è composto da fili d'oro. Ma va da sé che per essere sepolti nel broccato bisognava essere molto, molto ricchi. Le ho preparato degli specilli. Li usiamo per non scalfire le ossa.»

Infine mi porge una bottiglia d'acqua.

«No, grazie, non ho sete» rispondo, lo sguardo attirato dal ghigno sarcastico dello scheletro accanto a noi, che riposa tutto scomposto nella sua sepoltura.

Il viso di Melchiorre è una maschera di imperturbabilità. «L'acqua serve per ammorbidire il terreno, Macallè.»

«Com'è andata oggi?» chiede Antonietta, gli occhi fissi sul pc.

Nel frattempo, Flora si lascia alle spalle le scarpette tamarre che si è scelta lei – e guai a cercare di farle sparire – per dirigersi verso il divano su cui mia sorella è seduta e che l'infante è intenzionata a usare come rampa di lancio.

«Maria Vergine! Si sfracella!» esclama Antonietta, mollando il pc e tenendola per la felpa.

«Ma no, Florabella è di gomma, non ti preoccupare.»

Flora ridacchia. «Non sono di gomma, sono una bambina di carne!»

E che carne, penso io, senza resistere alla tentazione di sbaciucchiarla selvaggiamente.

« Allora? Agli scavi? » insiste mia sorella, ma io non ho proprio voglia di parlarne. Sembro finita lì per caso e, nonostante mi stia impegnando per studiare, mi inceppo sempre in quella cosa che non so e che dovrei sapere e che guarda caso Anselmo e Miss Foley sanno.

« Lasciamo perdere. Per estrarre uno scheletro ci vogliono tre giorni circa e nelle tombe a cassa litica lì a Montorio ce ne sono almeno una ventina. Ci si deve sbrigare prima che arrivi l'inverno. »

« Vabbè, senti, lo sapevamo che è una soluzione di passaggio. Non è il tuo mondo. In storia andavi malissimo. Che poi, che c'è da capire? C'è solo da imparare. »

« Qui sta l'errore. Se non ti insegnano che la storia come prima cosa va capita, si riduce a imparare a memoria nomi e date e invece bisogna averne una visione critica. » Sono parole di Anselmo, ovviamente.

Antonietta indugia in un'espressione allibita. Su una cosa però ha ragione: in storia andavo male. In verità andavo male un po' in tutto tranne la biologia, e c'è un motivo anche per questo.

La morte di mamma aveva prodotto in me per contraccolpo una ricerca di amore e gioia. Studiare non rientrava esattamente tra le cose che mi davano gioia, mentre scoprii abbastanza presto che i ragazzi ne davano molta ma si rivelava assai effimera perché a quell'età si è pronti a cambiare rapidamente oggetto d'interesse, mentre io non chiedevo altro che piantare radici in nuovi terreni affettivi per sentirmi meno sola e disperata.

E quindi, quando mi scaricavano accadeva che la frustrazione dell'essere stata mollata si sommava a quella delle volte precedenti e, soprattutto, alla perdita principale, quella di mamma. Per star meglio dieci giorni circa di media, poi stavo di merda un mese, e di volta in volta sempre peggio e sempre di più, in un eterno ripetersi di montagne russe di eccitazione e abbandono, un mortifero alternarsi di brevi felicità e lunghe solitudini.

Naturalmente, nulla di tutto ciò giovava ai miei risultati scolastici. E, per di più, una scuola è un ambiente molto chiuso, un vero branco, e in breve tempo tutti, dal lupo alfa al lupo omega, si erano fatti una precisa opinione su di me. Che fosse per esperienza diretta o indiretta non contava. Era opinione comune e condivisa che a Costanza Macallè le mani là sotto gliele hanno messe un po' tutti.

Nessuno me lo diceva in faccia, ma non ci misi molto per accorgermene. Se perfino lo sfigato lupo omega trova il coraggio di avvicinarti, è evidente che lo fa perché si chiede « Visto che sei stata con tutti, perché non anche con me? » E fu così che imparai la prima, tremenda verità della vita adulta: di tutte le perdite, una delle peggiori e con più nocive conseguenze a medio-lungo termine è senz'altro quella della reputazione.

All'ultimo anno arrivò il supplente della professoressa di biologia, assente per maternità. Con gli occhi di oggi credo avesse da poco superato la trentina. Lunghe ciglia scure, sguardo dardeggiante anche quando parlava di emuntorio renale, insegnamento impastato di retorica filosofeggiante.

Fu subito *Attimo Fuggente*.

L'ottanta per cento della classe finì a studiare Medicina o Scienze Biologiche e, se nelle altre materie si stentava a svettare, in Biologia eravamo tutti bravissimi. Come tutte le altre mie compagne di classe, io avevo una cotta stratosferica per lui. Ma solo di me si diceva che gli infilavo bigliettini nel registro. Falsissimo, ovviamente. In ogni caso, devo all'illuminato professor Tuttolomondo l'aver intrapreso una strada che non ho mai rimpianto.

Fino a oggi. Perché oggi, mentre intirizzita da un freddo che a Messina sarebbe considerato siderale pulivo ossicini di una mano che era viva nel Trecento, ho seriamente pensato di aver sbagliato tutto. Sono qui perché sfrutto questa opportunità come mero strumento di sopravvivenza, e lo faccio anche per Flora, per offrirle il meglio. Avendo un unico genitore, il meglio per lei non può che essere una madre che costruisce la strada più luminosa per entrambe, lavorando sodo e sempre in un'ottica di miglioramento. Per questo, non mi fermo e incessantemente e instancabilmente cerco lavoro altrove.

Ma nel frattempo sono qui. E a dispetto del « chi me l'ha fatto fare » so di dover onorare l'impegno che ho preso, e l'unico modo per farlo è studiare. La prossima volta che si parlerà della teoria di Gentile da Foligno sul soffio pestifero – posso giurare che la pausa caffè verteva su questo – saprò intervenire proficuamente.

Nessuno può mettere Baby in un angolo.

4

La luce del mattino, così fredda e flebile che sembra sia la fine del giorno anziché l'inizio, rende la facciata un po' scrostata del nostro palazzo ancora più spettrale. Accanto alle tubature a vista si arrampica il muschio verde e va a contornare due spaventosi volti di pietra disposti ai lati di una finestra dai vetri così sottili che un malintenzionato potrebbe mandarli in pezzi lanciando un semplice sasso. Magari d'estate fa un'altra impressione, ma con questa scarsa luce penseresti sul serio che all'interno c'è Miss Havisham con il suo abito da sposa e la sua tavola di nozze imbandita di ragnatele.

Quando Antonietta mi inviò le foto io ero ancora a Messina. Le dissi che mi sembrava una casa infestata ma lei rispose « Bubbole », un'esclamazione che apparteneva a nostra madre e per questo, pur se tanto desueta, fa parte del nostro lessico familiare.

Ho scoperto solo in seguito che Antonietta si è innamorata perdutamente di Fabio, il figlio della padrona di casa che abita al piano di sotto, e che gli avrebbe dato qualunque cosa, figurarsi una sciocchezzuola tanto banale come i soldi dell'affitto. Si sono conosciuti mentre frequentavano un master sull'interpretazione del test di Lüscher, quando lei stava ancora in una stanza a Veronetta che divideva con due iraniane e tra i disegni del destino non si era ancora palesata la mia venuta al Nord. Fabio ha quel tipo di bellezza efebica e fanciullesca alla Jared Leto che attrae Tony da quando era ragazzina. Purtroppo l'amore di mia sorella non mi sembra corrisposto, ma la questione non è chiara. I due hanno un rapporto sfaccettato: sono locatore e conduttore, sono colleghi – entrambi psicologi – e sono anche un po' trombamici.

Quando l'auto di Anselmo appare nel traffico, lui fa un timidissimo colpo di clacson per segnalare il suo arrivo. Prendo posto dietro, perché sul sedile anteriore c'è già Sarah Foley.

« Ciao, Costanza. Hai passato una buona serata? » chiede lei amabilmente. Il padre di Sarah lavora a Camp Ederle, una base militare americana a Vicenza, dove lei è nata e cresciuta. Quindi è cittadina americana figlia di americani ma di fatto parla italiano meglio di certi italiani; ha solo l'adorabile tic di dire « *lovely* » tutte le volte che può.

« Ho studiato. Ieri mi è presa l'invidia e ora so tutto di Gentile da Foligno. »

Nessuno dei due risponde. Sarah si limita a cambiare stazione radio e, subito dopo, a cambiare argomento. Adesso parlano di una serie tv che hanno visto su Netflix e mi spiazzano, perché mi ero preparata a parlare di antropometria dato che adesso mi sento un asso in materia.

Credo sia normale. Sono appena arrivata e devo fare un inserimento né più né meno come Flora all'asilo, ho bisogno di adattarmi e di conoscere gradualmente l'ambiente. Non posso aspettarmi di fare l'amicona con gente che conosco da settantadue ore. Quindi taccio e partecipo solo dicendo « io adoro gli anni Ottanta » quando loro li evocano a proposito della serie cult che stanno seguendo. Ma sembra che la cosa sia molto scontata. « Gli anni Ottanta tirano sempre» dichiara Anselmo, come se non la si potesse considerare una peculiarità. Io li amo in maniera molto generica. *Dirty Dancing* e *Kiss me Licia*, cose così. Non li ho vissuti, in compenso però erano nel cuore di mia madre, erano gli anni della sua giovinezza, era lei che metteva Mia Martini ed era a lei che venivano gli occhi lucidi ascoltando *E non finisce mica il cielo*. Quindi gli anni Ottanta per me sono come «bubbole»: mi ricordano lei, sono casa.

Arrivati a Montorio, Melchiorre mi viene incontro appoggiandosi al bastone con la solita affettazione da moderno dandy.

«Ho pensato che oggi, prima di iniziare il lavoro agli scavi, lei perlustrerà la piccola chiesa del castello. Miss Foley, lei accompagnerà Macallè.»

Non ho la più pallida idea di cosa io debba fare. Perlustrare? Io non vedo che muri a vista di pietra levigata. So da Anselmo che si chiamano «paramenti» e nient'altro. Ma santa pace, io sono un medico. Non è giusto sentirmi in colpa perché ignoro delle cose che non sta scritto da nessuna parte che io debba sapere.

«Ma non lo ha già fatto lui?» chiedo a Sarah mentre ci allontaniamo, ognuna stretta nel proprio piumino.

«Sicuramente» risponde lei, che sembra pensosa ma non aggiunge altro.

La chiesetta è in rovina: manca il tetto sulla navata centrale e tra le pietre annerite dallo sporco e dalle intemperie hanno attecchito, infiltrandosi, erbe e fiori. I pilastri, le volte e le campate tuttavia sono parzialmente conservati e uno dei bracci del transetto è serrato da un grande cancello di ferro battuto che chiude interamente l'arco e dev'essere pesantissimo. Le mie scarpe sfrigolano sulla ghiaia fine, non è rimasta più traccia del pavimento se non qualche lastra di pietra poggiata ai margini dei muri. Quella che doveva essere una trifora è aperta sull'abside e del campanile resta in piedi un cilindro tronco che immagino non ospiti più nessuna campana.

« Penso che si sia accorto di qualcosa e voglia vedere se anche noi ne siamo capaci. Non aspettiamoci niente di semplice: giochiamo alla caccia al tesoro. »

L'intuizione di Sarah mi sembra del tutto coerente con il nostro eccentrico capo, ma più mi guardo intorno, più l'archeologa dilettante che è in me non trova niente di meglio da fare che sfiorare quel che la circonda, che è freddo e umido al tatto, e niente di più. A meno di non assumersi il rischio di aprire il cancello, ma se mi cade addosso è un guaio inimmaginabile. Tanto stabile non mi pare, a dire il vero.

« Sarah, come ti sembra questo cancello? »

« In che senso? »

« Per aprirlo. »

« Ma pensi che sia contemporaneo alla chiesa? » chiede scoppiando a ridere.

Non vedo perché no. Vecchio è vecchio, e pure arrugginito. Ma inutile discutere con gente che ha il sacro fuoco della storia che scorre nelle vene. A me, prosaica donna di scienza, scorre del banale liquido rosso con globuli di vario tipo e qualche minerale.

« No, certo, si vede che è successivo. Senti, lo apriamo o no? »

« Qualcosa mi fa pensare che Melchiorre voglia esattamente questo » ribatte lei, e con uno sguardo d'intesa ci avviciniamo con l'obiettivo di varcarlo.

Il cancello è solo accostato, non ci sono lucchetti. Nel

dischiuderlo, sprigiona un fastidioso rumore stridulo. L'ambiente è più oscuro degli altri, perché conserva ancora il tetto e, sorprendentemente, anche un usurato pavimento di pietra. C'è uno strano odore di umidità e di scarpe vecchie.

In corrispondenza del ciglio superiore della parete del transetto, vedo una larga fenditura che sembra dare accesso a una cavità. Ma non posso sbirciarci dentro, è troppo in alto. Sollevo un braccio per cercare di capire, a tentoni, cosa possa contenere e che profondità abbia.

La mano c'entra tutta e, alzandomi sulle punte, riesco a infilare anche parte dell'avambraccio. Tocco della terra, della polvere e poi qualcosa che sembra legno.

« Ci rinuncio » dichiaro, pulendomi la mano sulla coscia del jeans proprio come fa Flora, mandandomi in bestia. Ma ecco la prova che ha preso da me.

« Ci penso io » si offre Sarah.

« Secondo me è inutile, per vedere cosa c'è dentro ci vogliono una scala e una torcia. Andiamo a dirlo a Melchiorre. »

Dopo il nostro breve resoconto, il professore sorride e dice: « Brave ».

Sono perplessa. In cosa saremmo state brave? Nell'accorgerci di un'apertura nella pietra?

Ordina ad Anselmo di portare una scala e una videocamera e tutti e quattro torniamo di fronte alla lastra, capitanati dal professore con il suo bastone, io e Sarah al centro, e Anselmo che sembra Pietro Gambadilegno carico come un mulo.

Apre la scala e la tiene salda mentre il professore sale i pioli. Melchiorre accende la torcia e dopo qualche istante di concentrato silenzio si abbandona all'entusiasmo.

« Oh-oh, ma che sorpresa abbiamo qui! Macallè, ritengo che quello che lei ha scambiato per un pezzo di legno sia un omero. Anselmo, chiamiamo la Sovrintendenza, si leccheranno i baffi! »

Il ritrovamento dello scheletro nel transetto dà luogo alle più ardite speculazioni, cui tuttavia non prendo parte. Non mi appassionano, ma sono convinta che sia perché devo ancora entrare nel vivo del lavoro per cui in teoria sono stata assunta. Il fatto è che, in generale, non sto amando queste lunghe e faticose ore a Montorio e quando la giornata lavorativa si conclude mi sento sollevata. Di solito, dopo che Anselmo mi lascia al volo su viale Galliano, io faccio una corsa fino alla rastrelliera, inforco la bici e mi precipito a prendere Flora, arrivando con cinque minuti fissi di ritardo che mi vengono condonati in virtù di un ostentato senso di tolleranza e comprensione nei confronti della mamma single in perenne affanno.

La maestra Laura mi restituisce la bambina e mentre sbottono il grembiulino mi ricorda che Flora non ha ancora consegnato il lavoretto sulla famiglia. Mia figlia sgrana gli occhi. « È vero! » esclama. Poi mi prende con la sua manina e mi tira riportandomi in classe, dove mi mostra appesi alla parete gli elaborati dei compagni in cui i membri della famiglia sono rappresentati da pallini colorati. Niente di più facile, insomma. « Possiamo farlo appena arriviamo a casa » la tranquillizzo, intuendo che per lei è importante.

« Sì » mi dice, mentre scendiamo le scale. « Possiamo aggiungere anche Unicorn, così siamo di più? »

Ripenso per un momento alla distesa di pallini colorati, a quei fogli in cui ogni bambino ha collocato una media di quattro pallini.

« Okay, se ti fa piacere. »

« Mamma, perché io sono nata senza il papà? »

Mi sento come se le scale deflagrassero sotto i nostri piedi. Ma non posso dirmi tanto sorpresa: era prevedibile che lo chiedesse, prima o poi. Ha quasi tre anni e attorno a lei vede papà veri, presenti.

So che le risposte devono essere chiare e semplici. So che Flora dovrà accogliere questa situazione senza essere indotta a pensare che la vita dei suoi compagni sia più bella della sua in virtù dell'esistenza dei loro papà. So che al momento Flora non può sentire la mancanza di una persona che non ha mai conosciuto e che il dolore, che va di pari passo al senso di confronto, è solo dentro di me. Almeno per adesso.

Eppure, alla resa dei conti, non sono pronta. Mi trema la voce, come se fossi di fronte al più complicato esame della mia vita.

« Tutti i bambini hanno un papà... »

« Allora il mio dov'è? »

È difficilissimo. Mi rimorde la coscienza da morire. Ogni tanto, quando la guardo, mi sento in colpa come se mi stessi godendo qualcosa di molto prezioso che ho rubato a lui. Ma a ben pensarci anche lui mi ha rubato qualcosa senza restituirmelo più.

Il cuore?

Naaaaaa. Non sono così romantica. Si è preso la mia giovinezza e la mia incoscienza.

Flora continua ad aspettare una risposta.

Dire sempre la verità. Dire sempre la verità.

« Abita molto lontano e la mamma ancora non gli ha detto che sei arrivata. »

Grazie al cielo, ancora non arriva a chiedermi: « E allora perché non glielo dici? »

Ma gli psicologi, mia sorella in primis, sono unanimi nell'affermare che non vanno forniti dettagli non richiesti. Tempo al tempo. Flora per fortuna è ancora molto piccola e si distrae facilmente. La sua attenzione è ora catturata dall'espositore di macchinine nel solito tabacchi-cartoleria accanto all'asilo. Le macchinine sono la nuova passione di Flora e in questo momento investire in ciarpame materialistico i soliti due euro e novantanove mi sembra preferibile allo spinoso argomento « papà ». Montessori, flagellami.

Ma ciò non toglie che il « perché non glielo dici » tormenti ogni giorno anche me.

5

Anselmo paventava tempi biblici per ottenere le autorizzazioni, ma il sovrintendente in realtà ha firmato le carte con molta solerzia. Più tempo, invece, c'è voluto per riuscire ad asportare la grossa lastra di pietra che, evidentemente, custodisce un sarcofago.

Mentre gli operai se ne occupano, Melchiorre non riesce a rilassarsi come se in cuor suo temesse che il loro intervento possa esporre a rischi il suo tesoro. Nel frattempo, il resto del gruppo – me compresa – ha lavorato all'estrazione degli scheletri dalla trincea. Quando penso che finalmente questo strazio sia giunto al termine, Melchiorre ci comunica, sprizzando gioia, che mentre Anselmo rientrerà in Istituto, io e Miss Foley lo coadiuveremo per i primi rilievi sui resti umani che sono finalmente tornati alla luce.

Il corpo era sì incassato nella parete del transetto, ma per fortuna era poggiato su una lunga asse di legno che gli operai stanno estraendo proprio in questo momento. Melchiorre è fibrillante. Vuole prima esaminarlo in situ e ha convocato anche un tecnico della sezione di Cinematografia Scientifica del CNR per filmare tutto.

Alla fine, gli operai poggiano la tavola su un banco da campo opportunamente attrezzato. Melchiorre, animato da una forma di sacro rispetto, esige l'assoluto silenzio e inizia a esaminare i resti.

Non un rumore, se si eccettua il rombo di un aeroplano che sta sorvolando l'area, ma a quello Melchiorre non può proprio intimare di tacere.

Mi stringo in un giubbotto che mi sono fatta prestare da Antonietta. Da una delle narici sento fluire, lento e caldo, un rivoletto di muco. Con lo sguardo, Miss Foley mi fa capire che in questo momento è meglio che mi si congeli e si trasformi in stalattite.

Il tempo sembra non passare mai, fino a che il professore spezza il silenzio.

« Sono abbastanza sicuro che si tratti di una deposizione primaria. »

Ah-ah. Ormai so che vuol dire. Le articolazioni labili – quelle delle mani e dei piedi, tanto per fare un esempio – mantengono la loro connessione anatomica. Questo indica che il cadavere è stato sepolto nel luogo di deposizione definitivo subito dopo la morte, non è stato spostato successivamente.

« Ci sono tracce tessili, un anello al dito e una fibbia da cinturone » prosegue il professore. « Ritengo che ci troviamo al cospetto di un nobile, o comunque di una persona molto agiata. E c'è anche una sorpresa per temperamenti romantici » aggiunge, facendoci cenno di avvicinarci.

Accanto a un fianco dello scheletro è deposta una lunga treccia di capelli di un rosso sbiadito, legata alle estremità con due nastri di seta, impiastricciata qui e lì di sporco sulla cui natura meglio non interrogarsi.

« È possibile che i capelli si conservino così bene? » è la mia prima domanda.

« Sì, sono molto resistenti all'umidità. Tendono a scolorire e per determinare con certezza il colore si analizza la melanina, ma in questo caso credo che il rosso sia autentico. Come i suoi, Macallè. »

Istintivamente mi fissano tutti, incluso il cineoperatore. Mi sento avvampare e metto le mani alla mia lunga chioma fulva, lieta di sapere, se non altro, che non si capisce che non è del tutto naturale. A meno che quello di Melchiorre non fosse sarcasmo. Con lui è impossibile capirlo, dato che usa sempre lo stesso tono di voce piatto e aristocratico.

« In ogni epoca storica, i capelli di una donna hanno una valenza estetica indiscutibile. Non a caso alle suore li tagliano » prosegue il professore, continuando a fissare la treccia. « Quindi, il fatto che sia stata tagliata di netto apre il campo a molte congetture. »

« Un pegno d'amore? » propone Miss Foley.

« Certo, sì » concorda Melchiorre.

« Però l'amore passionale non è l'unico motivo per cui si possono donare i propri capelli » obietto io. Di nuovo sento gli occhi di tutti su di me. Eppure non credo di aver detto niente di insolito. Penso a mia madre, che amava pettinarmeli e farmi le trecce, quelle che partono dall'attaccatura e man mano arrivano alle punte aggiungendo una ciocca alla volta. Sarebbe stato bello regalarglieli. Sarebbe stato bello poterle dare da portarsi dietro, lì dov'è andata, qualunque cosa amasse.

« Giusto, Macallè » ribatte il professore, ma sembra già preso da altri pensieri più importanti quando dice: « Allora, proseguiamo. È abbastanza evidente che siamo in presenza di un...? » chiede, sospendendo la frase e fissandomi in attesa di una risposta.

« Uomo » dico, titubante.

« Esatto, bravissima, Macallè » ribatte, ma non saprei

davvero giudicare se il suo tono è serio o no. Ma non ho il tempo di farlo, lui mi sta già chiedendo: « Perché? »

Il mio telefono squilla. È l'allarme che ho messo per segnalarmi che è ora di lasciare Montorio per andare a prendere Flora. Magnifico tempismo, perché sì, ho qualcosa con cui argomentare, ma non mi aspettavo un'interrogazione a sorpresa che, per inciso, ho sempre odiato. Ma non posso scappare adesso, o farò la figura di quella che non sapeva rispondere.

Guardo bene il ghigno immobile dello scheletro e rispondo: « La teca sembra abbastanza spessa, la glabella e le arcate sopracciliari sono pronunciate, la mandibola è robusta, il mento prominente e squadrato... come in un uomo » concludo, balbettante.

« E del bacino, che mi dice? »

L'istinto materno prevale. So che all'asilo le insegnanti non lascerebbero Flora da sola, ma oggi le ho promesso che sarebbe stata la prima a uscire e che saremmo state insieme tutto il pomeriggio.

« Professore... » esordisco, pronta a spiegargli le mie motivazioni mentre guardo l'ora. Sono già le quindici e venti.

« Miss Foley » mi interrompe lui. « Com'è il bacino, nell'uomo? »

Sarah inizia a parlare come un robottino. « Nella donna è progettato per partorire e la cavità pelvica è circolare; nell'uomo è molto più stretta. » Ovvio, loro non hanno bisogno di farci passare in mezzo niente che abbia le dimensioni di un melone cantalupo. Sono le quindici e venticinque. « Professore, mi scusi ma io dovrei andare » dico, con tutta la fermezza che riesco a racimolare.

Segue un istante di quel tipo di silenzio che preannuncia eventi di immane gravità.

« Ma ci sono appena altre due ore di luce, Macallè, bisogna sfruttarle! »

« Io devo andare a prendere la bambina all'asilo... »

« Mi perdoni, ma non si usa più assumere una babysitter? » domanda.

« No. » A meno di far ricadere in quella categoria mia sorella Antonietta. Ma, prima che possa aggiungere altro, mi travolge.

« Senta. Sto avendo molta pazienza con lei, capisco che è alle prime armi, che deve farsi le ossa – buffo, dirlo in questo contesto, ma è così – e faccio finta di non capire che non gliene frega niente del nostro lavoro. Tuttavia, Macallè, è tempo di aggiustare il tiro, o la rispedisco a Messina e chiamo il terzo in graduatoria. »

« Che non c'è » rispondo, d'istinto.

Anselmo e Miss Foley sgranano gli occhi, Melchiorre resta imperturbabile. « Ha ragione. Non c'è, purtroppo. C'erano solo due candidate, e io mi sono ritrovato lei. Ma questo non mi obbliga a tenerla. Piuttosto meglio senza, mi creda. »

Deglutisco un groppo in gola. « Non mi può trattare così. »

« Ah no? » mi chiede, sfilandosi gli occhiali. Mi si rivela un volto diverso, senza quelle lenti colorate. Rughe più profonde di quel che credevo. Un volto duro, con qualcosa di ascetico e supponente. Non mi fissa negli occhi, ma riesce ugualmente ad annichilire tutta la mia persona.

« No » confermo. « Ho soltanto detto che fermarmi oltre l'orario mi creerebbe problemi organizzativi. »

« A me dei suoi problemi organizzativi non importa

niente. Macallè. Siamo franchi. Stiamo perdendo tempo. Lei e io. Miss Foley » dice poi rivolgendosi a Sarah, « inizi da sola. »

« Professore... » provo a dire.

« Non farà tardi? Non doveva andare a prendere sua figlia? »

« Sì. »

« Allora vada. Non potrei mai perdonarmi di aver causato un trauma infantile a sua figlia. »

Illividita, raggiungo l'auto che eccezionalmente mi ha prestato Fabio, l'amico o quel che è di Antonietta nonché tecnicamente il proprietario del nostro appartamento.

Mi sento alla deriva ma non farò come certe protagoniste dei film americani, che fanno le dure e poi piangono con le braccia incrociate sul volante. Io non piango. Stasera mi rimetto a studiare inglese e giuro a me stessa che me ne andrò da qui.

Prima che sia Melchiorre a cacciarmi.

6

Finisce che comunque arrivo tardi all'asilo, perché in macchina mi sono persa, poi ho dovuto lasciare a casa l'auto sprovvista di seggiolino e prendere la bicicletta che adesso ho lasciato senza catenaccio accanto a una ringhiera. Spero di ritrovarla al ritorno. Sulle scale della scuola incontro la mamma di un compagno di Flora, una di quelle iperattive con il terzo figlio nel pancione, che mi fa perdere altro tempo per dirmi che Flora ha addentato il braccio del suo secondogenito come fosse stato un panino con la mortadella. Mi scuso, che altro posso fare.

« Ma no, signora, non si preoccupi. La cosa è successa nel contesto del gioco. Flora non è mai aggressiva con gli altri. E comunque, non dimentichiamo – mai – che la bambina ha affrontato momenti difficili » conclude la maestra Laura poco dopo, mentre Flora corre avanti e indietro per il corridoio in preda a un delirio ipercinetico.

« Il trasloco? » domando, esanime.

« E del resto, signora Macallè, sono sicura che anche per lei è difficile cambiare città. Si immagini per un bambino. »

« Sì, certo, io lo capisco... »

« E allora non si crei problemi che non esistono » mi interrompe. « Se Flora dovesse averne, sarò io a dirglielo. D'accordo? »

Annuisco, colma di gratitudine. Nella vita tutto può andarmi storto, ma niente deve mai toccare Flora, o potrei crollare.

Riuscire a rivestirla è come inseguire una mosca, che ti sfugge sempre, e più la manchi, più lei ride. La mia pazienza è vicina all'estinzione, ma la perdo definitivamente quando un tizio, desideroso di edificarmi sul galateo ciclistico di Verona, mi rimprovera per aver messo la bici troppo vicino alla sua auto.

« Vabbè, ciao » gli rispondo scontrosa e mi astengo da altre uscite verbali e gestuali solo per non essere di cattivo esempio alla bambina.

« Mamma, sei felice? » mi chiede Flora. Il suo sguardo serio scaglia una freccia che mi trapassa il petto. Per un attimo è uguale a *lui*. Ha la stessa forma arcuata delle sopracciglia, la stessa espressione un po' beffarda, gli stessi occhi furbi. Più passa il tempo, più è una piccola, bellissima combinazione del suo volto con i miei capelli rossi.

« Quando sono con te sono sempre felice » le rispondo, con un bacio sulla guancia.

E la mia coscienza è serena: non è una bugia.

A casa, trovo Antonietta con Fabio intenti a prendere un caffè. Lei è preda di uno struggimento amoroso sempre più forte, mentre lui è convinto di aver trovato l'amica della vita, che gli fa pure analisi gratis.

« Tutto bene con l'auto? » mi chiede Fabio, ergendosi nel suo metro e ottanta. È un sublime ammaliatore assai abile nell'arte del bastone e della carota, ma nonostante ciò mia sorella lo pianterebbe solo per il divino Recalcati, nei confronti del quale nutre una devozione al limite tra l'intellettuale e il sensuale, anche se non ne è del tutto cosciente.

« Purtroppo dovrei chiedertela in prestito anche per domani, il lavoro a Montorio si protrae. »

« Non c'è problema » risponde lui, affabile. Poi fa un po' di smorfie buffe a Flora, le fa vedere com'è bravo a muovere le orecchie e lei lo guarda ipnotizzata. Alla fine gli chiede: « Ma hai la parrucca? » e lui le fa toccare i capelli per darle la prova regina che no, sono suoi e, anzi, ne è molto orgoglioso.

Mia sorella lo accompagna alla porta per non perdersene neppure un minuto e, una volta chiusa, si poggia sul dorso, con gli occhi chiusi, il pathos di Ifigenia sull'altare del sacrificio, in uno stato d'animo derelitto che perdura per un'ora buona.

Nel frattempo, io preparo una specie di plastilina con la farina, il sale e il cremor tartaro che però, al momento della cottura, si appiccica al pentolino antiaderente. Si diffonde un tremendo odore di fumo in tutta la cucina, il pentolino è da buttare, dobbiamo spalancare le finestre disperdendo calore, e io spero solo che la notte arrivi molto presto.

7

La mattina seguente mi alzo indolenzita come se avessi dormito tutta storta. E in effetti è così, dal momento che Flora ha fatto la sua solita incursione nottetempo. Se pure dormissimo in un letto king size farebbe poca differenza, perché il punto è che dobbiamo dormire attaccate. D'altra parte, anche se non fa bene alle mie articolazioni, il calore notturno del suo corpicino abbandonato fa bene a tutto il resto.

La routine della mattina è la solita ed è sempre sfiancante, con lei che si oppone alla vestizione come se le stessi proponendo un atto estremamente illogico, quasi una tortura.

« Flora, togliamo il pigiama? »

« No » risponde la sfacciata.

« Vieni qui, scegli tu nel cassetto cosa vuoi mettere. »

« No. »

La diatriba va avanti per un po' e non ottengo altro che una lunga sequela di imperiosi rifiuti.

« Portala in pigiama » si intromette Antonietta. « Sei già in ritardo. E poi si è innescato un conflitto, non ne esci, lo devi interrompere. »

E dunque le metto il giubbottino rosso, il cappello, la sciarpa e gli stivaletti sentendomi un completo fallimento. Consegno la bambina in pigiama alla maestra Laura, dandole anche una borsa con il cambio.

« Vieni, Flora, che ne dici di vestirti? » chiede l'insegnante, con tono angelico. Sembra Mariele Ventre.

« Sì » risponde mia figlia, con un largo sorriso.

E la mia giornata ha inizio.

Arrivo a Montorio in ritardo, un po' per le grane piantate da Flora e un po' per il traffico. Per lo meno, forse stavolta ho memorizzato la strada. Melchiorre è già nella chiesetta abbandonata, con Sarah Foley e Anselmo. Mi spertico in scuse che lui minimizza.

« Sì, sì, ho capito, Macallè. Ora aiuti gli altri a prelevare le ossa. »

Io annuisco, animata dalla speranza di poter ripartire da capo e dargli una nuova immagine della mia professionalità. È vero, questo lavoro non riesce a piacermi né ad appassionarmi, ma non dovrò farlo per tutta la vita. Le persone intorno a me non sono responsabili di questo e non è giusto che debbano sopportare una collega che non ha voglia di impegnarsi.

Miss Foley mi fa l'occhiolino. « Coraggio, iniziamo. Pensa che una volta tanto non dovremo lavare le ossa a una a una con lo spazzolino da denti. Può sempre andar peggio. »

La treccia di capelli rossi è già stata presa da Anselmo per le analisi necessarie. Sarah ha iniziato a esaminare il cranio: lo tiene tra le mani come Amleto, per poi prendere appunti in una tabella in cui dovrà inserire tutti i dati.

Mi porge le ossa dividendole per distretto anatomico, annotando tutto. Il mio entusiasmante compito è metterle in sacchetti di plastica e poi in cassette di legno.

« Doveva essere in ottima forma fisica. Forse un cavallerizzo, sulle ossa ci sono i segni marcati delle inserzioni muscolari. Guarda, ci sono dei veri e propri solchi, quindi usava i muscoli degli arti inferiori senza risparmiarli. Ma anche quelli superiori, in effetti» aggiunge, guardando gli omeri. «Doveva essere proprio un baldo cavaliere, di statura anche abbastanza elevata.»

«Così però non sembra» osservo, un po' dubbiosa.

Ma Sarah insiste: «A quel che vedi devi sommare dei coefficienti indicativi delle parti deperibili. E poi devi pensare che la statura media di oggi è il risultato dell'evoluzione e che è molto aumentata nel corso del Novecento. Quindi, quello che oggi giudicheresti un uomo basso molto probabilmente era considerato alto per la sua epoca».

«È morto giovane?» le chiedo, incuriosita.

«Questo si può capire dai denti e dalle vertebre» risponde lei, tenendone una tra le mani ed esaminandola attentamente. «Non sembra avere segni di artrosi» dice, rimettendola a posto e poi prendendone un'altra e dopo un'altra ancora. Sembra pensierosa. «Anche lo studio dell'ileo può tornare utile» dice indicando il bacino. «Vedi questi solchi?» continua dopo aver preso l'osso. «Più ce ne sono, più l'individuo è giovane. Credo avesse tra i venticinque anni e i trenta, massimo. E i denti sono in buono stato, non aveva carie.»

«Ah no?»

«No, Macallè» si inserisce Melchiorre, facendomi trasalire. Quando quest'uomo si palesa ha lo stesso effetto di un poltergeist. «Sa com'è, in passato non esistevano le brioscine.»

«Ma nemmeno il filo interdentale, se è per questo» ribatto, soavemente. Mia madre mi diceva sempre che ho la lingua biforcuta. E diceva anche: «Chi di lingua ferisce, di lingua perisce». E pensare che non ha potuto vedere che con gli anni sono solo peggiorata.

Melchiorre corruga la fronte e non mi degna di una risposta, preferendo spendere le sue energie confrontandosi con Miss Foley sulla procedura da avviare per le analisi chimiche.

«Perché lei lo sa, vero, Macallè, che misurando il rapporto $Stronzio_{87}/Stronzio_{86}$ nei denti riusciamo a capire se l'individuo era stanziale o se invece era cresciuto in un luogo e poi da lì si era spostato?»

E chi non lo sa!, vorrei rispondere. Ma, mentre annuisco, mi sento richiamare dal suono dei tasti di un pianoforte. Una musica che me ne ricorda un'altra, di cui conosco ogni nota, ogni errore commesso per il troppo impeto.

«Cos'è?» chiedo, ma non a loro: lo chiedo in prima battuta a me stessa. Cerco con la mano il cellulare nella tasca del giubbotto preso a prestito, dove è segretamente conservato un video che riguardo in media una volta alla settimana. Fino a quando ho capito che dovevo evitare di farmi del male, lo riguardavo molto, molto più spesso.

Anche Melchiorre inizia a frugarsi nelle tasche. È suo il telefono che squilla. «Abbia pazienza, Macallè. Sono una persona eccentrica che ama le cose del passato. L'avrebbe mai detto?» ribatte, prima di rispondere con un «pronto» pronunciato in maniera decisa, orgogliosa. Ma io ho il cuore in subbuglio per motivi molto lontani da lui, da qui, da adesso.

Motivi che vivono nel ricordo di un giorno di quattro anni fa, un giorno in cui, all'aeroporto di Fiumicino, un ragazzo suonò la *Piccola Fuga in Sol minore* di Bach con il pianoforte messo a disposizione per i viaggiatori di passaggio.

Suonò in maniera così coinvolgente che in molti interruppero il loro cammino verso il gate per fermarsi a guardarlo. E lui, forse incoraggiato dalla reazione che stava suscitando, suonò in maniera sempre più veemente, imprecisa forse, ma ipnotica. Attraverso il modo selvaggio in cui suonava prometteva – e per quanto mi riguarda, mantenne ampiamente – una vorticosa dissolutezza. Presi il cellulare e lo filmai, perché pensai che avrei voluto sentirlo ancora e ancora, più tardi, appena possibile, tutte le volte che volevo. Finì l'esibizione mietendo applausi entusiasti, ma non sorrise e non ringraziò nessuno. Si alzò dallo sgabello, prese il giubbotto che aveva poggiato sulla coda del piano, mise in spalla il suo zaino e si allontanò aprendosi un varco tra la folla. Passando, mi urtò leggermente e ci fissammo un minuto di troppo.

E la mia vita cambiò per sempre.

Ma questa è un'altra storia.

« Quindi il Carbonio 14 a questo giro ce lo risparmiamo » dice Anselmo. Siamo seduti sulle sedioline pieghevoli da bivacco fuori dalla chiesetta e consumiamo tramezzini per pranzo. Sarah lo sta ragguagliando sulle decisioni di Melchiorre.

« Con l'aiuto di un archeologo è giunto alla conclusione che il sarcofago è di fattura basso-medievale, forse 1200 o 1300. La pietra che è stata usata viene certamente dalla Lessinia, lo dimostrano i fossili di crostacei e conchiglie. E da quanto risulta, la chiesa era attiva in quell'epoca, poi in effetti l'intero castello cadde in disgrazia dopo l'avvento dei Carraresi » chiosa Sarah. « Quindi no, il Carbonio 14 non ci serve, la datazione l'ha già fatta il geologo cui il prof si è rivolto. »

« Tanto meglio, visto che ogni volta trovare i soldi per finanziare l'esame è una iattura. »

« In effetti, chi paga? » domando. Sarah e Anselmo si scambiano un'occhiata piena di solidarietà, come quella tra due artisti di strada che a fine giornata fanno il conto di quanto hanno racimolato nel barattolo di latta. È lui a prendere la parola.

« Dipende da chi è interessato. Se può risultarne uno studio interessante si trovano laboratori disposti a fare il lavoro gratis pur di essere inclusi nell'elenco degli autori. Diversamente, si paga con fondi di ricerca, che possono provenire da fonti diverse: dalla Sovrintendenza, dall'Ateneo, da Fondazioni, da progetti o anche da privati. Ma prevalentemente dalla Sovrintendenza. »

« È un lavoro anche questo. Trovare i fondi, intendo. È stressante » considero, comprensiva.

« Ah, ma Melchiorre ha una gran quantità di contatti, ci riesce sempre. Va dalle persone e le convince, perché sa raccontare storie. E ad alcuni poi sembra di contribuire a scrivere il finale » spiega Anselmo, mentre si stappa una Red Bull. « E poi prima c'era Diana e lei... » ma non conclude la frase perché Sarah lo ha fulminato con lo sguardo. Colgo la scintilla del non detto e non me la lascio scappare.

« Dunque la prima in graduatoria, Diana, lavorava già qui? Voi la conoscevate? »

Non ricavo altro che uno striminzito « sì » pronunciato da Miss Foley, ma non demordo.

« E perché ha rinunciato al posto? Perché se n'è andata? »

« Ha preferito un altro filone di ricerca » ribatte lei, sbrigativa, per poi cambiare discorso. « Comunque in questo caso faremo altre analisi chimiche. La ricerca degli isotopi dell'azoto e del carbonio dà notizie sulla paleonutrizione: in altri termini, cosa mangiava il nostro ragazzone? »

È così che lo abbiamo ribattezzato. « Proteine a gogò, ci scommetto. Doveva essere un nobile e plausibilmente un cacciatore, è ovvio » risponde Anselmo prima di addentare il suo pancarré farcito con maionese e uova sode. Sarah annuisce, poi si lava con un po' d'acqua le punte delle dita sporche di tramezzino e ci esorta a essere più rapidi, perché intende finire di catalogare tutte le ossa in giornata.

Io obbedisco e la seguo, mentre Anselmo borbotta qualcosa a proposito del fatto che un poveruomo ha solo mezz'ora di pausa pranzo al giorno e dovrebbe godersela.

Il cielo nel frattempo si è scurito e oggi fa ancora più freddo di ieri.

« Costanza, adesso ci aspetta il lavoro più importante. La colonna vertebrale. »

« Perché? » le domando, mentre dispiego un sacchetto di plastica.

« Guardala bene e troverai quella che secondo me è la causa di morte » dice Sarah, le labbra inarcate in un sorrisetto orgoglioso. « Controlla tutte le vertebre, a una a una. Non per fare la misteriosa, è solo che non voglio toglierti il piacere della scoperta. »

Metto via il sacchetto e mi avvicino.

« Sii cauta, c'è una traccia che ci serve » aggiunge, e io sono lieta che Melchiorre non sia nei paraggi.

Mi prendo il mio tempo, la fretta non ha mai aiutato

nessuno. Le vertebre cervicali sono a posto, poi passo a esaminare le toraciche.

« Fuochino... fuocherello... » dice Sarah, con le braccia conserte.

Eccole, le due vertebre incriminate. Credo. Undicesima toracica e prima lombare. Scalfite da un segno non troppo profondo ma che potrebbe indicare l'azione di una lama, magari arrivata fino al fegato, con conseguente emorragia ed exitus tra strazianti sofferenze.

« Hai visto che bel regalino? » chiede Sarah, avvicinandosi e prendendo una delle due vertebre con molta cura. « È possibile trovare ancora delle tracce del metallo dell'arma che ha prodotto il colpo. »

« Spada? » chiedo.

Sarah resta pensosa, non risponde subito. Nel frattempo è arrivato anche Anselmo e i suoi placidi occhi bovini rimirano la vertebra con interesse. Poi dice la sua: « Ho come l'impressione che fosse più appuntita di una spada. Forse un'arma da caccia, magari inastata, tipo una lancia da cinghiale ».

Istintivamente arriccio le labbra, pensando al dolore devastante che deve causare essere trafitti in quel punto da una lancia studiata per impalare un suino selvatico. Anselmo se ne accorge. « Eh, Macallè. Quelli erano secoli feroci. »

« Ogni secolo lo è a modo suo » ribatte Sarah, ancora concentrata. « Comunque le vertebre ci dicono anche dell'altro: ci sono numerose ernie intraspongiose di Schmorl a livello dorso-lombare, espressione evidente di traumi e sovraccarico verosimilmente per la pratica dell'equitazione. »

« Insomma, ecco la nostra storia. Un giovane cavaliere

forse dell'Est veronese viene colpito a morte, probabilmente alle spalle, da un'arma letale. La sua bella innamorata dai capelli rossi, distrutta dal dolore, mozza di netto la sua lunga treccia e la depone accanto al suo amato » recita Anselmo, con voce impostata, mentre Sarah rotea gli occhi.

« Hai materiale per... » gli dice, ma Anselmo taglia corto, come se non volesse farmi sentire la fine della frase. « Sì, sì, materiale per fantasticare. Hai già prelevato quei pochi brandelli di tessuto che c'erano, per farli esaminare? »

Sarah annuisce. « Li ho consegnati insieme alla treccia. Tieni » mi dice infine, porgendomi le vertebre lombari sane. Ma nel frattempo mi è arrivata una mail di Carrie, la broker che mi sta cercando un lavoro in UK. Vorrei leggerla subito, ma Sarah è di fronte a me con queste tristi ossa ferite a morte tra le mani.

Vorrà dire che aspetterò di essere da sola.

8

Foggia, novembre 1233

Le candele ardevano illuminando la grande sala con una luce calda e tremolante. I paggi rinfocolavano il camino con attizzatoi appuntiti mentre i musici suonavano e i giocolieri si esibivano con volteggi e capriole.

Tutto era nuovo per Selvaggia. Aveva affrontato un lungo viaggio, assalita da sentimenti di paura e tristezza. Aveva lasciato il mondo in cui viveva e la lingua che parlava e, soprattutto, aveva dovuto abbandonare l'unica famiglia che conosceva: suo fratello Enrico. Selvaggia era stata educata come una nobildonna, le era stato insegnato il latino, eppure tutte le voci che aveva attorno le sembravano straniere e incomprensibili.

Seduto accanto a lei c'era un giovane cavaliere siciliano che però parlava tedesco perché sua madre lo era. Per età le ricordava Enrico, il re di Germania, il suo adorato fratello Enrico che l'aveva lasciata andare promettendole che era per poco, che sarebbe tornata a casa, che lui non l'avrebbe mai dimenticata.

Gli occhi si orlarono di lacrime pensando alla sua vita al castello in Svevia. Lì si sentiva al sicuro e protetta. Enrico l'aveva messa in guardia dal padre. *Non fidarti di nessuno, lì. Resisti. Io verrò a prenderti. Quando tutto cambierà, a te non accadrà niente. Te lo prometto.*

Selvaggia fu distolta dallo squillo di tromba che annunciava l'arrivo di servitori con ampi vassoi ricchi di allodole allo spiedo e borragine. Nel frattempo, era cura dei coppieri che i calici non fossero mai vuoti, specialmente quello di suo padre, l'imperatore.

Federico II di Svevia era seduto al centro del lungo tavolo, attorniato da gente a lei sconosciuta, in un clima festoso e conviviale molto diverso da quello che ricordava ad Hagenau, dove lei era cresciuta. Era rimasta orfana di madre a pochi giorni di vita. Di lei sapeva solo che si chiamava Selvia Lancia. Federico dispose subito che lei vivesse in Germania, insieme al primogenito Enrico, che di quella grande nazione era il re. Ma tra Enrico e l'imperatore erano nati profondi conflitti, che avevano spinto il padre a farla trasferire a Foggia. E gli ordini di Federico, pur se le ragioni che li sottendevano non risultassero sempre comprensibili, non erano mai in discussione.

Così, appena qualche mese prima, Selvaggia era giunta a Foggia. Aveva quattordici anni, una tunica color zafferano di tessuto pignolato, lunghe trecce rosse e nessuna idea di quando e se sarebbe mai tornata a casa, in Germania. Enrico aveva permesso che una fidata servitrice la accompagnasse: si chiamava Hildegard e si era presa cura di lei da quando era arrivata ad Hagenau. Hildegard era tutto ciò che le restava della sua infanzia in Germania.

Il nobile siciliano conversava amabilmente e aveva un sorriso dolce e accogliente. Bevvero dallo stesso calice e mangiarono dallo stesso piatto, da cui lui prese per lei i bocconi di carne più morbidi. Poi i paggi passarono con l'acqua profumata al rosmarino per lavare le dita. L'atmosfera era allegra, il suono vivace di un piffero sottolineava gli scoppi d'ilarità della compagnia. Selvaggia però si sentiva sempre più estranea a tutto e a tutti. Suo padre l'aveva voluta lì, ma da quando era arrivata le aveva a stento parlato. Le aveva detto che era bella, che era felice che fosse lì, che sarebbe stata bene e che aveva grandi aspettative nei suoi confronti. Federico aveva un sorriso seducente, uno sguardo curioso e parlava in modo veloce, forse anche troppo, ma era bello sentirgli parlare la sua lingua.

La cena durò a lungo, il nobile siciliano si distrasse, lei restò sola con i suoi pensieri, a far finta di guardare i giocolieri che in realtà non vedeva. Sognava – inutilmente perché era un sogno impossibile – di riconoscere il volto di Enrico lì, in quel grande castello, in quella località così diversa e lontana dalla sua fredda e familiare Svevia. Ma i rapporti tra Enrico e il padre erano tesi e non c'era aria di riconciliazione. Selvaggia avrebbe dovuto aspettare a lungo, prima di poterlo rivedere.

Al termine della cena, Hildegard venne a prenderla: significava che era ora di ritirarsi, e lei ne fu contenta.

« Ti ho preparato dell'acqua calda e ho già sistemato le tende del baldacchino » le disse la vecchia servitrice, tenendola per mano. Mentre salivano le scale di pietra, le risa di suo padre la seguirono fino a che non raggiunsero il primo piano, poi si dissolsero come un'eco lontana.

Nei momenti in cui erano da sole, Selvaggia si sentiva restituita alla propria vita. Hildegard l'aiutò a sfilarsi la lunga tunica gialla e lei rimase in sottoveste, intirizzita dal freddo. Hildegard allora l'avvolse in una coperta di pelliccia e l'abbracciò con affetto. Aveva una faccia rugosa, la pelle molto chiara e un occhio più piccolo dell'altro perché la palpebra si era abbassata. I capelli erano avvolti da un cappuccio allacciato sotto il mento, Selvaggia non l'aveva mai vista senza e quindi non sapeva di che colore fossero.

Hildegard scostò le pesanti tende verdi del baldacchino allestito sulla base del letto di legno di castagno intarsiato, e Selvaggia distinse una piccola sagoma immobile sotto la coperta. Il corpicino nascosto fremeva e ridacchiava. Selvaggia spostò il lenzuolo e apparve una bambina dai capelli ramati, con il volto pieno di lentiggini e due grandi denti che avevano sostituito quelli da latte.

« Biancofiore! » esclamò.

La bambina rise, soddisfatta che lo scherzo fosse riuscito. Era anche lei in sottoveste e subito richiamò la coperta dalle mani di Selvaggia, lamentandosi per il freddo.

« Hildegard, accompagna Biancofiore nella sua stanza. »

Ma la bambina scosse il capo. Non capiva il tedesco ma aveva capito il senso delle parole della sorellastra. Biancofiore aveva cinque anni meno di Selvaggia ed era sempre vissuta a corte. Secondo Hildegard, le circostanze della sua nascita erano assai peccaminose e si era rifiutata ostinatamente di raccontargliele. Ma altrettanto ostinata era stata l'insistenza di Selvaggia, che voleva saperne di più. Così Hildegard le aveva parlato della defunta Anaïs de Brienne, cugina di Jolanda, seconda moglie di suo padre. Le due cugine erano arrivate insieme a Brindisi, dove era stato celebrato il matrimonio, ma a Federico Jolanda non piacque. Mentre gli piacque molto Anaïs, tanto che da lei ebbe la piccola Biancofiore.

« Hildegard, va' a chiamare Maria. »

Maria era stata la balia personale di Biancofiore. Anche in quel caso, la bambina intuì e scosse il capo più tenacemente.

« Dormiamo insieme. Fa freddo » supplicò in latino.

Quella piccola sorella, sola come lei, le stava offrendo il proprio cuore. Selvaggia annuì e congedò Hildegard. Si intrufolò sotto le coperte e assaporò il piacere del letto già scaldato dal tepore di Biancofiore. Si strinsero le mani e la bambina crollò addormentata. Selvaggia ebbe bisogno di più tempo, ma il ritmo docile e regolare del respiro della sorella la tranquillizzò e, per la prima volta dopo settimane, scivolò serenamente nell'incoscienza.

9

« Quindi la proposta della tua broker è l'ospedale di Stornoway? » ripete mia sorella Antonietta con tono volutamente a effetto. Io ho già i nervi.

« Sì. Hai da ridire? »

« Costanza, ma ti sei resa conto di dov'è? » chiede, a volume sempre più alto, digitando febbrilmente sul suo telefono il nome della cittadina in questione e mostrandomela su Google Maps, come se io non avessi già controllato da me.

« Sappi che c'è una primary school accanto all'ospedale. Sarebbe comodissima. »

Antonietta è sempre più tesa. Flora sta spazzolando il suo piatto di pasta olio e formaggio – stasera non è stato possibile fare di meglio – e ora sbatte il bicchiere sul tavolo dicendo « Acqua! »

« Ehi, signorina. Non è modo. Si dice: mi dai l'acqua, per piacere? »

Lei allora sbatte ancora più forte il bicchiere ma ripete con obbedienza.

« Stornoway è letteralmente in Culonia » sbotta mia sorella, contravvenendo alla regola che certe parole davanti a Flora sono vietate.

« Dov'è Culonia? » chiede infatti la bambina.

« È un paese lontano lontano » le rispondo senza fare una piega, e lei si quieta. A volte la miglior strategia è far finta di niente, così lei dimenticherà da sé. Mentre se si dà peso a qualcosa, quel qualcosa si riproporrà con sgradevole insistenza.

« Costinz, è un luogo freddo e sconfortante. »

« E tu come lo sai? »

« In questo momento ci sono quattro gradi. Conta novemila abitanti. Ma si può sapere che ci vai a fare? E poi, guarda, fossi tu da sola ti direi anche vai e sfracellati contro quel muro, ma c'è Flora... »

« Sì, io ci sono! » s'inserisce la bambina prontamente.

« Flora, per stasera puoi mangiare la frutta sul divano » le dico. È l'unico modo per riuscire a parlare con mia sorella. Le taglio la mela a spicchi, li metto in un piattino, accendo la tv e parcheggio sul divano la bambina. Montessori, flagellami.

Poi torno in cucina, dove la luce va incontro a fastidiosi abbassamenti di tensione.

« Costinz, io ti capisco, davvero » parte Antonietta con il solito tono da psicoterapeuta psicodinamica. « Capisco che lo sogni da sempre, capisco le privazioni cui sei sottoposta e tutti i tuoi sforzi per crescere una bambina da sola... » Ma qui io la interrompo.

« Flora non è mai stata e mai sarà un freno a vivere la mia vita. Lei è al centro, ma se non faccio le mie scelte associerò a lei il sentimento del rimpianto. E non voglio. Sceglierò sempre il bene per entrambe. Ma non mi priverò di niente. »

« E tu in coscienza pensi che Stornoway, nelle Ebridi, sia il bene per entrambe. Certo che hai una visione... »

« Ma è solo un modo per mettere un piede dentro al sistema inglese! Che ti aspettavi, che mi prendessero subito al King's College di Londra? »

« Guarda, meglio Stornoway di Londra » replica mia sorella, piena di sarcasmo.

« Vabbè. Tu vivi fuori dal mondo. »

Antonietta prende fuoco. « No, sei tu che vivi fuori dal mondo! Che pensi che l'Inghilterra sia la terra promessa. Ma li leggi i giornali? Gli italiani tornano indietro a frotte. Il sistema si sta chiudendo e tra un po' per andarci non ti basterà la carta d'identità. L'hai fatto il passaporto alla bambina? »

« Ma che c'entra questo? » sbotto.

« C'entra! Tu pensi che lì si viva meglio di qui e questa cosa non ha senso, veramente. Pensi di fare la vita della londinese alla moda come nei romanzi della Kinsella? Ma lo sai che non potresti mai permetterti un affitto a Londra? A meno di vivere in una stanza, con la bambina. Bello, davvero! Oppure te ne vai in qualche sobborgo? O in qualche città del Nord? Sono posti che o ci nasci o fai una vita di merda. »

« Ma cosa ne sai tu? »

« Potrei farti la stessa domanda! »

« Io almeno voglio provare. »

« Per gli italiani l'Inghilterra è un mito, ma è un bluff. Lo dicono tutti ma solo tu non vuoi capirlo. Lo sai che a Londra per mandare un figlio in una buona scuola devi iscriverlo quando sei ancora incinta? E che il sistema scolastico è molto competitivo, oltre che economicamente non alla tua portata? »

« Vorrei tanto sapere chi te le dice tutte queste cose. »

Antonietta ribolle. « Semplice: io, a differenza tua, mi documento! E non lascio guidare le mie scelte dalle sbandate di un momento, che un mese dopo hai cambiato già idea ma nel frattempo ne paghiamo tutti le conseguenze! Sei una cazzo di immatura. »

« Non ti permettere! » le dico, allineando il mio tono di voce al suo.

Flora si manifesta con un pezzo di mela rosicchiata in mano. « Non voglio andare in Culonia » fa presente, con un tono da piccola fiammiferaia.

« Grazie, Antonietta! » esclamo, prendendo per mano la bambina. « Stai tranquilla, non andiamo via » le dico, perché il mio compito è rassicurarla. La prendo in braccio, lei si accoccola cingendomi con le sue manine paffute. È una bambina grande, per la sua età. Alta, ben impostata. Io non sono così. Avrà preso dal lato paterno, ma ne so troppo poco per averne certezza. Fatto sta che è un'orchetta.

Il contatto con lei mi calma all'istante. Non posso essere agitata, so che non devo mai trasmetterle sentimenti di ansia e precarietà.

« Se non altro a Stornoway potrei fare il mio lavoro » dico rivolgendomi a mia sorella, con tono pacato, il corpicino di Flora attaccato al mio. « Che non è questa palla che faccio qui a Verona, okay? »

« Giochiamo a palla? » chiede Flora con logica inoppugnabile.

« Non si può, adesso è tardi. Con la palla faremmo rumore e disturberemmo la signora del piano di sotto. » Che, per inciso, è la madre di Fabio ed è molto sensibile e poco tollerante nei confronti di tutti i nostri rumori domestici. « Comunque, Antonietta, va bene. Ho un paio di giorni per pensarci. Per fortuna oggi è venerdì » dico, dopo un lungo sospiro.

Mia sorella sta sparecchiando la tavola. « Va bene » risponde e so che vorrebbe essere naturale, ma non può fare a meno di risultare un po' rigida.

Dopo un sabato passato chiuse in casa per colpa di un tempo da lupi, la domenica ci sorprende con una luminosa e tiepida giornata che sembra rubata alla primavera. Decidiamo di andare a piedi a San Zeno, che è a due passi da dove abitiamo. Ogni prima domenica del mese il quartiere ospita un mercatino del vintage all'aperto e Antonietta non se lo perde mai, ed è la ragione per cui casa nostra sembra il banchetto di un rigattiere. Non sa resistere alle scatole di latta – « Dai, costano solo cinque euro... » – e con questa scusa la casa ne è piena. Ma il suo tallone d'Achille sono i piatti di ceramica scompagnati che assembla in una tavola mix and match con un certo buon gusto.

Mia sorella è ancora un po' sulle sue, perché non ho ancora declinato la proposta di Carrie, anche se non ho fatto altro che pensarci, durante continui e tormentosi risvegli notturni. La cosa che mi rode più di tutte è che Antonietta ha ragione. Forse Stornoway non è la miglior proposta che posso ricevere. Posso aspettare ancora un po' in attesa di qualcosa di più adatto. La cosa migliore da fare, soprattutto per Flora, sarebbe completare quest'anno a Verona prima di affrontare un nuovo cambiamento. E questo è un fatto che sulla bilancia pesa più di un'opportunità a Stornoway. Per quanto mi costi ammetterlo, è così. Non è una questione di limiti o di privazioni, bensì di priorità: e la mia priorità è Flora. Andremo in Inghilterra, ma alle migliori condizioni possibili.

Il sole di dicembre irraggia la piazza con una luce tiepida, mentre la basilica romanica assiste placidamente alla compravendita di chincaglierie che si svolge al suo cospetto. Coerentemente con la sua tendenza nudista, al primo barlume di sole Flora vuole togliersi il giubbottino e non mi godo il giro perché vuole toccare tutti i ninnoli di porcellana esposti, mentre mia sorella esamina con attenzione un chiodo di pelle che il venditore spergiura essere nuovo, un vero affare.

Nel frattempo, i leoni di pietra rossa attraggono Flora, che vuol sedersi a cavalcioni, ma lo spazio tra criniera e colonna è troppo esiguo e ci rinuncia, perché aggrapparsi allo stelo le risulta poco interessante. Piuttosto le viene in mente che vorrebbe un gelato, proprio muore dalla voglia di un gelato, e benché mi sembri assurdo prenderne uno a dicembre, alla fine l'accontento.

Antonietta ci raggiunge al bar con le borse che contengono i suoi acquisti e chiede un caffè macchiato che beve amaro.

« Ti sei data da fare » commento. Lei continua a fare la sprezzante. « Ancora il broncio? Avanti, Tony, dacci un taglio... Che te la prendi a fare sul personale? »

« Non me la sono presa. »

« Sì, come no. Lo sai, per me l'Inghilterra è come il fidanzato che ami alla follia. Tutti ti dicono che è sbagliato per te, ma non ti importa. Lasciami vivere questo amore, dal momento che non ne ho un altro. E forse mai l'avrò. »

Antonietta scuote il capo. « Non fare la vittima, che con me non attacca. Sei tu, piuttosto, a rendere vittime gli altri. »

« Ho un pessimo carattere. Sono nata per stare da sola. Ma per fortuna ho te e Flora » le dico. Prima ero scherzosa, ma adesso sono seria. Ho bisogno di Antonietta. È il faro che con la sua luce mi riporta a casa. Possiamo litigare, come tutte le sorelle. Ma non possiamo superare il limite, o ci sentiremmo smembrate.

La stringo forte e lei mi restituisce l'abbraccio, con tutta la sua dolcezza. Più tardi, sul comodino della mia stanza, trovo una statuetta di Sua Maestà Elisabetta II, vestita color lillà e affiancata da un corgi. Il cappellino è un po' sbeccato, Antonietta deve averla trovata oggi in una bancarella. Ha aggiunto un biglietto, messo sotto i piedi della regina.

Tvb
Tony

10

Ho scritto a Carrie dicendole che per il momento mi trovo bene a Verona – Pinocchio, mi fai un baffo. Sì, penso ancora di trasferirmi in UK, ma per una situazione professionale in cui io possa crescere. Niente contro Stornoway, ma forse preferirei un luogo vicino a una grande città, se proprio non può essere una grande città.

È lunedì mattina, un nebbione maestoso fa già dimenticare il miracolo della bella giornata di ieri. Ho portato Flora all'asilo e adesso sono in laboratorio con Anselmo e Miss Foley. Ho appena finito di catalogare tutte le piccole ossa dei piedi del cavaliere come minuscoli pezzi di un puzzle, dopo che abbiamo asportato le tracce di pelo animale provenienti da quelle che probabilmente erano le sue scarpe.

« Nel Medioevo esistevano delle calzature rivestite di pelliccia, una versione un po' più primitiva degli UGG » spiega Sarah. « Anche questo ci conferma che era di provenienza agiata. »

« Io intanto ho analizzato l'anello e la fibbia » s'inserisce Anselmo.

« E cosa hai scoperto? » gli chiedo, mettendo via le cassette con le ossa in un armadio da chiudere a chiave, almeno per il momento.

« Sull'anello è intagliato un leone, il simbolo dei Brunswick, i duchi di Sassonia e Baviera che avevano pretese sul trono di Germania ed erano i diretti rivali degli Hohenstaufen. In maniera molto, molto semplificata, Hohenstaufen, la dinastia di Federico II di Svevia, è la parte ghibellina. I Brunswick sono i guelfi. Ti ricordi, guelfi e ghibellini? » mi chiede.

Più o meno. La mia espressione priva di coinvolgimento tuttavia non scoraggia Anselmo, che prosegue: « Considerato che il periodo compatibile con l'uso della chiesa del castello e con la manifattura di quel sarcofago è compreso tra 1200 e 1300, allora sappiamo anche che in quel periodo Verona era nel pieno dei conflitti tra guelfi e ghibellini. Le famiglie più attive erano i Sambonifacio per la parte guelfa e i Montecchi per quella ghibellina – almeno questo nome ti dirà qualcosa. Oh, Romeo, perché sei tu Romeo! » Sospende la sua interpretazione a effetto. Miss Foley, gli occhi blu sgranati, pende dalle sue labbra. « Insomma, come racconta anche Shakespeare, qui a Verona guelfi e ghibellini si azzuffavano come cani e non se ne poteva più. Ma la questione è più complessa di così, perché c'erano di mezzo anche altri tipi di schieramenti, pro o contro gli Estensi, soprattutto. Oltre a tutto ciò, in questo caos stava prendendo piede la famiglia degli Ezzelini, gente che non si distingueva per buone maniere, in particolare Ezzelino III che era chiamato il Terribile e penso che su questo non ci sia altro da aggiungere. »

Mi sento stordita, mi sono persa a guelfi e ghibellini sforzandomi di ricordare per cosa guerreggiassero. Ma perché mi deve importare tutta questa faccenda?

Tuttavia, Anselmo continua indomito. « La principale famiglia guelfa di Verona, i Sambonifacio, fu bandita dalla città. I loro beni furono confiscati, e loro trovarono riparo a Padova, per quel che è dato sapere. Non tornarono a Verona per almeno due secoli.»

«Ma tutto questo cosa c'entra con il cavaliere?»

«Certo che c'entra! Cosa ci fa una persona legata al guelfismo in un sarcofago nel castello di Montorio in un periodo di orientamento ghibellino?»

«Molto interessante» dico io. E lo penso davvero, perché tutti i quesiti dalla non semplice soluzione mi solleticano, anche quelli di cui non comprendo bene i contorni. Ma nello sguardo dei miei colleghi leggo che nessuno ci crede.

Nei giorni successivi il tempo si incupisce. Alle quattro è già buio, fa un freddo feroce e io avverto un po' di pesantezza nel rimanere incastrata in una routine fatta di abitudini fisse, orari rigidi e ben poco svago oltre all'andare in piscina e nuotare fino a sfinirmi.

Ho iscritto Flora a un corso di inglese per bambini. La mia speranza è che possa imparare un po' di paroline che la aiutino a non sentirsi spaesata quando faremo il grande passo. Segretamente, spero anche di parlare di qualcosa che non riguardi la diffusione della sifilide alla fine del Quattrocento – tipica dissertazione da pausa caffè in Istituto – o a chi tocchi fare il bucato – io e Antonietta a cena. Insomma, ho tanto bisogno di chiacchiere vacue e fatue in cui ci si dimentica chi si è e per un po' si è chi si vuole.

Ma al corso di inglese di Flora le altre mamme latitano. I bambini arrivano accompagnati dalla nonna o dalla tata sudamericana. C'è solo un'altra madre che si accolla il compito di portare il pargolo, ma la buona notizia è che a Flora sta molto simpatico. Io e mia figlia abbiamo stabilito un piccolo rituale che le fa accettare il distacco per passare dalle mie braccia a quelle della teacher: arriviamo un po' prima e compriamo un pacchetto di patatine alla macchinetta – Montessori, flagellami.

«Lo compriamo anche a Brando?» Sì. Il bambino si chiama così. Mai scoraggiare la generosità nei bambini. Inserisco le monetine e, voilà, ecco un pacchettino in dono per l'amichetto di Flora. Lei corre entusiasta a portarlo al bambino, con gli occhi pieni di felicità per aver fatto qualcosa di speciale.

«Grazie del pensiero. Ma io non gli do le patatine» ci risponde la brava madre.

Flora non ha capito, sembra confusa. «Quand'è così, me le mangerò io» rispondo, per non farne un dramma. Per un siciliano, un dono rifiutato è un'onta che si può cancellare solo con il sangue, ma non mi metto nemmeno a spiegarlo.

«No! Sono di Brando!» insiste mia figlia.

«A Brando non piacciono» mento spudoratamente.

«Sì che mi piacciono» dice allora il bambino, rivolgendosi implorante alla madre, che non si prende la briga di spiegargli per quale ragione, allora, gli vengano negate.

«Andiamo, la teacher sarà già arrivata» dice quindi la mamma modello, lasciandoci nell'anticamera con questo sacchetto di patatine che mi infonde una tristezza cosmica e che divoro nervosamente quando Flora è già nella classroom, mentre vago senza meta e infreddolita per i vicoletti limitrofi alla scuola di inglese.

Ci sono negozi carini, ma non ho soldi da spendere. Così, cerco riparo all'interno di un palazzo che visto da fuori sembra persino austero, ma che varcando il portone che qualcuno ha lasciato aperto svela un romantico ballatoio invaso da una prospera edera rampicante. Sotto si estende un prato verde, ben curato, di un paio di centinaia di metri quadrati. Un tesoro nascosto da una maestosa inferriata che impedisce l'accesso e che resto a contemplare per qualche tempo. Fortunato chi abita in un posto così.

Tra una cosa e l'altra è ora di tornare a prendere Flora e approfitto di cinque minuti di anticipo per chiedere alla ragazza che gestisce le classi se c'è un altro corso per baby beginners: è nato un impedimento di giovedì e potrebbe essere difficile accompagnare Flora.

« Sì, certo. C'è il martedì. Ma dovrebbe cambiare classe e la bimba si è appena inserita » obietta scrupolosamente la coordinatrice.

Ti adoro, Flora. Ma la mamma salutista non posso vederla una volta di più.

E quindi, martedì sia.

11

« Ho un'idea. Vai a fare la spesa » dice Antonietta, dopo la mia tiritera di lamentele a proposito del sentirmi un po' sola.

« Eh? »

« I giovedì sera i single vanno all'Esselunga... Funziona tipo Tinder, ma almeno dal vivo. »

« Cioè, vanno a rimorchiare al supermercato? »

« Sì! Con la scusa di comprare le monoporzioni. » Sono senza parole. « Dai! È una cosa simpatica » insiste mia sorella.

« Tu ci sei andata? »

« Ma sì, una volta. »

« E? »

« E non è successo niente. »

« Vedi? Non ne vale la pena. »

« Ma io non ho i tuoi bei capelli rossi. »

« E nemmeno una figlia, se è per questo » concludo, decisa a scartare l'ipotesi di andare in cerca di incontri aggrappata al manico di un carrello per la spesa. Ho già messo a letto Flora, in anticipo rispetto al solito. Mi sembra di avere del tempo libero tutto per me e mi accorgo con sconforto che non so cosa farmene.

« Costinz, è tutta questione di trovare la persona giusta, che si innamori di entrambe. Non è difficile » conclude teneramente Antonietta.

Quando mia sorella entra nell'argomento mi prende sempre un po' di stizza. È come se desse per scontato che è quello che cerco: l'amore della vita.

Ma io, come Laocoonte, diffido dell'amore anche quando porta doni. Non ho avuto esperienze incoraggianti, ho vissuto innamoramenti sfolgoranti utili solo a travolgermi e a lasciarmi quasi esanime. Non posso cercare l'amore. Non voglio incontrare una persona che mi faccia perdere la testa, non me lo posso permettere. La mia testa deve rimanere ferma al suo posto per fare le scelte giuste. E Flora non ha bisogno del surrogato di un papà. Avrebbe bisogno del suo vero padre.

Ma di lui so soltanto:

- che si chiama Marco;
- che suona il piano meravigliosamente, ma che non è un pianista;
- che quando l'ho conosciuto studiava per un dottorato a Zurigo;
- che all'epoca del nostro incontro in aeroporto era fidanzato – ma questo lo scoprii alla fine e la presi male, malissimo, al punto che quella specie di tresca da vacanza finì con proclami di odio imperituro e maledizioni per la sua discendenza. Lui di me conosceva più elementi, ma non mi ha mai cercato;
- il suo numero di telefono, che mi ha dato all'epoca e che a lungo mi sono vietata di usare. Ma quando sono stata costretta a farlo, mesi dopo, si è rivelato inutile, perché nel frattempo lui doveva averlo cambiato.

Con questi soli elementi, vallo a trovare il mio Marco. Ho frugato nel sito della facoltà di Arte a Zurigo, nei social network, scandagliato ogni pagina di Google con qualunque ipotesi di ricerca. Marco, *Zurich, doktorat.*

Ho trovato una sola corrispondenza, un certo Marco Amalfi, ma cliccando sulla sua foto mi sono subito dolorosamente accorta che non corrispondeva alle bellissime fattezze del mio Marco.

Okay, non è mai stato « mio ».

Ma io ho qualcosa di suo. Anzi, qualcuno.

Insomma, un ago in un pagliaio. Se lo trovassi, lo implorerei di prendersi cura di Flora insieme a me, anche se per lui io non ho significato niente. Nessuno che fosse significativo a sufficienza da dirgli il proprio cognome. Una botta e via – anche se in realtà sono state più d'una.

Non troppo tempo fa, Antonietta mi ha suggerito di rivolgermi a un detective privato. Non è una cattiva idea, ma non l'ho ancora fatto. Ho sempre rinviato, ma intanto le conseguenze del mio silenzio diventano sempre più disastrose e irreparabili, perché Flora cresce. Non facendo niente, sto togliendo qualcosa di importante a entrambi, lui e lei. E anche se ho fatto del mio meglio, non posso dire di aver fatto tutto quello che potevo.

D'altra parte, si potrebbe pensare che io sia stata molto incauta a fare una figlia con una persona pressoché sconosciuta. Ed è vero. Flora è stato il prezzo più alto che ho pagato per la mia leggerezza. Detta così sembra una brutta cosa, come un effetto collaterale della mia disinibizione, quando invece è stato il modo per capire molto di me stessa. Quanto pazza fossi, prima di tutto. Perché è così che mi sono sentita la mattina in cui mi sono presentata in reparto per l'aborto.

Tutto era pronto: elettrocardiogramma, esami del sangue. La mia cartella era già stata compilata una settimana prima, l'età gestazionale definita, avevo parlato con una signora dolcissima che mi aveva spiegato tutte le alternative a una scelta irreparabile. Sorda a ogni altra possibilità, avevo firmato tutto quello che dovevo firmare. Mi restava solo da presentarmi il giorno stabilito: la « procedura » sarebbe stata espletata in day hospital e mi avrebbero dimessa nel pomeriggio. Che modi asettici di parlare di qualcosa di così tremendo. Ma esiste un altro modo?

Non lo raccontai a nessuno, solo ad Antonietta. Lei era l'unica che non mi avrebbe mai giudicata, lo sapevo. Quella mattina guidai fino all'ospedale, lei era al mio fianco, portatrice di un silenzio assoluto, che era qualcosa di cui avevo profondo bisogno. Mi sentivo come quando si va sottacqua e i suoni sono distorti e lontani, incapaci di raggiungerci davvero. Antonietta si accomodò in sala d'attesa, si era portata un libro da leggere con cui ingannare quella che si prevedeva una lunga attesa. Nessuna delle due sapeva ancora che sarebbe stata brevissima.

Mi fecero indossare un camice monouso e mi misero in una stanza, da sola. Venne una ragazza sorridente, tutti sembravano molto attenti a non lasciar trapelare giudizi. Era un'infermiera. Mi spiegò che stava per mettermi un gel che sarebbe servito ad ammorbidire il collo dell'utero per consentire la procedura. La *procedura*, la *procedura*, quella parola continuava a ronzarmi nella mente.

« Va bene, Costanza? » chiese per avere certezza di essersi spiegata in modo chiaro, le dita guantate pronte a entrare dentro di me. Non risposi. « Sei sicura? » insisté. Mi sentivo ancora sottacqua, la sua domanda non era solo la propagazione circolare di un'energia sonora ma un moto che veniva da dentro di me.

Sei sicura? Sei sicura?

E all'improvviso pensai, anzi sentii chiaramente, che da

quel giorno e per tutto il resto della vita avrei sofferto per il vuoto lasciato da quell'assenza.

« Hai già finito? » strabuzzò gli occhi mia sorella, chiudendo il suo libro, quando mi vide spuntare in sala d'attesa.

« Non l'ho fatto » risposi con semplicità. « Sono pazza. Me lo tengo. Prepariamoci a dirlo a papà. »

Giovanni Macallè ebbe bisogno di qualche tempo per accettare che la primogenita, quella di cui si vantava con i clienti dell'officina, la figlia medico, sarebbe diventata una ragazza madre e single. Si ammorbidì al pensiero che lo avrei chiamato come lui: un altro Giovanni Macallè. Doveva essere contento, perché dal nostro Michelone potevamo aspettarci tante cose, ma non che gli desse un erede omonimo. Poi però nacque la piccola Flora Macallè. Papà se ne innamorò a prima vista e, a quel punto, tutto il resto non ebbe più importanza.

In Istituto, in un giorno così umido e spettrale che ho preferito evitare di usare la bici, Melchiorre ci ha convocati tutti nella sua stanza. Nonostante la giornata sia buia non accende la luce, con il risultato che è come se sul volto di ognuno di noi si riflettesse un riverbero grigiastro.

Come è sua abitudine, il professore per prima cosa chiede a ciascuno di noi qualcosa di personale. Ad Anselmo come stia sua nonna, a Miss Foley com'è andata la gara di pasticceria – pare che sia il suo hobby – e a me chiede notizie della tata di mia figlia. Così, con naturalezza, senza che quindi io possa capire se è sarcasmo o se è rincoglionito. Penso, come al solito, la prima.

« Sono arrivati i risultati delle analisi svolte sulla treccia» annuncia poi, porgendo dei fogli ad Anselmo. «Dobbiamo ringraziare il laboratorio di Chimica dell'Università. Li hanno fatti come favore a titolo personale. Ci servivano davvero? Non lo so. Ma non ho resistito, e tant'è. E bisogna ammettere che i chimici sono creature davvero affascinanti. Sono gli odierni alchimisti, credo io. Dunque, per prima cosa un dato di cronaca: i capelli erano intrisi di una sostanza che, verosimilmente, era un olio essenziale.»

«Davvero?»

«Cara Macallè, è opinione diffusa che nel Medioevo l'igiene personale fosse carente, ma è vero solo in parte. Gli alti ranghi avevano la possibilità di lavarsi con una certa regolarità. Ma in ogni caso, come puoi immaginare, le essenze profumate erano prodotti molto graditi e ricercati» precisa Anselmo che, quando si tratta di Medioevo, sembra trovare un senso alla propria vita.

«I nostri chimici hanno individuato tracce di betadamascenone e farnesolo, sostanze che in genere si trovano nell'olio di rosa.»

«Oh» mi ritrovo a dire. «Ottocento anni dopo noi ragazze facciamo lo stesso: ungiamo d'olio i capelli per renderli soffici e profumati.»

«Ecco, appunto, le cose non sono cambiate poi tanto. Ma questo elemento ci informa del fatto che anche la ragazza – o la donna – cui appartenevano i capelli deposti accanto al cavaliere apparteneva a un ceto molto agiato, perché di certo non erano prodotti alla portata di contadine o sguattere. Ma c'è dell'altro» aggiunge Melchiorre, mentre Anselmo mi porge le pagine su cui sono stampati i risultati degli esami. Da quel che è possibile capire in base ai range di riferimento, i capelli sono risultati ricchi di ferro, cobalto e nichel ma poveri di zinco. Per me si tratta di dati inspiegabili.

«I capelli rossi sono naturalmente ricchi di ferro e quelli di donna hanno più cobalto e nichel rispetto a quelli degli uomini. Il che ci conferma che la treccia apparteneva a una donna dai capelli rossi.»

«È possibile avere un'idea orientativa dell'età?» mi ritrovo a chiedere. Melchiorre sembra compiaciuto di scorgere in me un sussulto di curiosità.

«In linea prettamente teorica, sì. La densità di capelli sul cuoio capelluto, per esempio, decresce con l'età. E il massimo del diametro del capello si raggiunge durante l'adolescenza. Altre informazioni si ricavano dal cuoio capelluto, che risente anche dell'azione ormonale, ma nel nostro caso abbiamo solo i capelli. È possibile dire, in maniera molto orientativa, che questa treccia appartenesse a una donna sotto i trent'anni. Ma non ci potrei mettere la mano sul fuoco. Piuttosto, parliamo dello zinco così basso. È un reperto che non mi aspettavo.»

«Denutrizione» propone Miss Foley.

«Ma non è credibile che una donna che può permettersi l'essenza di rose fosse denutrita. È vero, secondo alcuni studi lo zinco basso si associa a denutrizione. Ma la denutrizione può anche essere volontaria. Mi riferisco all'anoressia» ribatte Anselmo, stupendomi.

«Anoressia?» ripeto quindi, d'impulso.

«Le donne sapevano che mangiando poco avrebbero perso il ciclo mestruale e il sangue mestruale era considerato impuro. Caterina da Siena e Chiara d'Assisi erano anoressiche, tanto per dire. Dovresti leggere *La santa anoressia. Digiuno e misticismo dal Medioevo ad oggi*. Ti si aprirebbe un mondo.»

« Non mancherò. Ma l'ipotesi di un'anoressia mistica confligge con l'idea del pegno d'amore. »

« Su cui comunque non siamo mai stati certi e forse mai lo saremo » interviene Melchiorre, che quando contraddice usa sempre il *pluralis maiestatis*.

« Be', se è vero che il nostro cavaliere è un guelfo, la treccia avrebbe anche potuto essere la reliquia di una santa » propone Sarah.

Anselmo sembra evidentemente scettico. « Lasciata così, sfusa, e non contenuta in un adeguato cofanetto? Ho qualche dubbio, anche se poi tutto è possibile. »

Melchiorre si gode le chiacchiere con gusto. « Ha visto, Macallè, com'è appassionante? E tutto è partito da una banalissima sostanza chimica come lo zinco. L'ipotesi dell'anoressia è molto audace, ammettiamolo. Ma a noi, del resto, la fantasia non manca » conclude, con un sorriso serafico. Come a volermi dire: peggio per te, se non ti piace.

12

Foggia, novembre 1237

Hildegard le stava annodando le trecce con pazienza. Non era semplice perché i suoi capelli erano molto fini, né lisci né ricci, e tendevano a sfuggire dalle mani e dalle capigliature come se avessero ognuno una propria direzione in conflitto con quella degli altri. Non erano belli, lei lo sapeva. Quelli di Biancofiore, invece, sì che lo erano. E ancor più quelli della nuova regina che il padre aveva sposato due anni prima, Isabella Plantageneta d'Inghilterra. Una bellissima principessa alta e dalle lunghe trecce brune, la stessa che avrebbe dovuto sposare il suo dolce Enrico, prima che cadesse in disgrazia. E, invece, la principessa inglese l'aveva sposata proprio Federico, mentre Enrico, re di Germania, veniva deposto e condannato a morte per alto tradimento dal loro stesso padre. Aveva dovuto lasciare Wimpfen ed era stato imprigionato a Venosa. Il suo sfortunato Enrico, che non riusciva mai a fare la cosa giusta. Non era cattiva volontà. Era solo un'incorreggibile tendenza all'errore.

Non esisteva più un luogo sicuro per loro. Neanche Hagenau lo era più. Prima che gli eventi precipitassero e che lei partisse per il Sud Italia, Enrico le aveva detto: « Siamo utili solo agli intrighi di nostro padre. Non valiamo nulla ».

Selvaggia implorò Federico di darle il permesso di incontrarlo. Il suo cuore non desiderava altro che abbracciarlo, dargli affetto e rassicurazione, e riceverne, come era sempre successo. Ma le preghiere di una figlia non contavano niente per l'imperatore.

« Selvaggia » disse Federico, pronunciando il suo nome con severità. « Le tue parole sono insolenti e inopportune. » Le intimò di non insistere, di non presentargli mai più richieste che lo mettevano nella posizione di dover rifiutare.

Qualche tempo dopo, l'imperatore si allontanò per una lunga campagna militare. Riuscì a conquistare il Nord, grazie anche all'aiuto di un condottiero veronese che gli aveva offerto il suo appoggio e le sue truppe. A corte giunse un dispaccio da Cortenuova, dove era avvenuto il trionfo di cui tutti parlavano. Dopo aver sconfitto la Lega Lombarda, Federico aveva fatto raccogliere dal campo di battaglia quello che restava del Carroccio per portarlo a Roma, trascinato da un elefante bardato a festa, con il figlio del podestà di Milano umiliato da un cappio al collo. Hildegard ne rimase molto impressionata: non riusciva a immaginare come fosse fatto un elefante. Biancofiore la prendeva in giro per questo. « Neanche tu ne hai visto uno » rispose la vecchia.

« Io sì, in Sicilia, quando ero piccola. »

« Lo sei ancora! » ribatté allora la donna, anche se non era del tutto vero: la bambina cresceva a vista d'occhio. Hildegard e Biancofiore battibeccavano tutto il giorno, ma in realtà la sua severa accompagnatrice si era affezionata anche a lei.

Nel frattempo, la vecchia servitrice aveva finito di pettinare Biancofiore. Il viso di Hildegard cambiava espressione quando toccava i capelli corposi e dorati della sua sorellastra. Ma Selvaggia non avrebbe mai potuto esserne gelosa.

Selvaggia si vedeva smilza, priva di forme, il volto tempestato di lentiggini, i capelli di un rosso che le appariva sgradevole. Tra tutte le figlie della casa Hohenstaufen era la meno bella. Da poco Isabella aveva dato alla luce una graziosa neonata che era stata chiamata Margherita. Trascorreva gran parte del tempo con la sua balia, ma Isabella amava tenerla vicina e coinvolgeva nelle cure e nei giochi anche le figlie illegittime e orfane di Federico.

Selvaggia doveva riconoscere che Isabella era una creatura di buon cuore e il suo arrivo a corte era riuscito a creare qualcosa di simile a una famiglia. Pur continuando a soffrire la nostalgia del fratello in esilio, Selvaggia conosceva adesso una nuova rete di affetti, una dolce alternanza di ritmi quotidiani fatti di preghiere, di passeggiate e di ricamo, sempre in compagnia di Isabella e Biancofiore e, di tanto in tanto, della piccola Margherita e dei suoi larghi sorrisi alla vita. Di Federico e del futuro si parlava poco e raramente. La sua assenza sembrava andar bene a tutte e tre.

13

Due parole sull'inverno di Verona.

Piove pochissimo.

Nella maggior parte dei giorni, il tempo è cupo fino a mezzogiorno. Poi il sole squarcia all'improvviso quella coltre di nubi basse e umide e si adopera per riscaldare e rischiarare la città per un paio d'ore. Poi se ne pente e nel pomeriggio, in genere intorno alle quindici, torna a nascondersi.

Le stelle in cielo sembrano poche. Ma non può essere vero, è solo che il nebbione e l'inquinamento luminoso le coprono.

È domenica e soffia un vento gelido e impetuoso che si abbatte sui miseri infissi anni Sessanta di casa nostra. Anche se alziamo il riscaldamento al massimo, non essendo ben isolati patiamo sempre un freddo di quelli che penetrano subdolamente nelle ossa e ci restano anche se ti metti sul divano sotto un plaid. Antonietta e io avremmo dovuto essere più lungimiranti nella scelta dell'appartamento.

« Ho chiesto a Fabio di rifare gli infissi, lui ha detto okay perché gli conviene per lo sgravio fiscale. »

« Che uomo sensibile. Cioè, se non ci fossero le detrazioni per il risparmio energetico ci avrebbe lasciate qui a ibernare? »

«Vabbè, senti, adesso si fa fare un paio di preventivi e mi ha giurato che in un paio di settimane risolviamo.»

Nel frattempo sentiamo un rumore ripetuto di sciacquone e troviamo in bagno Flora che ha appena gettato nel wc un intero rotolo di carta igienica. Il livello d'acqua nel sanitario sale vorticosamente fino a debordare, mentre la bambina, orgogliosa della sua prodezza, è sorda ai miei improperi.

Trascorrere la domenica chiuse qua dentro è devastante, per noi *e* per la casa, ma fa troppo freddo per uscire e senza auto dove potremmo andare?

«Uno: non esiste cattivo tempo ma cattivo equipaggiamento. Due: esistono i mezzi pubblici» risponde Antonietta, stanca anche lei di asciugare il pavimento del bagno allagato perché stavolta Flora ha abbassato il tappo del bidet lasciando scorrere l'acqua. Un'ossessione, oggi. Mia sorella stende gli asciugamani strizzati sui termosifoni e corre all'ingresso per mettersi le scarpe. «O usciamo o impazziamo!»

«Se andiamo in Inghilterra almeno non ci sarà il bidet» dico ad alta voce, accompagnando il pensiero con un sospiro gonfio di speranza.

Antonietta non risponde e nel frattempo Flora ridacchia compiaciuta sul ciglio della porta.

«Flora, guarda quanta fatica ci hai fatto fare! Non è giusto, non si fa.»

La bambina va a nascondersi dietro una tenda borbottando «Cattive» e infine scoppiando in lacrime.

Mi sento avvilita. È uno di quei giorni in cui mi dico «Non ce la faccio, ho sbagliato tutto». Non nel senso che ho sbagliato a non abortire, di quello non mi pento mai.

Intendo dire che sono un completo fallimento e la peggior mamma single possibile.

Giunta la sera, però, finalmente Flora chiede un abbraccio e io a mia volta le domando: « Quanto mi vuoi bene? »

« Sette. »

« Ah, però. Io cento miliardi. »

« Io cento miliardi e sette. »

La cullo ancora nonostante i diciotto chili e la metto nel suo lettino quando già ha il respiro pesante. Resto al buio a stringerle la mano paffuta e ad accarezzarle la testolina dai capelli rossi, grata alla vita per avermela regalata.

Non so se rintracciare Marco sia giusto. Sono anni che non faccio che pensarci, ma, purtroppo, non lo conosco a sufficienza per stabilire se sarebbe un bene per Flora. Come prima cosa, dovrei frequentarlo un po' per capire se è il caso di rivelargli che ha una figlia o se, invece, stabilire alla fine che sarebbe meglio lasciare le cose così come stanno. Non ho idea di come la prenderebbe lui, non so nemmeno se sarebbe d'accordo a riallacciare i rapporti. Insomma, non so niente.

So soltanto che è stata la sbandata più forte della mia vita. Se avessimo avuto anche solo un po' di tempo in più, sarebbero potute accadere due cose: o mi sarei innamorata senza speranza e le conseguenze sarebbero state ancora più devastanti di quelle di una generosa dose di sesso occasionale seguita da gravidanza indesiderata, oppure mi sarebbe passata del tutto, perché conoscendolo più a fondo mi si sarebbe rivelato come una persona diversa, assai meno entusiasmante.

Ma, non so perché, l'istinto mi suggerisce che si sarebbe verificata la prima ipotesi, e ancora oggi mi ritroverei il cuore ridotto in molti più brandelli di come mi è rimasto da allora.

Il ricordo di Marco si sta contaminando con gli elementi del mito, nel bene e nel male. Ma da qualche parte devo pure iniziare ed è così che il lunedì pomeriggio, finito il lavoro in Istituto, affido Flora ad Antonietta e raggiungo via Agrigento dove c'è l'ufficio di:

NEREO G. TRAVOLTA
Detective privato
Riservatezza e sicurezza
SI PAGA SOLO A RISULTATO CERTO

La segretaria del detective ci ha tenuto a specificare che gli si era liberato un posto alle 17, altrimenti avrei dovuto aspettare un mese. Io non ho fatto altro che digitare su Google « investigatore privato » e « Verona ». Non è che si può chiedere con nonchalance ai propri conoscenti: « Scusa, mi sapresti raccomandare un bravo investigatore privato? » proprio come chiederesti il contatto di un idraulico.

La sala d'attesa è un cubicolo tinteggiato di verde pallido con sedie scomode e un tavolino basso su cui giacciono scomposte vecchie copie di *L'automobile*. Mi sento agitata come se oltre quella porta ci fosse già Marco, o meglio, già delle risposte, o ancora, un happy end del tutto irrealistico con lui padre modello e presente che porta Flora a Gardaland e le disinfetta il ginocchio quando cade e se lo ritrova sbucciato. Sogni, sogni pieni di confusione e detestabili cliché.

Lo studio è strutturato in modo tale che chi è in sala

d'attesa non vede passare il cliente precedente. Quando arriva il mio turno, la segretaria mi conduce nella stanza di Travolta, dove il detective troneggia in poltrona con una giacca di tweed e vari pin sul bavero, occhi sporgenti, testa a pera e baffi ricurvi che ha la tendenza a lisciare ossessivamente.

« Si accomodi » mi dice, con lo sguardo molto penetrante di chi è abituato ad analizzare la persona che si trova di fronte. Ha una voce da accanito fumatore.

Mi siedo su una poltroncina stretta, con la borsetta sulle cosce.

« Non so da dove cominciare... » dico, mentre lui mi studia in silenzio.

« Signora... O dovrei dire signorina? »

« Signorina... »

« Pensa che non le abbia già viste tutte? Su. Coraggio. »

« Ecco... Ho incontrato un ragazzo a Malta. Ci siamo conosciuti in aeroporto e abbiamo trascorso la notte insieme... » Oh, mio Dio, quanto è difficile raccontare una cosa del genere a un perfetto sconosciuto!

« Sì? » incalza, inarcando un sopracciglio.

« Insomma, io non so molto di questo ragazzo, ma ho bisogno di ritrovarlo... »

« È incinta? » chiede, ma senza alcuna critica implicita, come fosse mera routine.

« Ho dimenticato di specificare che la cosa accadeva quattro anni fa. »

Lui resta impassibile. Apre la penna a scatto e inizia a prendere appunti.

« Andiamo con ordine. Quando? »

« 25 giugno 2016. »

« Dove? »

« Aeroporto di Fiumicino, da dove abbiamo preso il volo per La Valletta. »

« Nome di questa persona? »

« Marco. »

« Marco e poi? »

« Non sarei qui se sapessi il cognome » rispondo, con tono neutro.

« Sa se lui vive a Malta? »

« No, viveva a Zurigo dove frequentava un dottorato alla facoltà di Arte, era a Malta per un addio al celibato. »

« Suo? » chiede quindi lui.

« No, di un suo amico. Stavo dicendo, io ho controllato a suo tempo sul sito dell'Università di Zurigo, ma non ho trovato niente. »

« Un po' troppo generico, un dottorato. Non sa altro? »

« Quando gli ho chiesto se fosse un pittore, o una cosa del genere, lui ha detto che non c'entrava niente. La facoltà è di arte, ma lui si occupa di storia. »

« Storia dell'arte? » chiede, a pieno rigor di logica, lui.

« Forse... »

« Forse cosa vuol dire? »

E che deve voler dire? Che non lo so! Non gliel'ho chiesto. Gli ho fatto gli occhi dolci, ho detto « Uauu » come un'oca giuliva e ho aspettato che mi passasse sopra come una ruspa. Ecco tutto. Immagino però di sì, che fosse storia dell'arte. Magari faceva una di quelle cose tipo « conservazione dei beni culturali » e adesso fa la guida turistica da qualche parte.

« 'Forse' significa che non lo so. »

« Quindi, storia dell'arte o magari anche storia » dice, digitando qualcosa sui tasti anneriti di sporco della tastiera del suo computer.

« Storia in generale? »

« Vedo qui che ci sono vari dottorati in storia che afferiscono alla facoltà di arte. »

Scende un silenzio denso di scetticismo. Lui non riesce a nascondere l'idea che io sia una specie di sprovveduta che non disdegna congiungimenti carnali con il primo che passa. Lo so che non si può fare a meno di pensare questo di me, tuttavia mi sento irritata, perché soltanto io posso sapere che, sì, è vero che sono stata leggera, ma è altresì vero che lui mi ha fatto un sortilegio. È stata colpa di Bach.

« Altri elementi? »

« Ho questo video » dico, esibendo il cellulare, nella cui memoria conservo la mia reliquia. Lui che suona al piano, la testa bruna china sui tasti. Un video che non mostra il suo pezzo forte, gli occhi sfavillanti, con lunghe ciglia nere e sopracciglia folte e arcuate.

Travolta lo guarda da sotto gli occhiali con una espressione concentrata. « Me lo mandi sulla mail, per piacere » conclude, porgendomi il biglietto da visita. « Altro? Un numero di telefono? »

« Lo avevo, ma non l'ho usato per qualche tempo e quando ho riprovato, mesi dopo, era inattivo. »

« È sicura che abbia mai funzionato? »

« Sì. »

« Ce l'ha? »

« No, l'ho cancellato anni fa, pensavo fosse inutile. »

« Non lo era » chiosa lui, in maniera antipatica. « Quando è nato quindi il bambino? » avanza.

« Bambina. Il 17 marzo 2017. »

« E lui? »

« Lui non sa niente. È per questo che voglio trovarlo. »

Il detective non fa osservazioni. « Età? »

« Ne aveva meno di trenta. Credo. »

« Torniamo al 2016. Dopo quella notte lo ha rivisto? »

« Sì, nei giorni successivi. »

« Sa dove alloggiava? »

« No, è venuto lui al mio albergo. Mi ha detto vagamente che lui era ospite di un amico. »

« E poi? »

Eh, e poi. Sono stati due giorni incredibili di sbandata assoluta, di quel tipo di innamoramento vorticoso e irrazionale in cui si perdono di vista tutti i bisogni primari. Avevo un chiodo fisso e pensavo soltanto a lui. Ero a Malta per un congresso di cui naturalmente non ricordo niente e passavo tutto il tempo a proiettare nella mia immaginazione le cose che avevamo appena fatto insieme. Può sorprendere che abbiamo parlato così poco, ma non ci davamo il tempo. Magari è un deficiente neonazista, oppure uno che sputa sul marciapiede o ancora peggio nel mare quando fa il bagno. Non credo proprio, ma non posso escluderlo.

L'ultima volta in cui ci siamo visti si verificarono due accadimenti piuttosto incresciosi. Per prima cosa si è rotto il preservativo e, come se non bastasse, poco dopo ho capito da uno scambio di messaggi che Marco era fidanzato e quando l'ho guardato con tutto il mio sconcerto e gli ho detto che era davvero un maiale lui ha risposto: « Che ti aspettavi? »

Al detective offro una versione ancora più condensata di questi eventi, mentre lui continua a prendere appunti senza commenti.

« È sicura di non avere altro da aggiungere? Anche elementi apparentemente privi di interesse. »

« No. »

« Studiava a Zurigo, d'accordo, ma era italiano, giusto? »

« Sì. »

« Avrà avuto un accento, una cadenza, che indicasse di che regione fosse? »

« Non era marcato, in realtà. Credo di poter escludere che fosse meridionale, anche perché come avrà notato io lo sono e magari ne avremmo anche parlato. »

« Ma da quel che ho capito non avete parlato molto » ribatte Travolta. Il tono è scevro da malizia ma uno scintillio nelle pupille sembra tradire un parere poco generoso sulla mia condotta. « Nord Italia, allora? » prosegue.

« Sì, forse. Ma non ci giurerei. »

Si insinua un silenzio che mi mette a disagio, interrotto da Travolta con un'altra domanda: « Sembra un pianista professionista, è sicura che non le abbia detto niente in proposito? »

« Be', sì, gli ho chiesto se lo facesse per mestiere, ma lui mi ha detto che aveva studiato al conservatorio per accontentare la madre, ma che alla fine non era altro che un passatempo. »

« Forse la madre ha a che fare con la musica, ci ha mai pensato? »

Con un po' di amarezza rispondo che la madre potrebbe essere chiunque e fare qualunque cosa, che cercarlo è come trovare un ago in un pagliaio e che dunque delego a lui con fiducia ogni supposizione e tentativo. Nereo G. Travolta, imperturbabile, annuisce senza l'ombra di un sorriso.

« Be', se non c'è altro da dirsi al momento... Tra due

settimane faremo il punto della situazione, nel bene e nel male.»

«Tra due settimane esatte è Natale...» gli notifico. «Lei intende prima o dopo? No, perché per me fa una certa differenza...»

«Mi farò vivo il 23, d'accordo? Anche prima, se ho notizie.»

E quindi a questo punto è tutto.

Ma adesso che ho preso la mia decisione e ho da affrontare un'attesa che sin d'ora mi sembra interminabile, vorrei tanto averla presa prima. Vorrei cercare su Google come andrà a finire, ora che ho messo tutto in discussione e sono pronta a cercare la persona che ha stravolto la mia vita semplicemente suonando la *Piccola fuga* di Bach.

O forse è più giusto dire che la mia vita desiderava ardentemente di essere cambiata, anche se forse io non l'avevo capito.

In Istituto trovo Miss Foley intenta a studiare una clavicola.

«In prima battuta non ci avevamo fatto caso» esordisce, porgendomela. «Appartiene al nostro cavaliere. Doveva essersela rotta da ragazzino: ecco qui il callo.»

Ricevo l'osso brunito, fragile tanto da sembrare friabile, e confesso di non riuscire a identificare il callo. Dovrò vedere molte altre clavicole integre prima di riuscire a distinguere la patologia. Forse accadrà che, quando diventerò finalmente capace di farlo, sarà arrivato il momento di andare via. In fondo, è proprio ciò che mi auguro.

«Doveva avere le spalle larghe» aggiunge Sarah, ricevendo indietro l'osso e misurandolo con un metro. «Centotrentotto centimetri. Chapeau. Riassumendo: tra i venticinque e i trent'anni, di statura elevata, avvezzo all'attività muscolare, plausibilmente un ottimo cavallerizzo, buone condizioni dentarie, pregressa frattura della clavicola sinistra e morto – forse – per un colpo di lancia. Ieri sul tardi, quando tu eri già andata via, sono arrivati anche i risultati delle analisi chimiche. E sono molto interessanti. »

« Cioè? » le chiedo, rassegnandomi al fatto che quel che a lei è sembrato affascinante e imperdibile avrà su di me lo stesso effetto eccitante della finale dello *Zecchino d'Oro*.

« Il rapporto tra Sr_{87} e Sr_{86} è piuttosto disomogeneo, il che lascia ritenere che il nostro ragazzo non fosse nativo di queste parti, dove invece presumibilmente è morto. Ci sei, Costanza? » mi chiede, dal che desumo di avere un'espressione inebetita.

Ma in realtà non è così, perché dopo che ho sentito Melchiorre alludere al rapporto tra gli isotopi dello stronzio sono andata a studiare un po' di chimica della paleonutrizione. Il senso è che il rapporto è indicativo delle caratteristiche naturali di un luogo e del tipo di cibo che lì era assunto dagli individui. Se viene raffrontato a quello presente sulle ossa può far capire se il soggetto è cresciuto e morto nello stesso luogo o se invece si è spostato.

Quindi mi affretto a rispondere: « Sì, ci sono, certo ».

Allora lei prosegue: « Tuttavia, l'O_{18} è basso, come c'è da aspettarsi in località con clima freddo. Quindi forse non è veneto, ma possiamo ipotizzare che venisse comunque dal Nord, anzi, probabilmente ancora più a nord. La Germania è un'ipotesi molto verosimile, considerato il Leone di Brunswick intagliato sul suo anello ».

« Oh » è tutto quel che sono in grado di dire.

« Lo stesso esame lo abbiamo fatto sui capelli rossi della

treccia. Anche la donna cui appartenevano era stata in Veneto solo negli ultimi anni. La treccia è molto lunga, sono circa sessanta centimetri. I capelli crescono in media 1,2 centimetri al mese, circa 15 centimetri l'anno. Il rapporto degli isotopi indica che circa cinque anni prima della morte la ragazza si era trasferita dall'Italia meridionale.»

«Dunque lui dal Nord, lei dal Sud» ribadisco.

«Esattamente.»

Anselmo nel frattempo apre la porta interrompendoci.

«Problemi. Problemi grandi.»

«Cosa?» chiede Miss Foley, pigramente, come se si aspettasse che qualunque novità da Anselmo non possa comunque essere più intrigante della clavicola che ha ancora di fronte.

«Melchiorre è stato convocato direttamente dal direttore del Dipartimento per parlare di bilancio.»

La preziosa clavicola per poco non cade dalle mani di Sarah. «*Oh, heaven!*»

«Scusatemi, perché?» mi intrometto, contagiata dall'ansia generale.

C'è una reciprocità di sguardi tra Miss Foley e Anselmo, prima che quest'ultimo, cauto, mi risponda. «Macallè, il nostro bilancio è disastroso. Noi costiamo, ma non produciamo. Non so se rendo l'idea.»

Mi sento confusa. «Che vuol dire?»

«Che se non produciamo studi, e di conseguenza ricerca, l'Ateneo ci chiude, evento che abbiamo già rischiato tre anni fa.»

«Be', ma una cosa serve o non serve, ed *evidentemente* noi serviamo!» rispondo, sorpresa io per prima dal calore con cui mi sono inclusa nel team con un coraggiosissimo *noi*.

I due continuano fastidiosamente a scambiarsi occhiate d'intesa.

« Potete spiegarmi perché ve la state facendo sotto tutti e due? »

« Io non me la sto facendo sotto » spiega Miss Foley, che è sempre quella con un occhio più razionale.

« *Dio bon*, mi viene da piangere » si affligge invece Anselmo.

Sarah rotea gli occhi. « Te ne torni di là, che mi stai facendo sentire male? »

« No. Deve sapere anche lei » replica lui con tragicomica fermezza.

« Cosa? » chiedo, spazientita.

« Il nostro problema, comunque, non è solo il bilancio. »

« E allora cos'altro? » sbotto.

« Lasciami finire » prosegue quindi Anselmo. « Il direttore di Dipartimento, Arturo Bordignon, è la nostra spina nel fianco per... »

« Per tutta una serie di motivi » lo interrompe Sarah, che prende le redini del discorso. « Diciamo che Bordignon non è una persona molto... Molto *lovely*. Dipendesse da lui, avrebbe bloccato gran parte dei nostri lavori nonché tagliato tutti i fondi. »

« E perché Bordignon è il nemico numero uno di Melchiorre? »

« Te lo spiego un'altra volta » risponde Sarah, ma mi dà l'impressione di non averne nessuna voglia.

Anselmo la guarda a metà tra il costernato e l'allibito. « Scusatemi, vado a scaricare la *Gazzetta Ufficiale* » dice infine, avvicinandosi alla porta. « E stessa cosa dovresti fare tu, Macallè. Qui la situazione volge al peggio e il rinnovo del tuo contratto non avverrà mai, nemmeno con le suppliche, perché se ci tagliano fondi e permessi non abbiamo ragione di esistere. Lei, invece, lasciamola qui a vivere di sogni! »

La porta si chiude dietro di lui, e io e Sarah rimaniamo da sole nel silenzio.

« Drama King » mormora lei, con una pronuncia deliziosa che è musica per le mie orecchie anglofile.

« È davvero così grave, Sarah? »

« Oh, non saprei. Potenzialmente sì, o magari no. Lo capiremo dall'umore di Melchiorre nei prossimi giorni. Tanto, prima o poi sarebbe dovuto succedere. Solo che non ce l'aspettavamo. »

« Ma è davvero così pessimo, questo Bordignon? »

« La faccenda è complicata... Secondo me non lo sarebbe, in senso assoluto. Lo è con Melchiorre, per motivi loro. Sai com'è, no? Ognuno di noi ha un volto diverso in base all'interlocutore che ha di fronte. La stessa persona può essere uno zuccherino o un infame. Ecco, probabilmente Bordignon vira sul versante infame con Melchiorre e invece fuori dall'ateneo è una persona deliziosa. » Sarah giocherella con la clavicola del cavaliere, abbandonandosi a un lungo sospiro.

Un lampo squarcia il cielo e una pioggia fine inizia a picchiettare i vetri.

« Davvero sta piovendo? » dico incollandomi alla finestra. Adoro guardare la pioggia, mi fa stare bene. « È la prima volta da quando sono qui. Mi stavo convincendo che non piovesse mai a Verona. »

« Verona ha bisogno di un po' di tempo per essere amata, se vieni da fuori. Ma non te ne fa mai pentire » risponde lei, con gli occhi bassi.

« E adesso cosa facciamo? » le chiedo, incantata a guardare la pioggia cadere.

« Continuiamo a lavorare per il nostro cavaliere teutonico. Tu non puoi saperlo, Costanza, perché – buon per te – vieni da tutt'altro mondo. Ma la resistenza psicofisica è una qualità indispensabile per un archeologo. E poi, senti, se le cose si mettono male ci faremo finanziare dai tedeschi! »

14

Foggia, dicembre 1237

L'imperatore Federico informò Selvaggia della decisione presa, soffermandosi a lungo sullo straordinario favore che le aveva riservato. Aveva voluto rimanere da solo con lei e una volta in più lei si sentì impressionata e soggiogata da lui, così possente e solenne nel mantello color porpora foderato di pelliccia. Stava già indossando i guanti, le riservava pochi istanti prima di cimentare un nuovo falco. La mise al corrente della sua scelta con modi spicci.

« Alla fine di aprile partirai per Verona per sposare Ezzelino da Romano, che mi ha sostenuto nella battaglia di Cortenuova. »

Lei avrebbe costituito il mezzo attraverso il quale Federico intendeva manifestare la propria gratitudine e rendere salda l'alleanza con il Nord dopo la sconfitta inflitta alla Lega Lombarda. Doveva considerarsi onorata: sarebbe diventata la signora di una regione molto importante. Mentre lui le illustrava tutte le mirabilie di Verona e le raccontava le imprese di Ezzelino, Selvaggia lo fissava spaurita. Aveva abbastanza buon senso da capire che non era il caso di ribattere e men che meno di opporsi. Del resto, qual era l'alternativa al matrimonio, per una donna? Solo il convento.

Era giunta sino a lei la notizia che Ezzelino fosse un uomo potente, di certo uno dei più ricchi e influenti del Nord. Ma attraverso Hildegard erano arrivate anche altre voci, molto più spaventose: che fosse spietato e capace di empietà, un crudelissimo tiranno dall'orribile aspetto che faceva decapitare e squartare i suoi nemici, che aveva già quarantaquattro anni e aveva ripudiato la prima moglie, Gilia, e fatto imprigionare la sua famiglia. C'era chi diceva che fosse figlio del Diavolo in persona e che sua madre fosse una strega.

« Ma tu sei la figlia del suo alleato imperatore, sei una ragione di vanto e di orgoglio, vedrai che ti tratterà come una regina. Gli uomini di potere debbono essere spaventosi. Tanto più lui lo è, tanto più sarà salda la tua posizione » le spiegò Hildegard, mentre le trattava i capelli con il miele distillato. « Vedrai che trecce lucenti. A Verona non ne avranno viste mai così. Sono i capelli di tuo padre: sono più importanti di perle e oro. »

Per Selvaggia, quello era un duplice supplizio: farsi lavare i lunghi capelli e sentir discorrere del suo trasferimento a nord. Erano nella sua stanza, dove trascorrevano gran parte della giornata e che lei lasciava raramente, solo per assistere alla messa, per una sporadica passeggiata e, con riluttanza, per le mense di Federico.

Mentre Hildegard parlava, per lo più lei rimaneva in silenzio, perché non avrebbe saputo come spiegare che non desiderava il potere né fare colpo sul futuro marito. In verità, non sapeva neppure cosa le fosse permesso desiderare.

Nel frattempo, agli artigiani tessitori di Palermo che avevano imparato tecniche raffinate dagli arabi era stato commissionato un corredo strabiliante, che destasse meraviglia negli aristocratici veneti, perché a essere loro signora sarebbe arrivata la più bella e ricca di tutte, la figlia dello Stupor Mundi.

« Chiederò di venire con te » disse Biancofiore.

Hildegard storse il naso: « Fa' silenzio, ragazzina, per te ci saranno altri piani ».

Selvaggia sapeva che la balia aveva ragione e che ciascuna figlia in cui scorreva il sangue di Federico poteva venire usata come giuramento di alleanza e di pace. Erano preziose come e più di un tesoro. Doveva considerarsi eletta e fortunata. E se fosse nata serva, o fosse nata povera, storpia, o disgraziata? Sarebbe potuta finire ai margini, reietta, prostituta e peccatrice. E invece, era quanto di più simile a una principessa. Mentre Hildegard ravvivava il fuoco del grande camino della sua camera da letto, Selvaggia guardò fuori dalla finestra il paesaggio brullo e l'unico sentiero in mezzo alle sterpaglie.

« Chissà dov'è Venosa » mormorò. Era una giornata nitida e luminosa, anche se molto fredda. Nuvole vaporose si erano raggruppate in cielo, ma non promettevano pioggia.

« A sud » le rispose Biancofiore. « Io ci sono stata » aggiunse con buffa fierezza. Alla sorella piaceva ostentare di essere cresciuta alla corte itinerante del padre e di aver visitato molti luoghi. Ma la vera grande ragione di vanto di Biancofiore era che Federico avesse scritto un poema per il Fiore di Siria, che altri non era che sua madre Anaïs de Brienne. E, con la sua vocina buffa, lo recitava come il più scafato menestrello: « *Oi lasso, non pensai sì forte mi paresse lo dipartire da Madonna mia!* »

Hildegard la minacciava di prenderla a bastonate se non la smetteva di ripetere quella solfa. Biancofiore non la ascoltava e aggiungeva: « *Mi credo morire ciertamente se da lei no ritorno prestamente!* » E Hildegard alla fine non la toccava con un dito.

« È lontano? »

« La Sicilia lo è molto di più! »

« Un giorno di viaggio a cavallo? » insisté Selvaggia, lo

sguardo ancora fisso sull'aspro profilo delle colline in lontananza.

« Di meno » replicò Biancofiore, distrattamente.

Quando Selvaggia smise di contemplare il paesaggio e si mise a sedere accanto a lei, Hildegard la guardò cupamente. Selvaggia rispose con uno sguardo interrogativo e la balia bisbigliò per non farsi sentire da quella furfante di Biancofiore.

« Attenta, Selvaggia. »

« A chi? »

« Lo sai. E sai anche che ti ha già detto di no. »

15

I PESCIOLINI CERCANO CASA PER LE VACANZE DI NATALE

« Hai visto? » chiede Flora, indicando con il dito il cartello posto subdolamente all'ingresso dell'asilo.

« Flora... »

« Eddai eddai eddai! »

« Ci penso, va bene? »

Il mio Natale è già sufficientemente problematico, anche senza pesci rossi.

Ho ricevuto il preventivo di Nereo G. Travolta in caso rintracciasse Marco, come io ardentemente spero. Tuttavia, la realizzazione del mio desiderio mi toglierebbe i fondi per tornare a casa anche perché ormai per Flora pago come per un adulto. E siccome Antonietta, per conto suo, è in difficoltà sul fronte ferie, papà ha deciso di sbarcare nel Grande Nord con Michelone per trascorrere il Natale tutti insieme. Sarà bello ma tanto, tanto confusionario.

In più, mi sto abituando a convivere con il batticuore. Ogniqualvolta squilla il telefono covo la speranza che sia Travolta con notizie positive, e la delusione è tanta che stamattina ho mandato a quel paese una povera disgraziata di un call center che aveva la sola colpa di non essere il mio detective. È ufficiale, sto sclerando. Il 23 si avvicina e io non ho le notizie che vorrei, tra poco arriverà Michelone che è il mio adorabile meraviglioso fratello, ma abitare con lui significa tramutarsi in colf, dovremo tenere in casa Flora per qualcosa come sedici giorni di fila – Montessori, flagellami – e, per di più, dovrei occuparmi dei pesci rossi della scuola con l'ansia di mandarli al Creatore e venire per sempre additata come la mamma-single-che-ha-fatto-morire-i-pesci-rossi?

Troppo stress per il mio povero cuore.

Nel frattempo, in Istituto, Melchiorre è rimasto chiuso nella sua stanza e ha rinunciato alla sua partecipazione al seminario di Archeologia dei Resti Umani ove tiene ogni anno una lezione sulla scoperta dei resti di San Norberto di Prémontré. E questo, a parere di Anselmo, è chiaro presagio della completa catastrofe dovuta all'analisi, da parte dell'Ateneo, del nostro magro bilancio.

Da Carrie nessuna notizia e anche da Messina, dall'Istituto in cui mi sono specializzata, tutto tace.

Non abbiamo preso i pesciolini e Flora ha messo il broncio. Antonietta le dà ragione: dice che mi sono impuntata e che tenerli avrebbe richiesto un minimo sforzo e portato invece molta gioia alla bimba. Mi sento in colpa e così telefono alla maestra Laura in corner, cinque minuti prima della chiusura dell'asilo per le vacanze. No, i pesci non li ha voluti nessuno e se li stava portando a casa lei.

« Mi aspetti, faccio prima che posso! »

Inforco la bici e mi precipito all'asilo, dove la paziente maestra mi sta aspettando con indosso già il cappotto. La vaschetta è sulla scrivania.

« Ha fatto una buona cosa, se posso dirlo. Tra tutti i

bambini, Flora era quella che ci teneva di più. Vedrà che sarà bravissima. Le raccomando soltanto di non esagerare con il mangime. Per i bambini è un gioco ma non ci vuol niente a creare problemi ai pesciolini... »

« Promesso! » esclamo, galvanizzata dall'apprezzamento della maestra. Il suo parere è ritemprante, dal momento che mi sembra di sbagliarle tutte con la mia piccolina. Conquistare l'integerrima Laura è il mio buon proposito di Capodanno. Al termine dell'anno scolastico non potrà che dirmi: « Signora » – perché, al contrario di Nereo Travolta, lei rifiuta freudianamente il concetto che io possa essere una signorina e mi chiama sempre, indifferente alla realtà dei fatti, « signora » – « lei è davvero una *bravissima* madre, e le mamme sposate dovrebbero prendere esempio da lei ».

Ci scambiamo gli auguri di Natale in un tripudio di benevolenza e buoni sentimenti, e la maestra fa finta di niente quando vede ondeggiare l'acqua nella vaschetta come se fosse in corso una mareggiata, per colpa della mia solita abitudine siciliana di gesticolare.

Ma non sa ancora che in bici i pesciolini conosceranno l'ebbrezza del mare in tempesta...

« Sei la mia mamma preferita! » esclama Flora, quando mi vede entrare con i suoi desiderati pesciolini che, tanto per mantenere un profilo basso e all'insegna dell'understatement, la maestra Laura ha battezzato Robespierre, Nathaniel e Abigail.

« Ne hai un'altra? » le chiedo, ma lei sta già saltarellando attorno alla vaschetta dicendo ai pesci: « Benvenuti,

benvenuti! » e Antonietta le fa un video da immortalare per ricattarla, suppongo, quando sarà una teenager.

« Diamogli da mangiare! » mi dice Flora, con occhi assatanati.

« No, tesoro, su questo la maestra Laura è stata molto chiara: non bisogna esagerare. »

« Ma hanno fame! »

« E tu come lo sai? »

« Me lo hanno detto loro. »

È il 22 dicembre. Ho resistito finora, ma adesso che Flora e Antonietta stanno allestendo quella che chiamano la camera degli ospiti dei tre pesciolini, metto su *Maledetta primavera* che era la canzone preferita di tutti i tempi di mia madre e che ascolto solo quando mi sento avvilita. Provo una strana consolazione, come se lei ci fosse ancora e io potessi parlarle e rifugiarmi tra le sue braccia per sentirmi dire che tutto si aggiusta, si aggiusta sempre.

Papà e Michele hanno preso un taxi dall'aeroporto Valerio Catullo. Li aspettiamo con il portoncino di casa aperto e l'emozione al momento di rivederli è enorme, anche maggiore di quanto mi aspettassi.

Papà, come era prevedibile, è vestito tipo i fratelli Capone a Milano. Si lamenta del freddo e quando io e Antonietta gli diciamo che abbiamo pensato di portarli ai Mercatini di Natale in piazza dei Signori ci risponde che non ci pensa proprio, che vuole rimanere in casa e, se possibile, vorrebbe che alzassimo il riscaldamento e accendessimo il televisore su RaiDue che c'è *NCIS*.

Anche a Michelone i Mercatini non sembrano interessare, ma poi gli spieghiamo che c'è anche un baracchino in cui fanno il panino con i würstel e la senape e cambia subito idea.

Papà ci dà i soldi per il taxi. « Sì, ma una macchina vi serve. »

Antonietta ribatte: « Non più di tanto » e di sicuro pensa alla 500 di Fabio che usiamo come fosse un servizio di car sharing e all'uso improprio che spesso ne facciamo, come la volta in cui andammo a prendere una cassettiera dell'Ikea a casa di una collega di Tony che la dismetteva e alla fine non ci entrò per un centimetro. In compenso, il paraurti conserva ancora una tacca di cui lui però per fortuna non si è accorto.

Di fatto, a bordo di un taxi, i tre fratelli Macallè più la Macallina raggiungono il centro, con le reti di ghirlande sui lampioni, la stella cometa gigante che esce dall'Arena, l'albero di Natale regalato da Bauli alla città, i negozi di lusso di via Mazzini addobbati a festa, un contagioso clima di benessere che, nonostante sia indiscutibilmente elegante e sontuoso, mi fa pensare con un po' di nostalgia alla mia Sicilia, al suono della zampogna, all'isola pedonale sulla via dei Mille, alla sottile quanto insistente voce di tristezza della mia città.

Per la prima volta da giorni non controllo il telefono ogni due minuti. Quando lo faccio, dopo aver comprato a Michele il panino che è stato lo spinterogeno per l'uscita di famiglia, trovo una chiamata persa da un numero nascosto che non avevo sentito per via della confusione. Me lo sento, è Travolta. Mi faccio animo e richiamo. Del resto, la data ultima è domani, e alla peggio, se non era lui, bensì uno dei soliti call center che ha accesso ai miei dati privati perché dieci anni fa senza pensarci ne autorizzavo qualunque utilizzo quando mi iscrivevo ai premi fedeltà di tutte le profumerie di Messina, pazienza, vorrà dire che l'ho disturbato inutilmente.

« Sì, era una chiamata del dottor Travolta. Aspetti che glielo passo. »

Mi mette in attesa e Travolta risponde dopo un intervallo che mi sembra interminabile. I convenevoli sono rapidissimi, a me preme andare al sodo.

« Lo ha trovato? » chiedo con un filo di voce, come se dalla risposta ne andasse della mia stessa sopravvivenza. Mi domando ancora come sia possibile che una cosa che fino a qualche tempo fa non mi sognavo neppure di fare sia diventata di così vitale importanza.

« Certo. Non ho mai avuto dubbi. È solo che non ho l'abitudine di vendere la pelle dell'orso prima di averlo catturato. »

Sto per stramazzare al suolo e l'agitazione è tanta che mi sento avvampare nonostante la temperatura esterna non raggiunga lo zero. Sento freddo, eppure sono tutta sudata.

« Posso venire da lei anche subito! »

« Be', allora lo faccia. E non dimentichi il libretto degli assegni! » risponde sghignazzando. « Faccia prima delle 19, però, per piacere. »

« Certo. Arrivo! »

Volo, in realtà.

16

Marco Erdély de Verre.

Questo è il suo nome. Un po' altisonante, da aristocratico del Risorgimento. In realtà, probabilmente ha il doppio cognome per desiderio della madre, una pianista ungherese che si chiama Jùlia Erdély.

« Ecco anche il suo numero di telefono. Giusto in tempo per fargli un bel regalo di Natale, non c'è che dire! » dice Travolta.

Sono troppo stordita per rispondere a tono alla sua impertinenza. Ho gli occhi fissi sul numero che mi ha fornito.

« È sposato, che lei sappia? »

« No, non lo è. Ma non so dirle altro a questo riguardo. »

« Be', mi dica tutto quello che sa. »

« Lavora in uno studio di architettura di Milano ma al momento, per quanto ne so, è in Colombia. »

« In vacanza o fa l'architetto in Colombia? »

« Ha aderito a un progetto di ricerca dell'Università. E per la cronaca, a Zurigo ha fatto un dottorato in storia dell'arte, come lei aveva già intuito. »

Il vero problema è: se lui è in Colombia, io come faccio?

« Senta, non vorrei essere offensiva, ma è proprio sicuro che sia lui? »

Travolta corruga la fronte e mi gela con un « Sì ». Poi

guarda l'orologio, lasciandomi capire che per lui è tempo di mettere fine alla conversazione. Il suo compito era rintracciarlo: adesso che lo ha portato a termine, non ha altro da dire.

Uscita dall'ufficio mi sembra di avere le vertigini e, quando in ascensore cerco Marco su Google, rivederlo per un momento in foto su LinkedIn mi stende definitivamente.

Memorizzo il suo numero sul mio telefono e poi apro WhatsApp. Non ha una foto profilo. Ma, *oddiosantissimo*, è online.

Controllo che ore sono in Colombia, dovrebbe essere all'incirca mezzogiorno.

Non ho una strategia chiara. In tutti questi giorni in cui è stato il mio chiodo fisso ne ho prese in considerazione – e scartate – diverse. Alla fine mi sono convinta che devo farmi viva con nonchalance, senza fargli capire che ho qualcosa da dirgli e men che meno lasciargli intendere che io voglia qualcosa da lui. Deve sembrare, inizialmente, una cosa del tutto casuale. Almeno fino a quando non sarò assolutamente sicura che parlargli di Flora sia la cosa giusta.

Gli scrivo? O lo chiamo?

Chiamare da casa con il rischio di un'irruzione di Michelone da un momento all'altro non mi sembra saggio. Credo che la cosa migliore sia scrivergli.

Spero solo che non mi chieda come ho avuto il suo nuovo numero di telefono.

«Ma dov'eri finita?» chiede papà.

«Un impegno di lavoro» mento spudoratamente. Antonietta è l'unica a sapere la verità, più o meno come al solito, e sembra crudele da dirsi ma non vedo l'ora che tutti vadano a dormire per poterle raccontare di Marco e parlare con lei dei prossimi passi da compiere. Ho dalla mia il vantaggio che in Colombia sono cinque ore indietro.

Papà non approfondisce, ma arriccia le labbra. Ha preparato lui la cena, si è abituato a farlo dopo la morte della mamma. Ha cucinato spaghetti al pomodoro con le polpette, una cosa semplice e facile da ripetere, eppure i suoi hanno un sapore speciale e spazzoliamo il piatto in dieci minuti. Non c'è un secondo: abbiamo sempre consumato un piatto unico, tranne al pranzo della domenica. Ma papà ha un asso nella manica: ha portato una guantierina di pignolata, conservata in una scatola di cartone. La tira fuori dal frigo tutto contento, dicendo quello che ci si aspetta: « Vi era mancata, eh? » ma quando la estrae dall'involucro si accorge che manca metà della metà al cioccolato.

« Signore, dammi la forza » sospira, guardando Michelone che sorride beatamente mentre dà la colpa a Flora, che dal seggiolone si dimena per difendere la propria innocenza e vorrebbe risolvere l'affronto menandolo.

« Florabella, la mamma lo sa che non sei stata tu, non ti preoccupare » le dico stancamente.

Mio padre risponde in dialetto siciliano e Michele fa la sua solita risata, un po' buffa, ma contagiosa.

Tutto questo è casa, famiglia, ed è tutto il mio cuore. Non provo, né ho mai provato, nessun imbarazzo al pensiero che mio padre avesse la terza media e mia madre avesse fatto la parrucchiera fino alla nascita di Michele, che però si rivelò troppo impegnativo e allora lei decise di smettere di lavorare per seguirlo bene. Ma, va detto, trecce come le mie e di Antonietta non le aveva nessun'altra. Nessuna vergogna, nessun rimpianto di non essere nata con una diversa estrazione sociale.

Ma adesso, per un attimo, guardo con occhi esterni la mia umile e sgangherata famiglia e penso a Jùlia Erdély, o al docente universitario Benedetto de Verre, che ha sposato e da cui ha avuto Marco.

Adesso che so il suo nome, è stato facile reperire altri dettagli sul suo conto. È come se all'improvviso avessi trovato la combinazione della cassaforte e mi si fosse dischiuso l'accesso a tutte le informazioni su cui in questi anni ho ricamato una vastità di speculazioni. Le avevo pensate tutte, ma ora so di non essermi mai avvicinata neanche lontanamente alla realtà. È bastato cercare su Google « Jùlia Erdély » per trovare la storia della famiglia paterna di mia figlia. Flora ha uno zio di nome Alessandro, il fratello maggiore di Marco. E una volta è uscito un servizio su una rivista d'arredamento in cui Jùlia è stata intervistata. Vivono in un bell'appartamento a Milano, con il parquet a spina, il pianoforte a coda nero e il camino di marmo bianco.

Sono confusa e prostrata. So una cosa importantissima che gli Erdély de Verre non sanno. E se mai verranno a conoscenza della verità ho paura di essere presa per una squallida opportunista. Magari vorranno sottoporre Flora all'esame del DNA, anche se somiglia a Marco in maniera strabiliante.

Io e lui eravamo due sconosciuti e in fondo lo siamo ancora. Nessuno dei due, in quell'esatto momento in cui tutto è successo, l'avrebbe voluta. Ma Flora c'è, è il frutto dell'inesorabilità della vita, che a volte va avanti per quanto tu possa cercare di impedirglielo. E anche se non mi è stato chiaro fin da subito come avrei dovuto comportarmi, adesso sento su di me tutta la responsabilità di fare le scelte giuste e perseguirle nel modo migliore.

Per adesso, tuttavia, non ho ancora capito se immaginare papà e Michele allo stesso tavolo dei coniugi de Verre mi scateni panico o ilarità.

La casa è in silenzio, più o meno. Michele soffre di adenoidi e quando russa fa lo stesso rumore di una segheria, ma l'abbiamo collocato nella camera di Antonietta con papà chiudendo bene tutte le porte. Mia sorella è venuta a dormire con me. Flora è nella sua cameretta, e speriamo che ci resti. Insomma, sono tutti nel pieno del sonno tranne me e Antonietta: si è fatta l'una ma siamo ancora sveglie. Siamo state al computer per un'ora buona a cercare foto e informazioni. Antonietta non riusciva a smettere di dire: « Ma roba da matti », peggio di Mike Bongiorno.

Poi abbiamo parlato e parlato e parlato del miglior messaggio da scrivere a Marco, ma le sue proposte non mi hanno convinta.

« Senti, Costinz, come diceva mamma, pensaci domani e amen. Ora spegniamo tutto e a nanna » conclude mia sorella in maniera spiccia.

Del resto ho aspettato tre anni per compiere questo passo. Non devo essere frettolosa né precipitosa.

« Hai ragione, Tony. Domani se ne parla. »

L'abat-jour è spento, il cellulare è sul comodino, mia sorella si è già girata sul fianco destro e fa i piccoli scatti di quando il corpo si abbandona al sonno, quando decido cosa scrivere a Marco. In Colombia sono le nove, è ancora un buon orario.

È giusto che abbia scelto da sola. Non ho più sedici anni. Sono una donna adulta, una madre. Sono matura.

Insomma.

Ciao Marco. Non sono sicura che ti ricordi di me. Costanza, Malta, giugno 2016.

E premo invio.

Nessuna risposta fino a quando il torpore vince sull'adrenalina. Mi sveglio altre volte, nel corso della notte, il subdolo pensiero mi dà uno scossone e mi riporta alla veglia come uno strumento di tortura. Ma il mio telefono, desolato, continua a tacere fino a che non ci rinuncia anche il mio inconscio e mi abbandono a un sonno comatoso.

17

Nella stanza filtra il bagliore azzurrino di una nuova alba invernale.

È sabato e domani sarà la vigilia di Natale. Flora è già sveglia e si infila nel lettone tra me e mia sorella.

« Mi dai il lattino? »

Ho dormito poco e in maniera agitata, non ho nessuna voglia di alzarmi.

« Puoi aspettare un pochino, Florabella? »

La bimba annuisce e si raggomitola sotto le coperte. Resta silenziosa per un paio di minuti, sufficienti a farmi quasi riappisolare. « Mamma... il pancino ha fame. »

Quale madre resterebbe sorda alla richiesta di cibo del proprio bambino?

« Alziamoci, avanti » rispondo rassegnata. Lei si raddrizza di scatto, come azionata da una catapulta, e scende dal letto con la sua solita camminata a papera precedendomi in cucina.

Flora prende ancora il biberon accoccolata in braccio a me come una neonatina, un rituale mattutino molto, molto lento. Siamo sole, sul divano, mentre il resto della famiglia non si è ancora svegliato. Il mio telefono emette un suono, ma è rimasto in cucina. La curiosità mi mangia viva.

« Florabella, la mamma deve alzarsi un attimo. »

La mia orchetta tirannica risponde con un mugugno

informe e un « No » impastato dalla tettarella che ha ancora in bocca.

« È importante » insisto. Lei scuote la testa, al che mi gioco l'unica urgenza che lei può comprendere e verso cui in genere è solidale. « La mamma deve fare la cacca. »

La bimba inarca la schiena e mi consente di sfilarmi per andare a prendere il telefono.

È lui.

È Marco.

Svengo.

Non si dimentica mai una bella ragazza, ma non mi aspettavo di risentirti.

Resto in cucina a sperimentare risposte.

IO: Se è una sorpresa spiacevole, mi scuso.
LUI: Tutt'altro.

Quattro anni fa, quando mi sono accorta della presenza di un'altra ragazza che lui stava evidentemente tradendo con me, ci siamo salutati in malo modo. Anzi, non ci siamo salutati affatto. Sono praticamente scesa da un taxi in corsa dopo quell'abominevole risposta, quel « che ti aspettavi » che per l'ennesima volta mi ha fatta sentire come una persona che vale solo un po' più di niente – come diceva Loredana Bertè in un'altra delle hit del cuore di mamma.

Ma il tempo ha il potere di minimizzare l'impressione di quel che allora sembrò grave. Non so più nemmeno dire se lo fosse davvero. In fondo, se lui ha commesso un torto verso qualcuno è stato nei confronti della sua ragazza, non verso di me. Se vai a letto con uno di cui non conosci né il cognome, né la professione, c'è da immaginare che non ti importi nemmeno il suo stato civile.

IO: Mi chiedevo cosa ne fosse stato di te e ti ho scritto.

« Mammaaaaaa, hai finitooooo? »

« Noooooo. » Montessori, flagellami.

LUI: In quattro anni di cose ne succedono molte. A te com'è andata?
IO: Non posso lamentarmi. Vivo a Verona. Tu?
LUI: Sono stato in Colombia e sono tornato da poco. Adesso sono a Milano. A volte comunque capito a Verona.
IO: Allora la prossima volta sarebbe bello se ti ricordassi di me. Per un saluto ci sono sempre.

Nel frattempo si è alzata Antonietta, che entra in cucina nel suo pigiama di pile.

« Ma Flora beve il latte da sola? » mi chiede, stralunata e con la voce ancora roca.

« Leggi » le dico, mostrandole la chat.

Lei sgrana gli occhi, svegliandosi di botto dal torpore. « Vaaaaaaaa! »

Io annuisco, e in un attimo perdo quindici anni.

« 'Per un saluto ci sono sempre' te la potevi risparmiare. Il messaggio tra le righe è 'Per una botta ci sono sempre'. »

« Tony, ma ti rendi conto di quanto è delicata la situazione? »

« Sì. Fai il caffè, va'. »

LUI: L'occasione si può anche creare, se si vuole.

«Visto?» dice mia sorella, inarcando un sopracciglio.

«Be', non è che quattro anni fa io gli abbia dato l'impressione di un'orsolina. Non importa. Non sto flirtando. Voglio solo capire se non è uno psicopatico e se può fare quello che è, ovvero il padre di Flora.»

«Ma no che non è uno psicopatico... Sarà semplicemente uno che non ha problemi a tradire, come ce ne sono mille altri. Questo però non ha niente a che vedere con la propensione alla paternità. Lo sai come la penso.» Sento lo sguardo di Antonietta su di me, mentre a mia volta ho gli occhi puntati sullo schermo del telefono. «A questo punto dovresti cogliere l'attimo. Digli che vai a Milano, Flora la teniamo noi. Oppure digli di venire qui. Ma vai al sodo e porta a casa il risultato.»

Annuisco, come davanti a un'apparizione mistica.

IO: Mi trovo di passaggio a Milano questo pomeriggio. Ci sei o sei massacrato dal fuso orario?

Non risponde subito, forse l'ho sconvolto. O magari sta provando a incastrare gli impegni. Se è vero che è tornato ieri dalla Colombia avrà mille cose da fare.

Nel frattempo Flora mi porta il biberon vuoto e si sono alzati anche papà e Michele.

Mio padre si sfrega le mani. «Allora, che programmi abbiamo per oggi? Mi portate da Leroy Merlin e al Bricoman?»

C'è chi vuol vedere Sirmione, per fare un esempio. Mio padre no. Non gliene può fregare di meno delle bellezze dei dintorni. Quando è lontano da Messina ha le sue mete del cuore, che in generale hanno a che vedere con la ferramenta. La ragione di questa sua ossessione mi è tutt'oggi ignota.

LUI: Alle 18?

« Magari ti ci porta Tony? » dico a papà dopo aver letto il messaggio, i palmi delle mani sudati per la tensione.

« Io ho due figlie, però... » obietta lui.

« E io? » gli chiede Michele.

« Tu vali per dieci figli » gli risponde papà.

« Papà, devo fare una cosa molto importante. »

« Come dici tu. »

Mi addolora deluderlo, davvero. So che ha fatto molta strada e non desidera altro che stare con noi. Ma io non posso fermarmi proprio adesso. Sono come un metallo che non può fare a meno di orientarsi verso il magnete. È un fatto inesorabile che non tiene conto di nessun'altra esigenza, esattamente com'è stato quattro anni fa.

Mi farò perdonare nei prossimi giorni, sia da lui sia da Flora.

Nel frattempo mi attivo per comprare i biglietti del treno e per andare incontro al mio destino.

18

La stazione centrale di Milano il 23 dicembre è il caos assoluto, ma ha qualcosa di bello. La gente sta partendo o sta tornando, ma in ogni caso è felice di ritrovare qualcuno con cui passerà il Natale. Mentre io, come sto?

Stretta nel solito cappotto color cammello che ormai è pieno di pelucchi sul didietro, cerco di capire come arrivare con i mezzi al bar in cui Marco mi ha dato appuntamento. Non ho mangiato tutto il giorno e ho una gastrite fulminante.

Il viaggio in metropolitana è estenuante, ne devo cambiare due, e mi sento gli odori dei vagoni appiccicati addosso. Mi fermo nel bagno di un bar per guardarmi allo specchio: partita da Verona mi vedevo pulita e in ordine, attraente persino, mentre ora mi sento unta e fuori moda, con i soliti vestiti vecchi.

D'altra parte a lui non devo piacere io, mi ripeto. Dovrà amare Flora.

Be', però se mi trovasse un po' bella non mi dispiacerebbe.

Il cielo è già scuro. Cerco sulla mappa del telefono in che direzione andare. Sbaglio almeno una volta, poi mi oriento e alla fine arrivo alle 18.05.

Marco è poggiato con le spalle al muro dell'edificio e sta fumando una sigaretta. Stesso taglio di capelli, stesso viso sbarbato, stessi occhi sfavillanti di quattro anni fa.

Mi avvicino e ogni passo è piccolo, lento, spaventato, eccitato.

Lui resta dov'è. Indossa un giubbotto blu navy cerato, abbottonato al collo e stretto sui fianchi, del genere motociclista. Mi sento attraversata da una scarica d'adrenalina. Ne morirò.

« Allora? » dice, con il mento sollevato, evidentemente compiaciuto che dalle fessure del passato io sia riapparsa all'improvviso, assai probabilmente, penserà lui, per una scopata alla vecchia maniera con cui inaugurare le ferie.

« Allora » ripeto io. Niente battuta pronta. Non so proprio da dove cominciare.

« Sto aspettando che ci liberino un tavolo » dice lui, guardando verso l'interno del locale.

Annuisco, con un sorriso appena accennato. Un cameriere gli fa cenno di entrare, lui fa strada e poi si scansa per farmi passare, come farebbe un galantuomo.

Ma attenta, Costanza, non dimenticarlo nemmeno per un minuto. Lui non lo è.

Ci accompagnano a un tavolino di legno grezzo. Il locale è poco illuminato, ammicca al trend industrial chic e dal soffitto pendono lampadine di design al tungsteno. Il riscaldamento è così alto che io grondo sudore fin dietro le ginocchia. Lui si toglie il giubbotto e mi guarda insistentemente da sotto le folte sopracciglia nere. Con il dolcevita nero di lana che indosso come minimo mi prenderà un colpo di calore.

Marco ordina una birra. Io, tanto per migliorare la situazione ormonale e psichica, uno spritz.

« Che ci facevi oggi a Milano? » esordisce lui, ritenendo

forse che sia un argomento neutrale. Ma, non potendo dirgli la verità, è in realtà un quesito molto difficile.

«Ho incontrato un'amica» invento su due piedi, dal momento che non avendo nessun sacchetto con me sarebbe difficile rifilargli la scusa di una sessione di shopping. E inoltre a me lo shopping non piace, non ho soldi e non amo la moda. Che compro a fare?

Devo dire che se qualcuno mi chiedesse di stilare un'ipotetica classifica assoluta delle situazioni più imbarazzanti della vita, confesso che al vertice collocherei l'aperitivo con un uomo che conosci appena ma con cui hai avuto una figlia.

«E tu, cosa facevi in Colombia?»

«Lavoro. Ci sono stato tre mesi per un progetto.»

«Tu studiavi storia dell'arte, vero?»

Lui ringrazia il cameriere che ha appena poggiato sul tavolo il vassoio con le nostre ordinazioni.

«È stata una fase. Faccio l'architetto.»

Mi chiedo se sia uno di quelli fissati con bioarchitettura, design e sostenibilità; oppure uno di quei raffinati esteti che progettano case con la vasca da bagno in camera da letto; oppure ancora se sia uno da cantiere, vagamente rude, con la fisicità prestante del carpentiere ma munito di laurea quinquennale.

«Tu, invece? Facevi il medico, no?» chiede, con un istante di esitazione e il timore di essere indelicato e magari confondermi con qualcun'altra. Ma sono ben lontana dall'essere offesa, figurarsi. A me che lui fosse un architetto ha dovuto dirlo un detective privato.

«Al momento mi occupo di una cosa un po' particolare che si chiama paleopatologia.»

«Cos'è?»

« Studia le malattie del passato... per metà medicina, per metà archeologia e anche un po' antropologia. Sai, in realtà sono nuova dell'ambiente. Ho iniziato due mesi fa, un po' per caso. »

« Non me ne intendo, ma mi sembra una scelta un po' singolare. »

Perché è una « non-scelta », in realtà. Ma abbellisco i miei sentimenti dicendo: « È... di transizione. In realtà sto provando a trasferirmi all'estero ».

« Dove? » domanda, e appare sinceramente interessato.

« In Inghilterra. » Lui annuisce, forse la considera un posto come un altro. « E tu? Tornerai in Colombia alla fine delle vacanze di Natale? »

« No » risponde, con tono asciutto.

« Hai finito i lavori? »

« Non proprio, ma... Mia madre non sta bene e preferisco rimanere qui, per adesso. »

« Mi dispiace » dico, come ci si aspetta.

Lui non risponde. Non credo sia delicato chiedere qualcosa in più.

È già a mezza birra. La considero un po' come una clessidra. Mi chiedo, quando la finirà, cosa resterà da dirsi.

« Stai con qualcuno? » gli domando. Se c'è una persona che per lui conta qualcosa, è inevitabile che conoscerà Flora. Devo saperlo.

« Tira a indovinare » risponde lui.

« Non saprei. Probabile. Ma non so quanto questo conti, per te. » È una frecciatina che intinge la punta nel veleno di un dispiacere passato.

« Non sono un traditore compulsivo. È già successo, tu questo lo sai. Ma non significa che sia un'abitudine. »

« Però non hai ancora risposto. »

« Sì, c'è qualcuno. »

« Okay » incasso. « È... »

« È sempre lei, sì. Ma davvero vuoi parlare di questo? » chiede, stringendo appena gli occhi, un lievissimo sentore di sfida nella voce profonda.

Scuoto il capo. Lui non ricambia la mia domanda. O non gli importa, o dà per scontato che io sia libera e tra le due non so cosa sia peggio.

Di fatto, da quando ho partorito sono sempre stata sola. Quando hai una bambina piccola ci pensi due volte a cercarti qualcuno. I giornali sono pieni di storie terribili. Una volta per un po' ho frequentato un collega radiologo, ma non gli ho mai fatto incontrare Flora. Mi sono divertita, tutto qui. Non è giusto lasciarsi appassire, ma non volevo che in nessun modo le mie esigenze fisiche ed emotive incrociassero il destino di mia figlia.

« Dimmelo tu allora, di cosa parliamo? »

Lui poggia i gomiti sul tavolo e assume un'espressione furbetta. « Di cosa parlano le persone, quando vogliono fare una conversazione leggera? Dell'ultima stagione del *Trono di Spade*? »

« Non lo seguo. Troppo violento, mi mette agitazione. Ma a mia sorella piace. Suoni ancora il piano nelle stazioni e negli aeroporti? »

« Be', sì, un po' dove capita, se mi va. Mi esercito poco, sto diventando impreciso. Non lo vuoi il tuo spritz? »

Ne ho lasciato metà, mentre lui nel frattempo ha finito la sua birra.

« Va bene così. Sai, volevo dirti che ho cercato tante volte su YouTube la *Piccola fuga* di Bach che suonavi quella volta, ma nessuna versione era coinvolgente come la tua. Imprecisa, magari, ma non ha importanza. »

Lui accoglie il complimento con un impercettibile moto delle sopracciglia. « Sei molto gentile. Vedrò di esibirmi di nuovo a tuo beneficio. Vuoi qualcos'altro da bere? »

Declino con timidezza e lui fa cenno al cameriere di portargli il conto, mentre io sono preda dell'avvilimento perché non ho concluso niente. È una persona affascinante e beneducata, ma cosa so in più rispetto a prima? Quella che gli inglesi chiamano *small talk* si articola in uno scambio di informazioni piuttosto superficiali sulla sua attività in Colombia, di cui io gli chiedo per farlo parlare un po' e capire qualcosa in più di lui, e infine su una certa insoddisfazione che prova nello studio per cui lavora, ragione per cui non esclude, nei prossimi mesi, di guardarsi un po' attorno.

Dopo che lui ha pagato, infilo il cappotto e lui si rimette il giubbotto.

« Torni a casa o ti fermi per la notte? » mi chiede.

« Ho il treno alle otto meno un quarto. » In verità ce l'ho alle 20.45. Preferivo mantenermi larga, ma non voglio fargli credere di aver messo in conto più tempo di quanto lui avesse previsto.

Lui guarda l'orologio. « Posso accompagnarti? »

« Non vorrei disturbarti. Prendo un taxi » dico, e lo voglio fare davvero. Mi devo rilassare, non ce la faccio a concentrarmi sulla metropolitana da prendere. Lui non insiste.

È il momento di salutarci e io mi sento una completa deficiente. Che faccio? Glielo dico adesso, in corner? Glielo dico domani?

« È stato bello rivederti. Strano, ma bello » dico infine, ed è la verità, anche se non è *tutta* la verità. Manca un dettaglio fondamentale, e non so proprio prevedere come alla fine la prenderà. Perché ne ho la certezza: è questione di tempo, ma gli rivelerò di Flora.

Me lo dice il sesto senso: Marco Erdély de Verre non ha niente che non va. Non so che padre sarà, cercherò di capirlo con lui prima di farlo entrare nella vita di Flora, ma so che glielo dirò. Non posso fare diversamente.

Siamo l'uno di fronte all'altra.

Lui fa un sorriso. Dice: « Sì, bello » e mi dà un bacio sulla guancia e io penso che è davvero un uomo nuovo, in confronto a com'era quattro anni fa. Ha un ottimo profumo, e io per un pazzo istante vorrei abbracciarlo e sommergerlo con la mia, o meglio, la nostra verità. Smettere di indossare un segreto e condividerlo finalmente con la persona con cui avrei dovuto farlo sin dal primo momento. Si allontana appena appena e ci fissiamo per un istante in cui potrebbe succedere qualunque cosa...

... ma ovviamente non succede nulla.

19

« Non ho parole, veramente. » Mia sorella è fuori di sé. « Ma che minchia sei andata a fare? A prenderti uno spritz? »

« Dovevo pur iniziare da qualche parte. »

« E pure finire! »

« Ci vuole il suo tempo! »

« Ho capito. E adesso quali saranno le tue mosse? Scrivergli per fargli gli auguri di buon anno? »

« È ovvio che farò qualcosa. Ho solo bisogno di farlo con calma. »

Parliamo a voce bassa: il treno ha fatto ritardo, Flora dorme già – e anche Michele – mentre mio padre nella stanza accanto sta ascoltando a tutto volume Il Volo che canta *Granada*. Io mi sono infilata il pigiamone e mi sento sfatta come se avessi compiuto una faticosissima missione. Ma, seppur esausta, sento che non riuscirei a dormire: non faccio che tornare con la mente allo strano, assurdo appuntamento con Marco.

Ho come una sensazione di scollamento dalla realtà. Da un lato esisto io. Dall'altro esistono le volte in cui l'ho visto e sono stata con lui. Flora le condensa, ma devo riconoscere che è l'unico appiglio che mi dimostra che la storyline è unica e che non c'è nessuna separazione.

« Ascolta, Tony, mi sento moribonda. Mi voglio mettere a letto. Non so se riuscirò a dormire ma ci voglio provare.»

Mia sorella mi guarda come per dire «e chi te lo impedisce». «Sei sicura di non voler cenare?»

«Sì.»

«Nemmeno una fetta di pandoro? L'abbiamo aperto perché Michele ci ha messi in croce.»

«Dobbiamo dire a papà di fare attenzione, Michele è troppo goloso.»

«Pensarci la vigilia di Natale mi sembra inutile. Dai, te ne taglio un pezzo?»

«No, non ho fame, davvero.»

«Come quando si è innamorati» sospira lei.

Per la vigilia di Natale convinciamo papà a fare un giro nella parte storica della città e a rinunciare alle grandi ferramenta. Un panino con il würstel per Michele è d'obbligo, mentre papà guarda ammirato i negozi di lusso di via Mazzini.

«A vostra madre questa città sarebbe piaciuta tanto. Le piacevano i posti *scic*» si ritrova a pensare ad alta voce. «Sarebbe orgogliosa di voi» conclude, fermandosi al centro della strada, facendo da intralcio al flusso di persone.

Antonietta annuisce. Ci abbiamo pensato spesso anche noi a quando eravamo ancora alle medie, poco prima che lei morisse, e la mamma ci esortava a girare il mondo «perché ci sono tante cose belle da conoscere». Lo diceva lei, che al massimo aveva fatto il viaggio di nozze a Firenze ed era andata in vacanza in Sila.

«Sentite. Voglio fare un bel regalo alle mie figlie» ci dice infine papà con un tono che lascia intendere che non pone problemi di budget (ma si affida comunque al nostro buonsenso).

«Sicuro, papà?» chiede Antonietta.

Lui annuisce compiaciuto. «Se lo dico, si può!»

«Be', allora io un desiderio ce l'avrei.»

«E allora andiamo.»

Antonietta si fa portare da Tiffany e papà non fa una piega. Comprano la collana con il lucchetto, ed è vero che Tony la desiderava da un'eternità.

«E tu, Costanza?»

La mia situazione economica è indebolita dalla mia condizione anagrafica: mantenere Flora ha un costo non indifferente. Non compro vestiti da non so più quanto tempo, tanto che il nero di quelli che ho sta scolorendo. Chiedo a papà un abito in un negozio sartoriale di piazza Erbe da mettere la prossima volta in cui vedrò Marco: ieri mi sono sentita dimessa. E anche se è chiaro – più o meno – che io non vorrei assumere un atteggiamento provocante, ammetto che mi piacerebbe sentirmi attraente. Non sono abituata a puntare sui vestiti o sullo stile per dare una certa immagine di me, ma magari in queste circostanze un bell'abito nuovo mi aiuterebbe a sentirmi più a mio agio.

«Amore del papà, ma perché ti vesti sempre di nero?»

«È il mio colore» rispondo, guardandomi allo specchio con un abito a kimono forse un po' corto, ma che mi avvicina all'immagine di me che vorrei Marco vedesse.

Papà estrae il bancomat dal portafogli di pelle usurato e si rassegna a pagare.

«L'importante è che tu sia felice.»

20

Foggia, 24 dicembre 1237

Selvaggia e Biancofiore si scambiarono uno sguardo. Era il loro segnale.

Si erano preparate molto accuratamente nei giorni precedenti, raccogliendo informazioni con aria ingenua e mettendo da parte del pane che si era fatto secco. Avevano seminato Hildegard e con il cuore in gola avevano detto al custode che Madonna Selvaggia desiderava una chinea.

Selvaggia aveva imparato a cavalcare in Germania, insieme a Enrico. Da quando si trovava a Foggia aveva cavalcato raramente, perché aveva la sensazione che non fosse visto di buon occhio. Non che a Selvaggia stesse a cuore l'opinione delle donne della corte, ma desiderava che si parlasse il meno possibile di lei, nel bene e nel male.

Già altre volte lo stalliere le aveva affidato una mula bianca, molto placida, non votata all'avventura. Selvaggia preferiva non pensare a come quella bestia pavida le avrebbe portate a Venosa. Per un momento valutò di mandare a monte la fuga. Perché di questo si trattava: voleva raggiungere Enrico a Venosa. Lui le aveva promesso che l'avrebbe sempre aiutata e lei gli credeva.

Sapeva però che Federico gli aveva risparmiato la sentenza di morte per tradimento imprigionandolo in un castello a Venosa. Suo fratello non era più il re di Germania, dove si muovevano altri poteri ormai. Cosa avrebbe potuto fare Enrico, ormai caduto in disgrazia? Forse voleva finire in disgrazia anche lei? Sì, forse preferiva essere confinata a Venosa con Enrico anziché trasferita a Verona e data in moglie a un capitano di ventura le cui empietà erano leggendarie.

Biancofiore porse allo stalliere un gioiello appartenuto ad Anaïs de Brienne. « È un segreto » rimarcò con tono truce e piglio autorevolissimo, di cui Selvaggia avrebbe riso se non avesse avuto il cuore in gola per la paura. Lo stalliere le fissava sconcertato e confuso, ma non aveva il coraggio di negare alcunché alle figlie dell'imperatore. Restituì il gioiello dicendo che non poteva accettarlo e tuttavia aiutò ugualmente Biancofiore a montare in sella, dietro Selvaggia.

Per non destare attenzione e per migliorare l'affiatamento con la mula, Selvaggia dapprima andò lentamente. La scelta della data era stata furba, secondo loro: il castello era nel fermento dei preparativi per il Die Natalis. In tutto il Regno si celebrava il giorno di Santo Stefano, in cui era nato Federico: nessuno si curava di Selvaggia e Biancofiore.

Si inoltrarono in una foresta fitta di querce e latifogli. Non parlavano, erano troppo nervose e spaventate dalle loro azioni per trovare qualcosa da dire.

Cavalcarono per ore, fino a che lentamente l'oscurità non iniziò a farsi strada nel cielo, penetrando nel bosco. Sentivano freddo e non erano nemmeno sicure che la via fosse quella giusta. La chinea nel frattempo aveva rallentato, stanca e affamata più di loro.

« È stato un errore. Dobbiamo tornare indietro. »

Biancofiore si strinse forte alla vita della sorella. « Non voglio che tu vada a Verona. »

« Non possiamo andare da Enrico. È stata un'idea molto

stupida. Dobbiamo tornare a Foggia prima che sia notte fonda.»

Selvaggia iniziò a combattere intimamente contro un terrore profondo e un pentimento enorme: con la sua pazzia aveva messo a rischio anche Biancofiore. Avrebbe voluto essere al palazzo, nella sua stanza, davanti al grande camino o dentro il suo baldacchino dalle coltri verdi. Al sicuro.

Si mise a pregare silenziosamente, offrendo voti alla Madonna affinché le guidasse sane e salve fino a Foggia. *Non mi ribellerò mai più. Accetterò qualunque cosa. Andrò a Verona.*

Ma nessuna preghiera le poté proteggere dalla vista di un piccolo branco di lupi grigi. La mula bianca s'imbizzarrì e Selvaggia fu sicura che sarebbero andate incontro a una morte orribile. Colpì con i talloni i fianchi della mula che, con un ultimo slancio, aumentò all'improvviso il passo. Ma Biancofiore perse l'equilibrio e cadde al suolo con un urlo.

Selvaggia tornò indietro per soccorrere la sorella. Scese dalla chinea e provò a sorreggere la ragazzina, che aveva brutte ferite alle gambe e non riusciva a muoversi. Tuttavia Biancofiore non pianse e restò in un silenzio disperato. I suoi occhi la imploravano di portarla al sicuro, ma uno dei lupi si avvicinò.

Molti anni prima, Enrico le aveva detto che i lupi non sono cattivi, ma che sono abituati ad aver paura dell'uomo. Bisogna restare calmi e camminare lentamente senza mai voltar loro le spalle, ossia tutto il contrario di come si comportano le prede. Bisbigliò nell'orecchio della sorella di stare tranquilla, perché lei sapeva cosa fare. Il lupo era immobile, ma fu presto affiancato da altri due. Biancofiore iniziò a piagnucolare e a pregare ad alta voce.

All'improvviso, però, i lupi si voltarono perdendo interesse verso di loro. Poco dopo, si udirono nitriti e voci di uomini in lontananza e i lupi fuggirono, come Enrico le aveva raccontato. *La maggior parte delle volte non ce ne accorgiamo, ma loro ci hanno visti e, spaventati, se ne sono già andati.*

Uomini nel bosco. Forse più pericolosi dei lupi. Selvaggia capì di non poter perdere tempo e cercò di sollevare Biancofiore per poterla riposizionare in sella. Ma una voce in tedesco chiese: « *Ist da jemand?* »*

Non avrebbe mai potuto aver paura della sua gente.

« *Hier!* »** disse in un urlo disperato e viscerale.

Percepì rumore di zoccoli e voci nella sua lingua, che si era abituata a sentir parlare solo da Hildegard e che le mancava come e più di tutto il resto. Si mostrarono infine due uomini a cavallo, dall'aria del tutto onorevole e rispettabile, che si trovarono al cospetto di due ragazzine stravolte.

« *Ich bin Selvaggia von Hohenstaufen* »*** disse lei, prima di scoppiare in lacrime.

* « C'è qualcuno? »

** « Qui! »

*** « Sono Selvaggia di Hohenstaufen. »

21

Il Natale e i giorni successivi sono trascorsi in relax. Ha piovuto molto, siamo usciti poco. Papà ha cucinato per tutti, Michele e Flora hanno giocato insieme annullando i vent'anni di differenza con un'affinità elettiva tutta loro, Antonietta è uscita spesso con Fabio e il suo gruppo di amici e ha detto sempre: « Dai, Costinz, vieni con me », ma io non ne avevo voglia e alla fine sono rimasta con il telefono in mano tutto il tempo, non ho capito nemmeno io se aspettando o temporeggiando.

La mattina del giorno di San Silvestro mando a Marco gli auguri di tanta felicità per l'anno nuovo. Qualche ora dopo, mentre preparo il ragù per il cenone, arriva la risposta:

LUI: Ci rivediamo?

Mi faccio coraggio. Ho una buona causa e tutto gli sarà chiaro, alla fine.

IO: Mi piacerebbe.
LUI: Ma non ti trovi per caso a Milano, oggi, vero?

« Tonyyyyy! »

Mia sorella abbandona la lettura di un libro di Recalcati e viene a leggere la chat.

« La stai gestendo malissimo. »

Ora inizio a stizzirmi. « Vorrei vedere te. E comunque sbagli se pensi che io voglia qualcos'altro da lui che non sia comporre al meglio un rapporto con Flora. Quindi non mi interessa tutto il resto. Che pensi quello che vuole. Tanto io non lo vorrei come compagno. Stare con lui dev'essere infernale, meglio sola. »

Tony fa il gesto del naso che cresce, al che io mi offendo definitivamente, le strappo di mano il cellulare e mi rintano nella mia stanza dove metto *I dubbi dell'amore* di Fiorella Mannoia, un'altra delle canzoni del cuore di mamma che mi giova quando sono di morale tempestoso. Parla di una lunga storia che giunge alla fine. È qualcosa che io non conosco, perché non ne ho mai avuta una di durata significativa. Non sono mai stata una di quelle ragazze con un amore storico, in genere il mio ruolo nelle relazioni era sempre quello dell'oggetto sessuale. A diciotto anni ho preso una cotta devastante per un ragazzo più grande che è durata per anni, ma lui non era interessato ad altro che non fosse il vedersi di tanto in tanto senza impegno.

Quindi, io non so cosa si prova quando ci si lascia dopo tanto tempo perché non si sta più parlando. Non so cosa voglia dire ripartire da se stessi, perché io ho sempre potuto contare solo su me stessa, e ormai va bene così. Preferisco essere accompagnata dalla mia fidata solitudine, anziché essere la pluricornuta fidanzata di Marco.

Antonietta bussa alla porta. Le basta dire: « Dai ».

Le apro e lei si siede sul letto accanto a me. « Non puoi andare a Milano oggi. Ti stai mettendo nei guai. Vuoi convincerti che lo fai per Flora, e non ho dubbi che questo sia importante per te. Ma c'è anche che lui ti piace. È ovvio, è sano.» È sempre così. Forse perché Antonietta è una psicologa, forse perché è mia sorella e mi conosce meglio di chiunque altro, ma lei mi legge dentro. «Sii sincera, non vorrai davvero dirgli di Flora alla vigilia di Capodanno?» insiste.

«È un giorno come un altro» rispondo, studiandomi nervosamente le doppie punte.

«No che non lo è, e lo sai. Stai andando incontro a un calcio in faccia. Secondo me dovresti dirgli chiaramente che hai bisogno di parlargli di una cosa importante e magari potreste incontrarvi in territorio neutro, a metà strada, prima dell'Epifania, okay. Ma certamente non oggi.»

Annuisco. Ha ragione, lo so. Mi sono lasciata travolgere dall'effetto stupefacente delle emozioni.

IO: Oggi non posso. Però nei prossimi giorni sì.

LUI: Allora a presto.

Nessuno stucchevole augurio di buon anno, non sia mai che vada a diluire l'essenza delle sue intenzioni. Nel frattempo, Flora si è stancata di giocare con Michele e fa irruzione in camera brandendo in mano l'indefinibile conglomerato di pezzi che ha assemblato con i Lego.

«In braccio!» chiede, tendendo le sue manine che sembrano due paninetti al burro. La prendo subito, stringendola forte, e lei pensa bene di sperimentare le capacità aeronautiche della sua ambiziosa costruzione. La lancia con tutta la sua forza e quella atterra su un dito del piede di mia sorella. Antonietta impallidisce e reprime malamente un'imprecazione, mentre Flora viene redarguita come

Dio comanda e, mettendo il broncio, corre a cercare riparo dietro la solita tenda.

Antonietta spergiura che il dolore è sopportabile ma quattro ore dopo il dito è nero e finisce che, al posto del solito copione di Capodanno – cenone guardando uno di quei programmi in tv in cui fanno il countdown fino alla mezzanotte e poi i trenini cantando *Brigitte Bardot* – ci tocca andare al Pronto Soccorso. Ne usciamo con una diagnosi di frattura leggermente scomposta della falange prossimale del secondo raggio, una bella incerottatura e la rassicurazione che non è che un dito del piede, guarirà.

« Be', è divertente variare » le dico, per sdrammatizzare. « Se non altro, questa volta abbiamo movimentato la serata e papà non si è addormentato sul divano. »

Mia sorella invece è nervosissima. « Dopo la mezzanotte sarei andata a un veglione con Fabio, comunque. »

« Ah, queste sì che sono botte di vita. »

Antonietta si volta e mi dice, seria: « Flora è maleducata. Che cavolo, ha quasi tre anni e ancora lancia gli oggetti ».

« L'ho sgridata moltissimo, lo sai. »

« E a che serve? Tanto lo rifarà. Hai fatto bene a cercare suo padre. Non ce la fai da sola. »

Siamo impalate di fronte al Pronto Soccorso, in attesa di un taxi. È mezzanotte e otto minuti. Fa un freddo cane, ma niente si può comparare a come mia sorella ha raggelato il mio cuore. So che si scuserà, che è solo arrabbiata per la serata in fumo, che tra sorelle è così che funziona. Litighiamo da quando siamo nate ma non potremmo fare a meno l'una dell'altra.

Tuttavia, mai come oggi ho desiderato che la mia vita fosse diversa.

Il 2 gennaio torno al lavoro. Attualmente consiste nel lavare ciascun osso degli scheletri recuperati nella necropoli di Montorio. L'amena operazione si svolge per mezzo di uno spazzolino da denti, sotto semplice acqua corrente. Melchiorre e Sarah sono ancora in ferie; ad aprire stamattina è stato Anselmo.

«Ho un eczema alle mani e non ti posso aiutare» mi dice, mostrandomi le estremità arrossate.

«Non preoccuparti. È un compito che ha qualcosa di rilassante.»

Anselmo aggrotta le sopracciglia. «Sei seria?»

«Cosa ti fa pensare che io non lo sia?» chiedo, soavemente.

Lui sorride e apre il suo pc. «Resto in laboratorio con te, almeno ti faccio compagnia. Anzi, ti racconto cos'ho trovato nel fondo antico della Biblioteca Statale.»

«Sentiamo.»

«Mi sono messo a cercare informazioni su un cavaliere germanico presente a Verona in un'epoca compresa tra il 1100 e il 1300. Per fare questo lavoro devi avere un minimo di attitudine nerd, ma vieni quasi sempre ripagato.»

Mi mostra delle carte che ha fotocopiato, spiegandomi: «Si tratta di edizioni critiche risalenti al XIX secolo, quando gli storici italiani iniziarono a trascrivere ed editare le cronache medievali in maniera sistematica. Ed ecco qui cosa ho trovato. Aldegar von Dannenberg, di antica nobiltà sassone, era un aristocratico guelfo che aveva rapporti diplomatici con Federico II di Svevia.»

«Scusami, ma Federico II che c'entra con Verona?»

«C'entra. Federico sapeva che il Veneto era il più importante collegamento tra l'Italia e la Germania ed era anche l'accesso alla Lombardia, che era da sempre la sua spina nel fianco. Qui in Veneto aveva trovato uno dei suoi alleati più fedeli, Ezzelino da Romano. Era il più spregiudicato di tutti i signori dei comuni lombardo-veneti e, soprattutto, era il capo dei ghibellini della zona. L'uno appoggiava l'altro e ne ottenevano reciproci benefici. Fu soprattutto grazie a Ezzelino se Federico vinse contro la Lega Lombarda a Cortenuova e fu per questo che lo premiò dandogli in moglie una delle sue figlie naturali, che aveva legittimato.»

«Però, se la Verona di Ezzelino era apertamente ghibellina, resta sempre aperta la domanda: cosa ci faceva un guelfo qui?»

«Be', Aldegar von Dannenberg era un diplomatico ed era certamente accolto come una personalità di rilievo. Anche perché a un certo punto Federico riuscì a comporre bonariamente i rapporti con i guelfi germanici e, soprattutto, c'è da pensare che Aldegar fosse giunto a Verona insieme a Federico e quindi che fosse al riparo dalle ostilità.»

Come al solito perdo un po' il filo quando Anselmo si addentra nei meandri della storia, ma stavolta riesce anche a suscitare in me un po' di curiosità. «Però non è detto che fosse l'unico tedesco a Verona. Mi sembra un po' inverosimile. Un 'guardacaso' micidiale.»

«Giusto. Però il nostro cavaliere indossava un anello del casato di Brunswick-Lüneburg, e Aldegar era effettivamente imparentato con il duca Ottone, che lo stesso Federico II aveva riconosciuto. Fatto, questo, che aveva spianato la sua carriera diplomatica. Soprattutto, ho trovato la genealogia dei Dannenberg e indovina un po'? Aldegar è morto in Italia nel 1244» conclude battendo le manone tutto galvanizzato.

«Bello! Quindi è bastato così poco a trovarlo?»

Anselmo è perplesso. «Poco? Ci sbatto la testa da settimane. Comunque non ho ancora finito. Ho intenzione di spulciare tutti i documenti possibili, anche quelli privati conservati nelle biblioteche aristocratiche, per seguire le tracce di Aldegar. Potrebbe aver trovato moglie qui, se pensiamo alla treccia deposta con lui, e potrebbe aver comprato casa. Quindi basterà cercare tra gli atti di matrimonio e quelli notarili. Un gioco da ragazzi.»

Mentre lui si dilungava in faccende storiche, io ho finito di lavare, ossicino dopo ossicino, i piedi di uno degli scheletri rinvenuti a Montorio e li ho schedati e messi in un sacchetto, come mi ha raccomandato Sarah.

Indomito, Anselmo prosegue: «Non appena avrò tutti i dati sufficienti prenderò contatti con i tedeschi e magari riusciamo a mettere su una partnership».

«Per fare cosa?» chiedo, ed è una domanda sincera, non cinica.

Lui si avvilisce. «Ma come? Ritroviamo un illustre figlio di Sassonia, molto probabilmente coinvolto nella gestione dei rapporti che negli anni Quaranta ci furono tra Federico, Ezzelino e i guelfi germanici, e secondo te non ce ne facciamo niente?»

Il sottotesto è: Costanza, non c'è nulla da fare, tu proprio non ci arrivi. E probabilmente ha ragione.

«Scusami. Devo ancora imparare tante cose.»

« Andiamo, Costanza. Io ti ho capito, sai? Tu non hai voglia di rimanere qui. E ci sta, eh. Questo è un settore che o ti piace, o non funziona. E tu qui sei arrivata per caso, giustamente vuoi fare altre cose. A me puoi dirlo. » Ha adottato un tono rassicurante e comprensivo che apre un varco di fiducia in cui mi infilo con disperazione. Sarà per via delle feste appena trascorse e dell'assenza di direzione della mia vita, ma sento il bisogno di essere sincera.

« Io ci sto provando, davvero » rispondo. « Trovo il vostro lavoro interessante, giuro, ma resta il fatto che sono un medico e vorrei fare il medico. »

« Anche Melchiorre è un medico, sai? E anche Diana. Lei era la sua allieva. »

Forse è arrivato il momento per scoprire qualcosa in più sulla famigerata prima in graduatoria che ha bidonato l'Istituto di Paleopatologia per ragioni ancora oscure.

« Da quel che ho capito, Diana doveva essere molto appassionata » butto lì con nonchalance.

« Eh già, sì » risponde lui, cauto.

Sia lui sia Sarah fanno sempre muro attorno a lei e non lasciano trapelare nemmeno uno spiffero. « Dove lavora adesso? »

« È partita per un dottorato a Durham. » Anche lei in UK! E mia sorella dice che è solo un mito e non ci va più nessuno!

« Come mai Durham? »

« È una delle capitali della Paleopatologia. »

« Più di Verona? »

« Be', non ha senso fare paragoni... »

« E perché allora lei ha preferito Durham a Verona? Perché ha abbandonato il suo maestro? »

« Curiosa, la Macallè » commenta, sarcastico.

« Un po'. Ma che male c'è? È per ambientarsi... »

« Le cose si sono incrinate. Capita, tra le persone. Diana ha scelto la strada più giusta per sé, in tutti i sensi. E noi qui andiamo avanti come possiamo. E non perdiamo la speranza che tu possa non farcela rimpiangere » concede, con malcelato scetticismo.

« Lo puoi ammettere che la rimpiangete. Non mi offendo. »

« Be'... È solo che eravamo una squadra » riconosce, timidamente.

Smetto di punzecchiarlo. Non ho bisogno di sapere i fatti di Diana per capire di essere un po' invidiosa di lei. Perché, che io sappia, nei luoghi da cui sono passata nessuno mi rimpiange.

22

Foggia, gennaio 1238

Il cerusico uscì dalla stanza di Biancofiore con espressione grave.

La caduta da cavallo aveva causato la rottura in più punti di entrambe le gambe e probabilmente anche del bacino. Si poteva solo aspettare che si consolidassero da sole, ma non c'era da illudersi: sarebbe rimasta storpia, era bene che l'imperatore lo sapesse chiaramente e facesse le proprie valutazioni.

Secondo Hildegard l'avrebbe messa in un convento, che altro restava da fare, di una figlia zoppa? Chi l'avrebbe voluta, se non la Chiesa?

Selvaggia era consunta dal senso di colpa. Sia per aver messo in pericolo Biancofiore sia perché segretamente ne invidiava la sorte. Tempo per tormentarsi ne aveva quanto ne voleva, poiché Federico le aveva proibito di uscire dalla sua stanza. Dopo averle riversato addosso ogni possibile accusa, le aveva detto che l'avrebbe rivista solo nel momento in cui avrebbe dovuto darla sposa a Ezzelino e che molto volentieri, dopo, l'avrebbe dimenticata. Era bandita dalle cerimonie e dai banchetti, quanto alle liturgie, era ammessa solo a quelle in cui non presenziava l'imperatore.

Secondo Hildegard, si meritava ogni castigo ed era una fortuna che non ci fossero altre figlie di età confacente al matrimonio da dare in sposa a Ezzelino, perché questo obbligava il padre a mantenere l'impegno preso, ed era la sua unica salvezza. Non sarebbe mai stata perdonata: i figli cresciuti in Germania erano dei traditori. Lei ed Enrico erano la vergogna degli Hohenstaufen.

« Mangia » le intimò la balia, porgendole del pane caldo che aveva l'odore pungente del lievito.

Le era vietato anche di desinare in salone, insieme a tutti gli abitanti del castello. Era una grande ingiuria, perché era considerato riprovevole mangiare in solitudine. Hildegard le aveva portato anche un po' di carne ma dal giorno dell'incidente lei aveva perso l'appetito.

Selvaggia scosse il capo e rifiutò ancora una volta. Hildegard la guardava di sottecchi e alla ragazza sembrava di poter leggere sul suo viso – meglio di uno specchio! – che era diventata più brutta. Era la verità. Aveva assunto un colorito pallido per via della segregazione e dell'inedia. Perdeva capelli a ciocche. Era ammalata di tristezza.

« Vuoi farti morire di fame? » insisté la vecchia.

Il fuoco che crepitava nel camino fu l'unico rumore che Hildegard ebbe per risposta, e la servitrice si irritò. « Sei fortunata. Sei una principessa. Non devi soffrire il freddo, né la fame. Ti viene chiesto soltanto di servire tuo padre e il tuo nome. »

« Volevo solo rivedere mio fratello. Non tornerò mai più qui, e tu lo sai. »

Hildegard continuò a borbottare, anche mentre si avvicinava alla finestra. Il cavaliere tedesco che aveva riportato le ragazze sane e salve al castello era a cavallo al fianco dell'imperatore; dietro di loro un piccolo corteo.

« È diventato un ospite importante. » Silenzio, ancora. « Non mi chiedi chi? »

« Chi? » ripeté quindi Selvaggia con indifferente accondiscendenza.

« Aldegar von Dannenberg. Senza di lui, non so cosa sarebbe successo a te e alla bambina. »

Selvaggia sapeva soltanto che incontrarlo quando la speranza la stava abbandonando era stato il più grande sollievo mai provato in tutta la vita. Durante il rientro a Foggia, il cavaliere le aveva detto che faceva parte di una delegazione del duca di Brunswick-Lüneburg per conto del quale era in missione diplomatica. Selvaggia aveva riconosciuto la gualdrappa con lo stemma prima ancora che lui si presentasse, e sapeva che il casato di cui esibiva i vessilli derivava dal ducato di Sassonia, che aveva il titolo di principe elettore e che era stato fedele a Enrico, ma era stata presto distolta dai vaghi e assai poco circostanziati ricordi circa i rapporti tra le due casate quando Aldegar aveva detto che era stato al castello di Venosa.

« Avete visto Enrico? Sta bene? » gli aveva domandato.

Aldegar era rimasto in silenzio, come se dovesse scegliere che risposta dare, e alla fine aveva detto: « Non gli ho parlato », ma a Selvaggia non era sembrato sincero. Avevano poi attraversato il bosco e avvistato Foggia senza dirsi altro, anche perché Biancofiore non faceva che piangere per il dolore e sentire i suoi lamenti strazianti era un supplizio anche per lei.

« Hildegard, i Dannenberg a chi sono fedeli? »

« A loro stessi, sciocca di una ragazzina. »

« Intendo, a mio padre o a mio fratello? »

« Non si può essere fedeli che all'imperatore. Tutti i principi germanici sono leali al re, ma a patto che il re lo sia all'imperatore. » Ed Enrico aveva pagato un prezzo altissimo per la slealtà. Allora perché un diplomatico vicino alla casata di Sassonia si era recato fino a Venosa per far visita a un re deposto e incarcerato? Per poi però non riuscire a vederlo?

Hildegard la rimbrottò per tanta curiosità. Le disse che faceva meglio a mangiare e a farsi gli affari propri, che ad avere troppi grilli per la testa aveva già visto di persona che brutta fine si poteva fare.

I giorni passarono, l'isolamento continuava. Le fu mandato a dire da un emissario che la sua partenza per Verona era stabilita per la fine di aprile. La data fissata per il matrimonio con Ezzelino era il 23 maggio, il giorno di Pentecoste, e non le restava altro da fare che accettare il corso degli eventi.

23

Mio padre e Michele sono ritornati a Messina. Lavorando in proprio, non ci si può concedere il lusso di ferie troppo lunghe e la Rinomata Officina Macallè e Figlio non tradisce mai i suoi clienti. Antonietta sta studiando per un concorso bandito dal comune di Venezia e passa molto tempo chiusa nella sua stanza. Tra noi è tutto okay in quella maniera in cui va tra sorelle: non c'è bisogno di chiarire, basta solo lasciar defluire le tensioni senza tornarci su. Quando eravamo ragazzine e litigavamo mia madre mi diceva sempre che Antonietta è il regalo più bello che potesse farmi, ma l'avrei capito da grande. Aveva ragione, come sempre. E io non dimentico mai le sue parole.

A cena, la prima da sole dopo tanti giorni di festa e confusione, c'è un po' di silenzio, interrotto da Flora che si alza di continuo dal seggiolone, più indisciplinata che mai.

«Devi toglierle il piatto. Si è alzata? Be', allora quando torna non potrà più mangiare.»

«Altro che Montessori.»

«Lo dico per te e per lei.»

«Mi hai già fatto presente che secondo te mia figlia è maleducata» affermo con un tono neutro, senza dimostrare che mi ha ferita ma anche senza lasciarle spazio per altre critiche. So già da me tutti gli aspetti in cui l'educazione di Flora è carente.

« Costinz, la bambina è un amore. Ed è serena. Penso sia la cosa più importante. Diciamo che bisogna lavorare un po' sulla disciplina. »

« Ah, be', meno male che adesso arriverà suo padre e la metterà in riga. »

Antonietta non raccoglie la provocazione. « È evidente che sei molto nervosa per questa storia. Stai manifestando un atteggiamento passivo-aggressivo, ma ti capisco e accolgo anche le tue emozioni negative. »

Taccio. Non ho bisogno di altre discussioni. Lei allora prosegue: « Se hai ansia ti consiglio un alpaca da pettinare. »

Se non altro così ha definitivamente attirato la mia attenzione, che si fissa su un pelouche dalle graziose e incerte fattezze di un animaletto che potrebbe essere un lama o un agnello. All'alpaca non avrei pensato e comunque non ho idea da dove salti fuori.

« Tony? »

« Non essere scettica. Funziona. L'ho comprato appositamente per te, ha anche il suo pettinino. Hai più sentito Marco? » chiede porgendomi l'alpaca che mio malgrado ricevo, un po' titubante.

Faccio cenno di no con il capo. Probabilmente lui dà per scontato che, avendolo cercato io, si debba continuare su questa linea.

E invece proprio il giorno seguente, mentre impiego le mie ore lavando via la terra da altre vecchie ossa, il telefono suona per un messaggio da parte di Marco, che a grandi linee mi ricorda che c'eravamo detti di rivederci.

Una frase tipica di mio padre è « *malidittu u bisogno* ». Nel mio caso questo significa che, per creare la condizione idonea a rivederlo, devo chiedere aiuto ad Antonietta.

Urge trovare una vera tata, come saggiamente mi ha suggerito a più riprese Melchiorre. Il punto è: come la pago?

Mia sorella tuttavia è sempre pronta a immolarsi per una giusta causa, fa parte della sua tendenza alla crocerossina. « Proponigli oggi o domani. Io ti tengo Flora. Ma stavolta digli tutto quel che c'è da dire! »

Mi abbandono a un lunghissimo sospiro. In realtà proporgli due alternative è veramente da disperata. Cioè, se voglio salvare le apparenze la cosa deve suonare come « ho da fare oggi a Milano, mi libero alle cinque ». Faccio sempre in tempo a inventare colloqui in una clinica privata dalle sue parti. È plausibilissimo, peccato non sia la realtà. Procedo quindi così, ma lui non mi chiede perché sia di nuovo a Milano, risponde solo « ok » e stabiliamo di nuovo le 18 perché lui prima non può.

Faccio i biglietti del treno e, tra me e me, penso: fortuna che papà per Natale mi ha regalato un vestito nuovo.

Dopo essere ripassata da casa per una doccia ed essermi cambiata d'abito, vado in bici fino a Porta Nuova e prendo un regionale veloce affollato di pendolari. Chiedo a Marco di vederci vicino alla stazione centrale, per ovvie ragioni di praticità. Sempre asciutto e diretto, lui risponde: « Certo ».

Giunta a Milano, cammino fino al bar in via San Gregorio dove mi ha dato appuntamento. Sono un po' in anticipo, lui non è ancora arrivato. Ripasso il discorso che ho preparato e che dovrebbe iniziare con: « Ti ricordi quando abbiamo avuto quel piccolo incidente? » Al che lui non potrà non ricordare.

Quando è successo – ed è veramente l'incubo di ogni

coppia lecita o illecita, ma posso garantire che quando è illecita lo è un po' di più – è stato subito chiaro che avevamo un problema da risolvere. La prima cosa che ci sembrò sensato fare fu andare in farmacia. In questo Marco si rivelò anche gentile, perché mi disse che mi avrebbe accompagnata – e, pur essendo in sé un gesto apparentemente scontato, quando sei abituata a essere trattata da schifo da ragazzi che ti scaricano dopo averti portata a letto, mi parve un atto parecchio nobile. Ma nel frattempo, mentre eravamo seduti vicini su un taxi, lui riceveva di continuo dei messaggi sul cellulare. Non resistendo alla curiosità, allungai lo sguardo e li lessi: erano inequivocabili. La sua fidanzata di allora – e anche di oggi, a quanto pare – si chiamava Federica. La situazione fu davvero spiacevole perché lui mi sorprese a sbirciare, i nostri sguardi si incrociarono ed eravamo entrambi arrabbiati – ma io di più. Lui disse: « Che ti aspettavi? » e fu lì che mi arresi all'evidenza che le cose non erano diverse nemmeno stavolta, che sempre di merda sarei stata trattata. Era il mio karma.

La piacevole due-giorni-di-passione si è quindi conclusa con lui che, gelido, mi scoraggiava dal crearmi qualunque tipo di aspettativa e io, in un accesso di orgoglio, gli dicevo di abbassare la cresta, che non avevo nessuna aspettativa. Falsissimo: io speravo di conoscerlo sempre di più e sempre meglio e, un domani, anche di sposarmelo. Era quella fase di innamoramento accecante che la natura ha messo a punto per garantire la conservazione della specie. Ho intimato al tassista di accostare e di farmi scendere. E lui, mentre sbattevo la portiera, mi ha urlato: « Vedi di prendertela, quella pillola! »

E poi è finita come è finita perché a Malta la pillola del giorno dopo nel giugno 2016 era ancora fuori commercio, ma questo a lui non l'ho mai detto. Mi sentivo umiliata all'idea di richiamarlo. Per dirgli cosa? Cos'avrebbe dovuto fare lui? E cosa avrei potuto fare io? Anticipare il rientro in Italia? Ho fatto due calcoli e stabilito che, tutto sommato, tanta sfiga era improbabile.

Ma non bisogna sottovalutare mai il modo in cui la natura ha a cuore i propri interessi. Succede proprio in quel momento in cui abbassi la guardia, quando pensi: ma no, non è possibile. È stato un concatenarsi di cose non dette, fino alla più grave. Mi raccontavo che ogni scelta era mia e che da lui non avrei dovuto aspettarmi niente. Ci credevo davvero: coinvolgerlo era inutile. Inutile spiegargli che non avevo trovato e dunque preso quella maledetta pillola, inutile dirgli che ero incinta – non mi avrebbe di certo risposto *che bello, teniamo questo bambino, diventiamo una famiglia!* –, inutile dirgli che volevo abortire – non avevo bisogno che mi stringesse la mano – e infine, l'omissione più grave di tutte, non dirgli che alla fine non l'ho fatto. Sentivo che la scelta era mia più che sua.

Lo so, lo so. Ho sbagliato. Quando ho deciso di affrontarlo, aveva già cambiato numero e non ho fatto niente per trovarlo, fino a ora. Spero che mi capirà, ma sono sfiduciata. Del resto anch'io faccio fatica a capirmi.

Mentre mi arrovello tra ricordi e speranze, lui entra nel locale e io, già seduta al tavolo, gli faccio cenno con una mano.

Mi alzo dalla sedia, ma non ci salutiamo con il classico bacio sulla guancia. Lui prende posto e un cameriere gli chiede se vuole « il solito ».

« Vieni spesso qui? » gli chiedo. È un bar molto alla buona: con questo non voglio dire che sia squallido, ma non lo definirei d'atmosfera.

Lui sta facendo scorrere il pollice sul cellulare. « Scusami, è una mail urgente » mi dice e in effetti sembra che stia leggendo con molta concentrazione. Resto con le mani in mano in attesa del tristissimo analcolico alla frutta che ho ordinato. Niente alcolici che non reggo: oggi ho bisogno di essere del tutto presente a me stessa. Finalmente mette via il cellulare; si scusa ancora, ma io gli rispondo che non importa, che può capitare. Vorrei tanto anch'io che mi arrivasse una mail urgente, ma a me al massimo arriva posta con oggetto « Dimagrisci 3 kg in una settimana senza effetto boomerang ».

« Mi hai chiesto qualcosa prima...? » accenna, lasciando in sospeso la frase.

« Sì, se vieni spesso qui, visto che ti hanno chiesto se vuoi il solito. »

« Ah, per quello. Ci vengo da un bel po', in effetti. Abito lì » dice, indicandomi una signorile palazzina in stile liberty proprio davanti al bar.

« Capisco. Vivi con i tuoi? »

« No. »

« Il Cuba Libre per te e l'analcolico per te » s'inserisce il cameriere porgendoci da bere.

Marco sembra preso da altro, meno divertito e curioso della volta scorsa.

« Cosa facevi oggi a Milano? Sempre per la tua amica? »

« Colloqui vari... » mento.

« Non ti piace proprio quello che fai, vero? »

Scuoto la testa. « O forse c'è qualcosa di bello che però ancora non trovo o non ho capito. Senti, c'è una cosa che vorrei dirti... » confesso, facendomi coraggio.

Lui corruga la fronte. « Mmm. Sono molto curioso. »

« È una cosa un po' difficile da dire. »

«Ah sì?» chiede, senza prendermi sul serio. «Allora, perché non andiamo da me?»

Ha un tono gentile e non è malizioso, ma non mi sembra una buona idea. Ha un viso di cui non ci si può fidare, è evidente. Il viso del ragazzo che magari non lo fa con dolo, ma se gli dai spazio, ti scombina.

«Ehm, non so se è il caso...»

«Per parlare con più tranquillità» ribatte, angelico. «Qui, sai, la musica, il sottofondo degli altri che parlano... potrebbero deconcentrarti.»

E poi, mi dico, anche questo fa parte della mia missione. Se davvero sto per dirgli di Flora, è presumibile che lei frequenterà casa sua. È anzi una cosa desiderabile, nell'ottica di un rapporto tra i due.

«Okay» cedo. Lui finisce di bere e io invece come al solito lascio mezzo bicchiere pieno. Paga e fa strada verso casa sua, in questa sera milanese che avanza mentre io mi sento desolata e sempre più vicina a far le cose in maniera completamente sbagliata.

Apre il portone e saliamo a piedi le scale di marmo lustro fino al secondo piano. È un appartamento piccolissimo: un salotto con angolo cottura e un divano con chaise longue che sembra divorarsi tutto lo spazio, un televisore appeso alla parete, una libreria che ospita troppi libri per la sua capacità. Però il tutto ha qualcosa di gradevole, non risulta caotico. Ci sono manifesti vintage della Olivetti appesi all'unica parete libera e anche la cucina a vista ammicca al modernariato. Qui e lì c'è qualche Yankee Candle spenta. Lui sarà pure un architetto, ma questo è il gusto di una donna, è chiaro.

«Vivi con la tua ragazza?»

Lui è di spalle e si sta versando dell'acqua.

« Più o meno. »

« Perdonami, che vuol dire 'più o meno'? O è sì o è no. L'affitto chi lo paga? »

Linguaccia mia che non sai mai stare al tuo posto!

Lui si volta. È divertito e sconcertato al contempo. Non gli va di rispondere alla mia domanda, è evidente. Così mi invita a sedermi, ma io preferisco rimanere in piedi. Lui avanza piano e mi si avvicina causando una violentissima accelerazione dei battiti del mio cuore.

« Che volevi dirmi? » chiede, incoraggiante, ma a tradimento inizia a baciarmi sul collo e io prendo letteralmente fuoco. Non riesco nemmeno a star male per essere in casa di una ragazza cui sto consapevolmente facendo un torto. La voglia di andare avanti ha in sé una violenza inesorabile e irrazionale. Persino il pensiero di Flora viene spazzato via in un momento, lei che si materializza in ogni singolo istante della mia vita e non mi lascia mai scampo. È come la superficie limite dell'orizzonte degli eventi, niente può influenzarmi, né impedirmi di sbagliare.

Lui è fin troppo bravo a recepire i segnali, capisce di avere di fronte a sé un luminosissimo segnale di via libera e aumenta d'intensità l'assalto. Senza dolcezza, senza baci sulle labbra, mi ritrovo le sue mani ovunque e in un niente l'immagine di adesso si sovrappone a Malta e, ora come allora, non vorrei fare altro che lasciarlo andare avanti.

Lo spingo via all'improvviso, quando il suo viso è già paonazzo e io mi sento la febbre alta. Un attimo di lucidità. Non posso farlo, non devo farlo. Rovinerebbe tutto e io non posso permetterlo: c'è Flora tra di noi.

« Che succede? » mormora lui. « Perché mi allontani? »

« Non va bene » riesco a dire. E sono così frastornata che non posso dirgli adesso il perché, sputare e svilire la nostra verità. So che devo rivelargliela, ma al contempo sento di volerla proteggere e voglio dirgliela senza inquinarla con il sesso, lo devo a Flora, ma anche a me.

« Io credevo... »

« Che ti avessi cercato per... questo? »

Lui mi guarda, senza timidezza né imbarazzo. « Diciamo che mi sembrava molto verosimile. »

« So cosa ti sembro. Una *facile*. Forse me lo sono meritato, ma forse no. Che ne sai veramente di chi sono io? »

« In tutta franchezza, non ti sei impegnata a farmi conoscere qualcosa di diverso. »

Ecco fatto. Quando gli dirò di Flora penserà ancora peggio, se possibile.

« Ma la verità è che a te nemmeno interessa. Oggi come allora. »

Lui sembra fare un enorme sforzo per mantenere la calma. « Okay. Giusto. Non sono curioso di sapere cosa ti piace, se sei vegana, chi voti, o altre cose del genere. Ho soltanto preso, con grandissimo piacere, quello che mi veniva offerto e ammetto che ne avrei voluto ancora. Se ho frainteso mi scuso umilmente » conclude con un piccolo inchino pieno di sarcasmo che mi lascia indignata. « Però, a questo punto, cosa volevi dirmi? » conclude, lasciandomi in ambasce.

« Lasciamo stare. Se vuoi saperlo, la prossima volta vieni tu a Verona. »

Afferro il cappotto, gli do un colpetto sulla spalla a mo' di saluto e me ne vado, in una scena che vorrei fosse epica ma in realtà sospetto sia un po' patetica. Me ne torno a casa sentendomi incapace e disastrata.

E ancora non ho raccontato ad Antonietta come è andata!

24

Se non altro, devo dargli atto che non manca di coerenza. Nei giorni a seguire non si fa vivo, anche se mi sarei aspettata una cosa del genere *mi dispiace, sono un laido suino ma supera la cosa e dimmi quello che devi dirmi.* Al che, sempre nel mio piano mentale, gli avrei detto *okay, vediamoci, teniamo le mani al loro posto e parliamo*. Quindi temo che dovrò mettere da parte l'orgoglio e scrivergli di nuovo e mi sento male al solo pensiero. Non sembra davvero interessato a sentire cosa ho da dirgli. È perciò chiaro che, nonostante il fallimento contraccettivo, lui non sospetta neanche lontanamente cosa ci sia di insoluto tra di noi. Forse pensa che sia il solito gioco delle parti del flirt, con la ragazza che si nega per alimentare la tenacia del cacciatore.

Nel frattempo, a Verona è un gennaio angosciante, cupo e umido. Continuo a catalogare ossa e ho molta nostalgia della vita che non vivo.

« Mamma, a Robespierre si è gonfiata la pancia. »

Ho ancora gli occhi chiusi e mi sveglio di soprassalto. È il giorno dell'Epifania, Flora (e i pesci rossi) torneranno all'asilo domani.

« Ha mangiato troppo? » chiede la mia piccolina.

« No, Florabella. Siamo state attente. » Il problema

dev'essere un altro. Mi metto in piedi traballante e vado a controllare. Il pesce con il ventre prominente nuota lento e poco agile nella sua vaschetta. Abigail e Nathaniel sembrano a posto, anche se, lo ammetto, devo fidarmi di Flora perché non so distinguerli l'uno dall'altra. Santa pace. Cerco su Google «pesce rosso pancia gonfia» e scopro che è dovuta a una malattia batterica e che quella di Robespierre è una vera e propria idropisia che lo porterà alla morte entro pochi giorni.

Me lo sentivo. Lo sapevo. Non ho mai avuto feeling con pesci e tartarughine e adesso Flora è preoccupatissima e chiede di portarlo dal dottore.

«Va bene» le dico. Anche perché se mi presento alla maestra Laura con un pesce moribondo, tanto vale cambiare asilo. La mia stessa profezia si è avverata: mamma-single-che-ha-fatto-morire-i-pesci-rossi. «Ma prima facciamo colazione» le dico.

«No, dobbiamo andare! Adesso!» si oppone lei e non molla per tutta la durata del misero caffè che mi preparo e di una fetta biscottata che mangio al volo. Ci vestiamo di corsa e poi cerco una clinica veterinaria aperta anche nei giorni festivi. Qualche ora dopo ho quaranta euro in meno e la cura che serve, la speranza di salvare Robespierre e un'intera giornata davanti da passare in casa a vegliare il malato – anche perché con questo tempo non vedo grandi alternative. Non sono che le dieci e mezzo e io vorrei che fosse già sera.

L'indomani, la pancia di Robespierre si è un po' sgonfiata. Flora è tornata a scuola. La vita, insomma, riprende con il solito tran tran.

In Istituto Melchiorre indice una riunione per fare il punto sui presunti resti di Aldegar von Dannenberg.

« In un momento come questo, in cui non sappiamo cosa potrebbe succedere al nostro Dipartimento, produrre risultati, aprirsi a cooperazioni, è vitale » esordisce, dopo averci radunati nella piccola biblioteca.

« In che senso, prof? » domanda Sarah, che sembra molto tesa. Anselmo per conto suo ha l'espressione un po' saccente di chi ha sempre saputo come sarebbero andate a finire le cose.

Melchiorre congiunge le mani e ci guarda con un'espressione pacata che si sforza di celare l'afflizione. « Sono stato convocato dal direttore del nostro Dipartimento. La situazione è critica, dobbiamo tutti rimboccarci le maniche. C'è già pronto dietro l'angolo chi dice che non siamo necessari, che ci basta una stanza e che mantenere la nostra Divisione è un costo superfluo. Per sopravvivere dobbiamo produrre ricerche interessanti, dobbiamo finire sui giornali nelle rubriche di cultura e dobbiamo cercare nuove aree di scavo. Altrimenti non arriveremo al prossimo anno. Non così, non con questo assetto. »

« In che senso, professore? » domanda Anselmo.

« Potrebbero ridimensionarci, toglierci il laboratorio e costringerci ad appoggiarci a quelli degli altri. Potrebbero tagliare le risorse per i vostri assegni. Potremmo morire per apoptosi, insomma: Macallè, lei che è medico può capire cosa intendo. Attraversiamo la fase più dura della storia del nostro Istituto e non è detto che la supereremo, voglio essere chiaro. »

Anselmo si gratta la nuca. « Apprezzo la sua onestà, professore. »

Melchiorre allarga le braccia. « Possiamo fare solo del nostro meglio. Il nostro destino non dipende più soltanto da noi, ma ciò non toglie che dobbiamo fare la nostra parte. Quindi, cerchiamo di ricavare il più possibile dalla fortuna di aver ritrovato i resti, presumibilmente, di Aldegar von Dannenberg. »

Miss Foley, rimasta zitta fino a ora, deglutisce rumorosamente. Poi, come se Melchiorre non avesse rilasciato informazioni sconvolgenti, si riallaccia al nostro cavaliere sassone. « A proposito di Aldegar, è giunta la conferma che le tracce di metallo trovate sulle vertebre appartengono a un'arma di ferro e carbonio. In epoca medievale era chiamato acciaio dolce, era più semplice da lavorare e molto resistente alle fratture. Ma la sorpresa è che la lega di acciaio contiene anche una quantità di azoto. »

Scende il silenzio, per me stanno parlando in aramaico, e in tutta franchezza la composizione del metallo della lancia ammazzacinghiali che ha ferito a morte Aldegar mi sembra poco rilevante. Poiché tutti tacciono, Anselmo sente di dover aggiungere: « Quando la lama era ancora incandescente, per temprarla veniva immersa in acqua o olio, ma certi armaioli per forgiare armi invincibili compivano il rituale di immergere la lama nell'urina, o, con una valenza magico-simbolica, nel sangue animale ».

Bleah. Ma perché dobbiamo indugiare su queste cose raccapriccianti... Melchiorre inarca le sopracciglia. « Attento, Anselmo, che ci incupisci la Macallè. »

« Insomma, nell'urina e nel sangue c'è dell'azoto e questo ne giustificherebbe la presenza nella lega di acciaio che li incorpora durante l'immersione. Spesso erano considerati trucchi segreti degli armaioli, ma non è inverosimile che gli stessi committenti avanzassero richieste particolari, che ai nostri occhi possono sembrare sinistre. Nel Medioevo credevano molto nei rituali magici, specie tra i ranghi elevati. Qui dalle nostre parti, tanto per fare un esempio, si dice che Ezzelino il Terribile fosse in combutta con il Diavolo. Ed era certamente molto superstizioso.»

«Be', leggende, appunto» dice Miss Foley.

«Di sicuro credeva nell'astrologia. Ma è anche vero che è stato demonizzato dalla propaganda antighibellina foraggiata dal papa. Aveva eserciti di storiografi avversi che ci hanno tramandato un ritratto molto truce di lui, e chissà quanto veritiero. Però una lega d'acciaio che ha incorporato azoto fa pensare a un'arma coniata con intenti magici, bisogna ammetterlo... Magari la lancia apparteneva a Ezzelino, che potrebbe averla commissionata ai suoi armaioli intimando loro di fare uno dei loro trucchi per renderla invincibile. Chi lo sa. Sono speculazioni veramente troppo ardite, anche se molto suggestive.»

«Si riesce a capire dove è stata forgiata?» Raccolgo i soliti sguardi sorpresi di quando mi manifesto con un quesito. Anselmo scuote subito il capo.

«No, impossibile, avendo a disposizione solo delle tracce. Comunque, ai tempi di Carlo Magno le principali miniere erano in Spagna, ma erano controllate dagli Arabi, quindi ci fu un'espansione di quelle dell'Europa Centrale; perciò con alta probabilità era metallo di provenienza germanica, ma è un'informazione che non aggiunge niente rispetto a quello che già sappiamo su Aldegar.»

«Anselmo, non avevi quell'amico, tu... a Francoforte? Quello con cui hai fatto l'Erasmus a Bilbao?» chiede Melchiorre.

« Certo, Jonas. Gli ho già chiesto di fare qualche ricerca sui von Dannenberg. Mi ha detto che si sarebbe organizzato per andare a spulciare gli archivi a Lüneburg. Io intanto ho iniziato a cercare documenti con tracce del passaggio di Aldegar a Verona: dove ha vissuto, se ha preso moglie, se era diventato un diplomatico al servizio di Ezzelino. Incrociando i dati con quelli tedeschi potremmo riuscire a ricostruire i fatti. »

Melchiorre mima un battito di mani e rivolge ad Anselmo un sorriso compiaciuto. Miss Foley è rimasta stranamente in silenzio tutto il tempo. Alla fine il nostro capo ci congeda esortandoci a studiare e a lavorare, perché è l'unica cosa che ci può salvare.

Per tutta risposta, faccio il mio solito giro online per capire se sono stati banditi nuovi posti per anatomopatologi. Ovunque, va bene anche la Jacuzia. Poi inizio a preparare i vetrini per analizzare una lesione trovata su uno scheletro senza nome nella necropoli di Montorio, nella speranza di poter individuare qualche rara malattia e dimostrare che era diffusa anche in epoca medievale – questa sarebbe l'idea di Melchiorre. E alla fine esco un po' prima del solito, quando manca ancora un po' di tempo all'uscita di Flora dall'asilo.

Mi regalo una passeggiata. Attraverso Porta Borsari, mi inoltro per le stradine del centro, guardo le palazzine che preferisco, quelle con i mattoncini rossi. Il livello è basso, ma il fiume fluisce inesorabile e incurante degli uccelli che planano su di lui per poi appollaiarsi sui muretti del Lungadige. Oltre il ponte Risorgimento, il profilo di dolci rilievi alberati da cui si deve godere di una vista bellissima. Non ho una meta, non ho niente da comprare, niente da fare, solo camminare e concedermi di dimenticare tutto per mezz'ora.

Quando arrivo all'asilo, i benefici della passeggiata estemporanea sul mio umore sono vanificati dalla solita mamma che si lamenta dell'ennesimo morso riportato sul polso dal suo prezioso bambino, addentato dalla mia bestiolina selvatica. Stavolta è ancora più agguerrita della precedente. «Sono davvero mortificata, non so come scusarmi» inizio a dire.

«Forse dovrebbe fare il punto con la maestra e concordare una strategia per limitare sua figlia» dice, in un tono che vorrebbe essere amichevole ma che in realtà mi suona molto acido, come se volesse farmi sospettare che in Flora c'è qualcosa che non va, lei se n'è accorta e io invece no. «Penso che la stessa Laura le chiederà un incontro. Adesso, sa, sono in ritardo... però, ecco... immagino che mi possa capire. Le piacerebbe se sua figlia tornasse a casa con un segno così?» chiede, mostrandomi il polso ferito del bambino, che però sghignazza e dice: «Guarda il mio *ologio*» che presumo significhi «orologio». E in effetti il segno del morso della mia orchetta disegna sulla sua carne soffice una sorta di quadrante. La mamma lo fulmina con lo sguardo: non sia mai che l'onta subita venga minimizzata!

«No, certo, mi dispiacerebbe molto...»

«Appunto. Arrivederci.»

Al termine di questo scambio la maestra Laura mi trova in uno stato di vera prostrazione.

«Signora Macallè, stamattina Flora...»

«So già tutto, guardi. Non so, mi dica lei cosa posso

fare. Flora ha qualcosa che non va? Dipende dal fatto che le manca il papà? Me lo dica, non si faccia scrupoli. Tanto non posso sentirmi peggio di così.»

Laura sembra spiazzata: anche se dev'essere abituata alle nevrosi delle mamme, forse non si aspettava che andassi così dritta al sodo.

«Vuole un bicchiere d'acqua? Mi sembra un po' turbata.»

La strategia di Laura è sempre la stessa: nei momenti di crisi lei offre dell'acqua. Come già mi ha spiegato in un'altra occasione esortandomi a bere, pare che serva da diversivo e interrompa il circuito dannoso dell'emozione negativa. Non posso esimermi dall'accettare, significherebbe smontare tutto il suo presupposto.

Chiede a una collega di essere sostituita per una piccola pausa e mi invita a seguirla in una stanza dove possiamo parlare con tranquillità.

«Cominciamo col dire che molti bambini mordono e per ragioni diverse. La cosa più importante che lei deve sapere è che non è un modo per far male. Il bambino non ha mai cattive intenzioni, anche se a volte morde per allontanare i rivali nel gioco, un po' come i cagnolini. Tra l'uno e i due anni è frequente e non è grave, ma Flora è un po' più grandina e la cosa è successa già due volte, quindi ritengo che sia un segnale da considerare. Io penso che Flora morda per frustrazione e sicuramente possiamo fare qualcosa per aiutarla.»

«Ma perché è frustrata? Sbaglio qualcosa io?»

Laura sorride piena di benevolenza. «Ma no. Non si avvilisca così.»

«La situazione di Flora è... inconsueta, lo so» mormoro. « Tra tutti i bambini del vostro asilo è l'unica ad avere un solo genitore. L'ho notato. »

« Una cosa va ammessa. Flora potrebbe sentirsi diversa dagli altri bambini che parlano dei loro papà. Non voglio farmi i fatti suoi, intendiamoci, ma pensa di poter coinvolgere di più il padre nella vita della bambina? »

« Io... ho contattato il papà di Flora e le cose potrebbero cambiare. Cioè, io vorrei che per lei cambiassero in meglio. La cosa è... complicata, davvero. » La mia amarezza appesantisce l'atmosfera. La saggia donna se ne accorge e si affretta ad alleggerirla. « Signora, da educatrice non posso che essere contenta se l'universo affettivo di Flora si arricchisce di figure di riferimento. Ma se le cose non dovessero cambiare, non facciamone un dramma. »

« No... » abbozzo, senza molto altro da dire.

« Piuttosto... ma non devo essere certamente io a dirglielo... valuti bene l'inserimento del papà nella routine della bambina. »

« Lo farò » ed è vero, perché, ammesso che ci riesca, non è qualcosa da fare con leggerezza.

« Flora è una bambina molto intelligente e ha un temperamento forte. È qui da poco, ma mi sono già affezionata a lei » aggiunge Laura.

« Grazie... »

« Vedrà che la aiuteremo a superare questa fase. Anzi, parliamo di qualche strategia. »

Il colloquio dura ben più di quella che definirei « una piccola pausa ». Flora nel frattempo era affidata a un'altra maestra e quando mi viene restituita la stringo forte. Torno a casa piena di buoni propositi, come se la sapienza pedagogica della maestra Laura fosse transitata in me per osmosi.

Di sera, dopo aver messo a letto Flora, mi rilasso un po' su Instagram spulciando l'account di Kensington Palace, che seguo perché in fin dei conti ambisco a diventare loro suddita; e poi, chi non trova aspirazionale Kate Middleton? In un video, la duchessa sta spiegando che il novanta per cento del cervello di un adulto si sviluppa prima dei cinque anni e quindi le esperienze dei primi anni hanno effetti permanenti nella vita affettiva adulta. Altro che relax. Mi sento un aquilone in balia del vento. Cosa sto combinando?

Do un'ultima occhiata a WhatsApp, indecisa se scrivere a Marco.

Alla fine desisto, rinvio a domani e mi addormento preda di numerose inquietudini.

25

Sono trascorsi pochi giorni da quando Anselmo ha contattato il suo amico dei tempi dell'Erasmus, ma con un'efficienza tutta teutonica il tizio ha già inviato una serie di risultati.

A Lüneburg è infatti conservata la trascrizione di un paio di epistole di Aldegar von Dannenberg indirizzate al duca di Brunswick, ma Anselmo esita a riferirci i dettagli perché vorrebbe farlo una volta sola e in presenza di Melchiorre. « Non è che posso ripetere le cose cento volte. »

« In verità sarebbero solo due » obietta Miss Foley, premendo il pulsante della macchinetta del caffè. « Una volta a noi e una a lui. Non mi sembra questo grande sforzo, puoi anche essere così *lovely* da offrirci qualche anticipazione. »

Anselmo borbotta qualcosa sull'irriverenza costituzionale delle antropologhe prima di dire che, comunque, tanto per sentirsi peggio, nel Dipartimento di Storia i suoi colleghi ci danno già per spacciati.

« Voglio essere ottimista » ribatte Sarah.

« Se ti fa sentire meglio. »

« Senti, Anselmo, non fai che borbottare e lamentarti, sembri... non so, un grizzly. »

« Mi rimpiangerete. »

« Sì, come no. »

Alle nostre spalle appare Melchiorre, le solite lenti azzurre e la cravatta jacquard.

« Il rimpianto è un sentimento sopravvalutato, non cadere in quest'errore » dice, come un attore che sul palco pronuncia la battuta nel momento clou della tragedia.

Anselmo abbassa lo sguardo, un po' mortificato. « Prof, si scherzava. »

« Lo so, lo so. Bella l'età in cui si può ancora scherzare. Triste invece quando arriva quella in cui tutto si deve prendere fin troppo sul serio. »

« A tal proposito, prof, da Lüneburg Jonas ha novità interessanti su von Dannenberg » dice quindi Anselmo, rapido nel cambiare argomento. Pare che Melchiorre sia spesso incline alla malinconia e in quei casi è indispensabile intervenire e correggere il tiro.

« Spero che siano *molto* interessanti. »

« Jonas ha rintracciato la trascrizione di due epistole autentiche al duca di Brunswick, datate 1238. Nella prima, Dannenberg comunicava di aver ottenuto da Federico II un permesso speciale per recarsi a Venosa, ma di non aver raggiunto l'obiettivo di incontrare Enrico di Hohenstaufen. Ma la lettera contiene anche una frase fondamentale per noi: Dannenberg infatti scrive che la ferita alla spalla non gli dà più problemi. »

« Il nostro cavaliere aveva la clavicola fratturata » mormora Miss Foley.

« Un'ulteriore conferma della sua identità. Nella seconda lettera comunica che partirà per Verona per assistere alle nozze di Selvaggia, figlia naturale di Federico, con Ezzelino da Romano. Purtroppo non abbiamo le risposte del duca, dal momento che dovettero giungere in Italia. Però si è conservata un'ulteriore epistola del duca stesso al conte Palatino del Reno, datata 1239, in cui riferisce che Aldegar von Dannenberg è a Verona come diplomatico per conto suo e che poteva estendere la sua attività anche a favore degli altri principi elettori.»

Detesto dovermi scusare per qualcosa che in realtà non sono tenuta a sapere, ma non capisco chi siano i principi elettori e gli chiedo lumi. Anselmo è sempre felice di improvvisarsi Alberto Angela e darmi qualche erudito ragguaglio. «L'imperatore del Sacro Romano Impero era eletto da un gruppo di notabili tedeschi, quattro principi elettori laici e tre ecclesiastici. Era un sistema che funzionava e che durò a lungo, ma subiva molti condizionamenti dal sistema feudale germanico e dal Papato. Peraltro, la lontananza di Federico, che non stava quasi mai in Germania, favoriva periodicamente rivolte e congiure. Furono anche questi fattori a determinare la caduta degli Hohenstaufen.»

Melchiorre ha ascoltato lo sbrodolone di Anselmo con la palpebra cadente, ma poi ha aggiunto: «Molto interessante che Aldegar avesse provato a incontrare Enrico Hohenstaufen. È altamente plausibile che Federico gli avesse dato un permesso speciale. Macallè, forse le interesserà sapere, da medico, che Enrico Hohenstaufen aveva contratto una forma virulentissima di lebbra lepromatosa».

La mia vita adesso è veramente cambiata. Come no. «Ma davvero?» chiedo, con enfasi che spero appaia sincera.

«Si era sempre creduto che Federico fosse stato spietato nei confronti del figlio ribelle, tenendolo imprigionato fino a che non morì suicida. Ma è stata proprio l'indagine paleopatologica di qualche anno fa a scoprire che, in realtà, Enrico aveva la lebbra. A questo fu dovuto il suo isolamento e probabilmente il suo suicidio» chiosa quindi

Melchiorre. « Vede, Macallè, a cosa serve la Paleopatologia? A vedere i fatti del passato sotto una luce diversa, nuova, vera. Federico non era un padre crudele. Ed Enrico si conferma sempre di più come una figura tragica. »

« Forse ad Aldegar fu impedito di vederlo proprio per via della malattia » aggiunge Anselmo.

« Forse fu lo stesso Enrico a rifiutarsi di essere visto » ipotizza Miss Foley. « Che storia immensamente triste » aggiunge, piena di cordoglio.

« La notizia della lebbra non fu di dominio pubblico, questo è sicuro » chiosa Anselmo.

« Quindi, fallito l'incontro con Enrico, Aldegar è andato in missione a Verona per conto dei principi elettori germanici? » chiedo, per essere sicura di aver capito bene.

« Dev'esserci stato un passaggio intermedio. Aldegar deve essersi guadagnato la fiducia dell'imperatore e deve aver ottenuto l'incarico a Verona. »

« Ma allora dev'esserci tutto un epistolario di Aldegar che riferiva ai principi germanici. O no? »

« Be', era diplomazia ma spesso anche un po' spionaggio. È molto probabile che i carteggi siano stati distrutti e su questo Jonas è abbastanza d'accordo » mi risponde Anselmo.

« Ecco cosa ci vorrebbe per noi » s'inserisce quindi Melchiorre *ex abrupto*, come illuminato. « Una scoperta come quella su Enrico Hohenstaufen. Qualcosa che riscriva la storia. »

Sei paia d'occhi si inchiodano su di lui, mentre si avvicina alla lavagna magnetica della biblioteca e inizia a scrivere un elenco di nomi. Ha una grafia elegante e poderosa.

Aldegar von Dannenberg
Federico II Hohenstaufen

« Anselmo, come si chiama il duca di Brunswick? »

« Ottone il Fanciullo. »

« Bene. »

Ottone di Brunswick-Lüneburg, detto il Fanciullo
Enrico Hohenstaufen
Selvaggia Hohenstaufen

« Ecco qui. Dobbiamo cercare una relazione tra Aldegar e questi nomi. »

« Prof, aggiungerei Ezzelino da Romano. Era il podestà di Verona e il braccio destro di Federico. Aldegar deve aver avuto per forza contatti con lui » interviene Anselmo.

« Giusto. » Il prof prende nuovamente il pennarello e aggiunge:

Ezzelino da Romano, detto il Terribile

Anselmo alza il pollice e poi si rivolge a me. « Macallè, tu hai finito con l'allestimento dei vetrini degli scheletri di Montorio? »

Annuisco paventando il peggio.

« Okay. Allora tieniti pronta. Domani ti porterò a vedere qualcosa di molto esclusivo! »

26

Foggia, aprile 1238

Selvaggia si alzò all'alba, dopo una notte insonne. Calpestò a piccoli passi e a piedi nudi la pietra levigata del pavimento e raggiunse la camera di Biancofiore, infilandosi nel suo letto. Sdraiate su un fianco, l'una di fronte all'altra, condivisero il tepore delle coperte. Sapevano entrambe di essere parte di una storia più grande di loro e obbligate a scelte che non potevano discutere.

« Penserò a te ogni giorno » promise Selvaggia, senza avere dubbi nemmeno per un momento che fosse vero.

« Non avrai il tempo. Avrai presto dei bambini tuoi a cui pensare... »

Selvaggia lo sapeva e, anzi, c'era da sperare che arrivassero figli. Un matrimonio sterile era una buona ragione per essere ripudiata, e cosa ne era di una donna ripudiata? Forse era davvero meglio pregare che Dio le concedesse presto la grazia di un bambino. E che fosse in forze e sopravvivesse: la corte piangeva ancora Agnese, nata da Isabella d'Inghilterra l'anno prima e morta dopo qualche giorno di vita. In qualunque modo lo si immaginasse, il destino che l'aspettava la terrorizzava.

Biancofiore non sembrava provare amarezza per il proprio destino. Selvaggia, al contrario, aveva in odio il destino che si accaniva contro i fratelli che più amava.

Enrico era gravemente ammalato. Alla fine, alla vigilia della partenza per il Nord, Federico aveva voluto vederla e le aveva concesso il suo perdono. Non riusciva a mancare di amore anche verso i figli più sciagurati, aveva rimarcato in tedesco, come una riflessione a voce alta, cui però era seguita la verità sulla sorte del figlio primogenito.

Le aveva detto di guardarsi bene dal cercare di nuovo il fratello, che aveva contratto una terribile malattia. Sarebbe morto, e nessuno poteva farci più nulla. Lo aveva implorato di dirgli, se mai lo avesse rivisto o in ogni altro modo possibile, che non era mai stato dimenticato da sua sorella. Poi gli aveva chiesto di Biancofiore e Federico si era incupito. Una figlia rovinata per la stupidità di un'altra. Era evidente che sarebbe stata destinata alla vita monastica. Allora perché non a Verona? Non era riuscita a capire se il suo desiderio sarebbe stato esaudito, ma aveva affidato al padre un'ultima speranza.

Il giorno della partenza una generosa luce calda si spargeva sulla città. Hildegard recitò con Selvaggia i salmi del mattino, l'aiutò a lavarsi con acqua alla camomilla, le annodò i capelli in una lunga treccia, legò i lacci della sua tunica. Nel frattempo, i bauli rivestiti di cuoio venivano caricati sulle vetture da viaggio, dei carrocci di legno sormontati dai drappi gialli con le aquile nere spiegate degli Hohenstaufen. Custodivano i vestiti più belli e il corredo più fastoso che una dama potesse possedere, una dote degna di una principessa imperiale. Era pronto a partire anche un grande corteo di dignitari e servitori, che avrebbe accompagnato Selvaggia fino a Cerea, dove sarebbero rimasti tutti fino alla vigilia di Pentecoste, giorno fissato per il matrimonio.

Aldegar von Dannenberg avrebbe viaggiato con loro, assistito alle nozze e ai festeggiamenti, incontrato Ezzelino e poi sarebbe rientrato in patria. Per Selvaggia quel tedesco alto, serio e solido era di grande conforto. Quando lo sentiva parlare – e accadeva molto di rado – per un momento poteva chiudere gli occhi e sentirsi di nuovo in Germania: le ricordava la ruvida gente del Basso Reno.

« Siete pronta, Madonna Selvaggia? » chiese lui accostandosi alla carretta su cui lei aveva preso posto insieme a Hildegard. Portava un tabarro del verde dei von Dannenberg, una lunga spada alla cintola un anello con un leone che indicava la vicinanza ai Brunswick.

Selvaggia fece cenno di assenso con il capo.

« Una volta messi in marcia, non sarebbe semplice tornare indietro » proseguì il cavaliere.

« Non ce ne sarà ragione. »

Lui si inchinò e raggiunse il suo baio. Lei si sporse per guardarlo montare in sella; si voltò sentendosi addosso gli occhi di Hildegard, che esprimevano il solito indiscriminato dissenso.

I cavalli nei loro finimenti nitrirono e iniziarono a trainare la vettura. Selvaggia vide il palazzo allontanarsi, Biancofiore affacciata alla sua finestra diventare sempre più piccola fino ad annullarsi in uno sfondo lontano.

Aldegar al trotto del suo cavallo la affiancò. Lei si affrettò ad asciugarsi gli occhi, rimanendo imperturbabile come le era stato insegnato che era opportuno farsi vedere.

Lui non proferì parola, la guardò senza tradire alcun pensiero prima di accelerare il passo e superarla.

In un mondo molto diverso, in cui una donna potesse dar voce ai propri desideri, lei avrebbe voluto dirgli: « Parlami, parlami ancora, così che io possa sentirmi a casa, di nuovo ». Ma quello non era il suo mondo né il suo tempo, e a lei non restò che intraprendere quel nuovo viaggio, conscia che non sarebbe più tornata.

27

L'appuntamento con Anselmo è in piazza San Zeno. Non posso dire di conoscere bene Verona, essendo arrivata da così poco tempo, ma è già uno dei miei posti preferiti. C'è tutta l'atmosfera della piccola provincia del Nord, le palazzine basse che resistono all'assalto del tempo e del maltempo, la manutenzione scrupolosa, l'ordine dei balconcini decorati da edera rampicante, le gelaterie artigianali una di fianco all'altra. Di tanto in tanto, sul marciapiede, qualcuno mette un tavolino con un vecchio giradischi che suona cose come *Shoo Fly Pie and Apple Pan Dowdy*.

Ci vengo spesso, da casa mia ci si arriva a piedi in una manciata di minuti. A volte supero anche piazza Corrubio e raggiungo le Rigaste San Zeno, che costeggiano il fiume con una lunga fila di roseti e gli archi di Castelvecchio sullo sfondo. Quando lo faccio mi sento animata dalla certezza che, se ancora non è arrivato il momento di trovare la mia strada in UK, Verona sia il luogo migliore in cui potessi capitare, almeno per adesso.

Anselmo si palesa accompagnato da un tipo che visto da lontano mi sembra Álvaro Soler, ma poi quando si avvicina mi accorgo che era soltanto una proiezione della mia immaginazione.

« Costanza, lui è Giuseppe ed è la miglior guida di tutta Verona. »

Lui fa il cenno di un baciamano e dopo un rapido scambio di convenevoli – sull'inverno rigido e la nebbia che però, dicono entrambi, non è più un vero inverno, quando erano piccoli loro sì che Verona era fredda e nebbiosa! – ci introduce nella Torre Abbaziale che usualmente è chiusa al pubblico e per visitarla c'è bisogno di autorizzazioni speciali.

Saliamo le scale fino a un piano in cui si apre una sala dipinta di affreschi che anche a me, pur da profana, appaiono di chiara fattura medievale.

Con una mano sul fianco, Anselmo indica una figura d'uomo vestito di blu al cui cospetto è in coda una moltitudine di persone.

« Costanza, ti presento lo Stupor Mundi, Federico II, in una delle poche raffigurazioni arrivate fino a noi. Sicuramente qui a Verona è l'unica. »

« In verità c'è chi dubita che sia lui... un'altra ipotesi è che sia Salomone che incontra la Regina di Saba » azzarda timidamente Giuseppe, ma Anselmo inarca le labbra ritraendo una parentesi chiusa per il disappunto.

« No. È Federico. Guarda l'atteggiamento dell'imperatore, la mano poggiata sul ginocchio, non è impostato. Io lo immagino così. Guarda i capelli rossi. Che c'entra Salomone con i capelli rossi? » chiede, ed è ovviamente una domanda retorica.

« A me i capelli sembrano castani... » obietta Giuseppe.

« Per me sono rossicci, come è molto plausibile li avesse Federico. Gli Hohenstaufen erano rossi, su questo penso che siamo tutti d'accordo, se no perché suo nonno lo chiamavano Federico Barbarossa? »

« Io l'ho sempre immaginato biondo ramato... » osa dire la guida.

« Ma vogliamo veramente metterci a disquisire sulla gradazione di colore? »

Giuseppe, imperturbabile, replica: « Non è escluso, comunque, che Salomone sia una rappresentazione allegorica di Federico, e che quindi in soldoni stiano dicendo la stessa cosa ».

Mi introduco nella conversazione per chiedere se ci sono documenti che fanno propendere per Federico.

« No » risponde la guida. « Sono supposizioni. Federico in effetti era legato al complesso di San Zeno. Qui fu accolto da Ezzelino nel 1236 e nella torre Pier delle Vigne protocollò degli atti imperiali nel 1239. E non dimentichiamo che proprio qui, di fronte a queste porte, Ezzelino sposò Selvaggia di Hohenstaufen, che era una figlia naturale di Federico. L'affresco in effetti potrebbe essere stato commissionato da loro, ma probabilmente non lo sapremo mai con certezza » conclude, prima di lanciarsi in una descrizione puntualissima della simbologia venatoria delle parti inferiori del dipinto murale, il che avvalora sempre più che l'opera sia tutta una grande marchetta all'imperatore – quest'ultima chiosa, ovviamente, è di Anselmo.

« Perché mi guardate così? Le marchette esistevano anche allora, è solo che non si chiamavano in questo modo. »

Giuseppe congiunge le mani e mi rivolge uno sguardo complice del genere « è fatto così, lo sappiamo ».

Mentre loro divagano perdendosi in teorie da nerd medievisti, io mi avvicino all'affresco per osservarne bene i dettagli. I colori sono vivaci, dominano il blu, il rosso e il giallo delle vesti delle genti d'Oriente che omaggiano l'imperatore, che in effetti – ha ragione Anselmo – ha un atteggiamento rilassato. Sembra di vederlo sorridere, ma forse è pura suggestione.

« Vogliamo andare al piano di sopra? » domanda Giuseppe, già vicino a una delle due porte ad arco sotto il grande dipinto.

Mi spiega che le altre sale sono sempre chiuse al pubblico. Vedo che Anselmo non sta nella pelle e a me non resta che seguirli.

Saliamo altri gradini fino ad arrivare a una piccola stanza che conserva oggetti sacri provenienti dalla chiesa di San Procolo: candelabri, piviali e la corona di una statua della Vergine. Poi Giuseppe ci indica altri ripidi scalini di legno che portano a una stretta botola. « Vai tu, Ans. Aprila. È pesante e io mi sono appena ripreso da un colpo della strega e non ci tengo a ripetere. »

Io seguo il mio collega: la botola è chiusa da due chiavistelli. La reggiamo insieme e infine Ans la poggia cautamente alla parete di mattoni – anche perché Giuseppe non si stanca di ripetere « Fate piano » e « Fate attenzione che passiamo dei guai ». Emergiamo in un'altra stanza decorata da affreschi floreali che risalgono all'epoca della sopraelevazione della torre, probabilmente commissionati dalla famiglia Della Scala. Le finestre invece sono state sostituite da vetri opachi di epoca recente. La stanza contiene manoscritti medievali autentici, tutti sotto chiave in teche di vetro.

« Questo è molto prezioso » dice Giuseppe, indicandone uno aperto a metà. « È una copia autentica in volgare del *Chronicon Veronense* di Paride da Cerea. »

« Siamo qui proprio per questo » dice Anselmo, gli occhi fissi sul codice aperto a metà. « È esattamente come me lo ricordavo » aggiunge, sfiorando il vetro con la punta delle dita. «Avvicinati, Costy» dice poi, prendendomi per mano. Mi trasmette la sua emozione come una corrente elettrica, mentre mi spiega che ci troviamo di fronte a un volume di pergamena ottenuta da pellame di capra, risalente probabilmente al Quattrocento.

«Peccato che non possiamo toccarlo» dice, «perché altrimenti sentiresti la differenza tra le pagine. Il lato su cui c'era il vello è più ruvido, mentre il retro è sempre molto liscio.»

Poi inizia a leggere ad alta voce.

> MCCXXXVIII Alli 12 maggio Selvaggia, figliola de l'imperator Fedrico 2°, con una grande compagnia de pedoni et cavaglieri, et suoi donzelli servi et donne et donzelle, vene a Cerrea, e lì stete undeci giorni a spese di comun di Cerrea et di Legnago, et fu molto ben trattata; in quel anno l'imperator predito si vene da Cremona in Verona e s'alozò in t'el monestier de San Zen de Verona a XXII de mazo, che fo el dì dele Pentecoste; e in Campomarzo fo fato una gran festa e corto de molte vituarie e dado da magnar e da bever a chi volea manzar e bever; e a XXVIII de zugno el dito imperator si chavalchò e andò alonzarse a Goito Mantoan.*

«Non si capisce niente» dico.

«È la cronaca dell'arrivo di Federico e Selvaggia in Veneto e del matrimonio con Ezzelino. Avvenne proprio qui» dice prendendomi per mano e portandomi di fronte a una delle finestre, da cui si vede il vasto spazio antistante

* Decodifica dal volgare del prof. Renzo Vaccari in *La cronaca parisiana e dei suoi continuatori (1115-1260)*, Fondazione Fioroni 2014.

la chiesa. « Furono uniti in matrimonio davanti alla porta di San Zeno. Selvaggia giunse – presumibilmente dalla Puglia – con una grande compagnia di cavalieri. Scommetto che tra loro c'era Aldegar von Dannenberg. »

Mi riavvicino al manoscritto. « È lei Selvaggia? » chiedo, indicando un'illustrazione nella pagina a fianco a quella che abbiamo appena letto, che raffigura un uomo, una donna e un ecclesiastico tra loro.

« Chi può dirlo? In ogni caso non devi considerarla un'immagine realistica. »

« Lo capisco. Però ha una lunga treccia rossa, come quella che abbiamo trovato noi... E poi, ti ricordi l'esame degli isotopi? La proprietaria della treccia arrivava dall'Italia meridionale. Ma magari sono solo casualità. »

Fissiamo entrambi la figura femminile vista di profilo. Una tunica di colore blu decorata con fiori dorati e una treccia di capelli rossi che disegna il profilo della schiena. L'ecclesiastico congiunge le mani di entrambi e, sullo sfondo, una chiesa. Anselmo sembra pensarci un po', prima di dire: « Nooo. Figurati ».

« Se lo dici tu » ribatto, alzando le braccia. « Che ne è stato di Selvaggia? »

« Nessuno lo sa » risponde Giuseppe.

« Com'è possibile? »

« Dopo il matrimonio con Ezzelino, le sue tracce si perdono. Pare che sia morta giovane, qualche anno dopo, forse uccisa da Ezzelino, ma questa è una diceria mai confermata. »

« Scusatemi, io sono un po' indietro e francamente continuo a pensare che il mio lavoro sia un altro. Però, ci arrivo persino io a capire che è una cosa molto strana. Selvaggia era la figlia dell'imperatore, l'uomo più potente del suo tempo. Come si fa a non sapere come sia morta?» Anselmo e Giuseppe fanno spallucce. «Ma Ezzelino e Federico II hanno litigato?» insisto.

«No.»

«Se veramente Ezzelino l'avesse fatta uccidere come dicono, l'imperatore non se la sarebbe presa?»

Giuseppe annuisce: «È quello che ho sempre detto anch'io. Ai danni di Ezzelino è stata fatta una *damnatio memoriae* e la morte di Selvaggia dev'essere stata strumentalizzata per farlo apparire ancora più truce di quanto probabilmente fosse nella realtà. È inverosimile e improbabile che Ezzelino abbia rischiato di compromettere la sua alleanza più preziosa.»

Mentre Giuseppe chiude i chiavistelli della botola, Anselmo gli chiede degli archivi notarili. «Aldegar von Dannenberg. Prendi nota. Qualcosa c'è di sicuro.»

Giuseppe annuisce stancamente. «Sì, Ans.»

«Ci stiamo giocando tutti il posto» aggiunge Anselmo. «A tal proposito, Macallè: mi hai dato un'idea.»

«Per trovare un altro lavoro?»

«No. Per sopravvivere.»

Giuseppe si è congedato e io e Anselmo passeggiamo nel chiostro dell'abbazia, che ci teneva molto a mostrarmi. E, ha aggiunto dopo, per parlarmi di una cosa davvero importante.

«Dobbiamo dimostrare che la treccia rossa è di Selvaggia Hohenstaufen.»

«Ma se prima hai detto...»

«Lascia stare quello che ho detto. Dobbiamo andare in Istituto e parlarne con Melchiorre.»

« Ma come vuoi dimostrarlo? »

« DNA. »

« Ma che DNA e DNA! » esclamo, quasi ridendo. Due suore laiche in vacanza si voltano e ci fissano con disappunto per il mio tono di voce troppo alto.

« Perché no? » chiede lui, pieno di dignità.

« Perché è impossibile estrarre il DNA nucleare dalla treccia. Non ci sono i bulbi piliferi e il materiale genetico è lì che si trova, non nel fusto del capello. Quelli sono capelli tagliati. Sono come i fiori recisi, sono morti. »

« Chi ti dice che non troviamo dei capelli interi? »

« Ammesso e non concesso che li troviamo, con chi dovremmo comparare il DNA? »

« Enrico Hohenstaufen. Per quel che ricordo, l'Istituto che ha lavorato sui suoi resti dovrebbe aver isolato il DNA. »

« Ma è DNA antico, molto deteriorato. Anselmo, per me è inutile, te lo dico. »

« Facile dire 'non si può fare' quando non te ne frega niente. Vero, Macallè? »

Lo fisso, colpita. « Non è vero che non me ne frega niente. Ti sto solo dicendo, da persona che ne sa più di te, che la ricerca del DNA è una strada difficile da percorrere. »

In quel momento, sento la partenza di una bella tachicardia e non può che peggiorare: all'estremo opposto del chiostro, intravedo Marco Erdély de Verre.

È la cosa più assurda che potesse succedere.

Marco è insieme a una donna che tiene a braccetto. Non ci penso neppure un secondo: pianto in asso Anselmo e mi avvicino a loro.

« Costanza, ma dove vai? Dai, non ti offendere. »

«Macché offesa, chi se ne fotte» gli rispondo, pronta ad attraversare i corridoi che mi separano da Marco, a piazzarmi davanti a lui e a impapocchiare la prima cosa che mi verrà in mente. Il cuore mi batte troppo forte per poter pensare. Sono puro istinto animale.

«Ehi, ciao» gli dico, con aria fresca e casuale.

Marco è allibito e si produce in un'espressione da baccalà che non giova al suo bel viso, ma io mi astengo dal dirgli che è più strano che lui sia qui, anziché io, dal momento che io vivo a Verona e lui no.

«Ciao» replica, prudente.

È con Jùlia, sua madre. Vedendola da vicino non ho dubbi che sia lei, ho ancora in mente le foto che ho visto su Google. Ma l'informazione più ovvia che ricavo è che il suo aspetto defedato mi ricorda quello di mia madre negli ultimi mesi prima di andarsene.

Le porgo la mano e mi presento, dal momento che lui non lo fa. «Costanza Macallè. Sono una vecchia amica di Marco.»

Lei si apre con un sorriso gentile. «Che bello» dice porgendomi la mano. Ha una voce esile. Il pallore della sua pelle mi spezza il cuore.

«Tutto bene?» mi chiede Marco, ma il mio radar, in genere molto sensibile quando si tratta di tranvate, mi mette in guardia. Mi vuole fuori dai piedi.

«Sì. Sono qui per lavoro.»

«Noi stiamo facendo una piccola passeggiata prima di rientrare a casa» dice la madre, al posto di Marco. «Avevo tanta voglia di rivedere il chiostro e mio figlio mi ha accompagnata.» Il suo accento è straniero con un'inflessione slava, ma parla italiano in maniera molto sciolta.

«Non vi disturbo ulteriormente» dico, già indietreggiando.

«Nessun disturbo» insiste lei, mentre Marco si guarda bene dal concordare. Le sorrido pensando a quanto vorrei farle una buona impressione. È una di quelle persone cui si desidera piacere.

«Ti chiamo» dice lui, mentre sono già di spalle.

«Okay» rispondo, consapevole però che è inutile sperarci: non lo farà.

> Convenne ad Ezzelino trasferirsi in Verona; imperciocché l'imperadore nel mese d'aprile erasi anch'egli portato colà. Quivi Cesare volle dare ad Ecelino una delle prove maggiori della sua amicizia. Aveva una figliuola di nome Selvaggia, la quale benché nata d'illecito commercio, pure era da lui teneramente amata. Per maggiormente confermarlo nel suo servigio, avendolo sperimentato ministro tanto zelante, e vantaggioso a' suoi interessi gliela diede in moglie nel dì della Pentecoste, che fu dopo il 22 di maggio. Furono congiunti in matrimonio nella chiesa di san Zeno di Verona dal vescovo stesso di quella città. I Veronesi per far cosa grata ad Ecelino e all'imperadore prepararono molte feste in dimostrazione di pubblica allegrezza ed applauso.*

Archivi? No, Google.

C'è una biografia di Ezzelino scritta nel 1841 in cui Selvaggia appare solo due volte: in occasione del matri-

* *Storia degli Ecelini*, Giambattista Verci, tomo secondo.

monio e poi della morte, riportata nel 1244, anno in cui il Terribile già convolava a nuove nozze. Il 1244 è lo stesso anno in cui risulta morto anche Aldegar, un altro punto in comune. Cerco tutto quello che è disponibile online, ottenendo solo frustrazione: su Selvaggia è impossibile ricavare informazioni, non è che una figura in dissolvenza nella vastità della storia, utile solo a sancire l'importanza di un legame politico.

Lei ed Ezzelino non ebbero figli; in realtà Ezzelino non ebbe figli da nessuna delle sue quattro mogli (una prima di Selvaggia, due successive). Nel frattempo, Anselmo rientra in biblioteca dopo il colloquio con Melchiorre il quale, non c'erano dubbi, è gasatissimo all'idea di mettere in relazione Aldegar con Selvaggia di Hohenstaufen.

«Il prof si è entusiasmato all'idea che la treccia possa appartenere a Selvaggia e vuole che la esaminiamo per cercare capelli interi. E, se li troviamo, vuole chiedere la collaborazione del miglior genetista dell'ateneo per provare a isolare il DNA. Che ti avevo detto, Macallè? Qui non ci arrendiamo tanto facilmente.»

«Tanti auguri» rispondo, gli occhi puntati sul monitor del pc, il modo migliore per non pensare a Marco e a sua madre.

«Anche se, devo ammettere, Melchiorre non si aspetta di avere tanta fortuna.»

«Be', se non altro almeno lui conserva un po' di razionalità.»

«Ma ricordati che lui non molla mai. Accetterà la sconfitta solo dopo che avremo analizzato uno a uno quei dannati capelli rossi.»

«Sei anni di medicina. Cinque di specializzazione in

anatomia patologica. E tutto per spidocchiare una treccia.»

«Potrebbero essere i capelli della figlia di uno degli uomini più importanti che la storia ricordi» ribatte lui, esterrefatto che io stessa non me ne renda conto.

«Questo sì che fa la differenza.»

«Comunque se non si tratta di Selvaggia potrebbe essere stata una damigella al suo seguito» aggiunge lui, dirigendosi verso la finestra, dandomi le spalle.

«Ans... il prof è sposato?»

«Perché lo chiedi?» m'interroga, sospettoso.

«Mera curiosità.»

«Divorziato.»

«Ha figli?»

«Uno, sì. Vive con la madre, a Brescia. Comunque, il prof vuole che ci sforziamo di ragionare su dove potrebbe essere stata sepolta una dama di rango così elevato: magari in una delle chiese più importanti della città, o forse bisognerebbe estendere le ricerche anche al resto del Veneto.»

«Io non ho idea nemmeno di quali siano le province del Veneto.»

«Be', Macallè, devo ammettere che questo, davvero, non è il tuo lavoro. Anzi, ammiro che tu ti stia interessando a Ezzelino e Selvaggia» dice, indicando il monitor del mio computer.

«Ma ho già finito. Non c'è niente. Questa è l'ultima cosa che ho trovato» dico, girando il monitor per permettergli di leggere.

Quali in quel medesimo tempo che fi fentì nella noftra Città
il terremoto, e che Ezzelino avuta la Signoria di Monfelice,

> Madonna Selvaggia fua conforte pafsò di quefta vita, e con la fua morte lo privò quali di quanta fperanza aveva nell'Imperatore fuo fuocero. Fu quefta morte di triftiffimo ed infelice augurio alla fua tirannide e fu come un prefagio della fua ruina. Rimaritoffi quell'anno steffo in una figliuola il cui cognome non fi legge in luogo alcuno; onde fi può argomentare che foffe di baffa condizione e quefto altresì gli fu di gran danno; perciocchè l'Imperatore l'ebbe molto a male.*

«E poi, come dicevate anche voi prima, c'era chi diceva che Ezzelino aveva ucciso Selvaggia.»

> Muore Selvaggia fua moglie figliuola di Federico e prende in isposa la figliuola di Buonaccorfo de Maltraverfi. Altri dicono che Selvaggia occultamente periffe per commiffion di Ezzelino, ma quefto racconto è del volgo e non è fcortato da legittimo documento.*

«Hai cercato anche varianti del nome? Tipo *Salvaggia*, o *Salvaza* o *Seluaggia*?» chiede Anselmo.

«Ehm, no. Non ci ho pensato.»

«Comunque, che sia stata ripudiata o peggio uccisa per me è completamente inverosimile» rispondo io senza pensarci troppo.

«Non se però era stata infedele...»

Lui si volta. «Non se era stata infedele» ripete. «Se la treccia fosse la sua, lo si potrebbe ipotizzare.»

Guardo l'ora; devo andare all'asilo. Ho promesso a

* *Dell'istorie della città di Verona del signor Girolamo Dalla Corte gentiluomo veronese*, tomo primo.

Flora di giocare con lei tutto il pomeriggio e non intendo tardare.

« Domani ci provo. »

« Brava, Macallè. Finalmente un po' di spirito di iniziativa. Ci voleva lo zampino di Federico II per farti appassionare. »

Quando Laura mi restituisce la bimba ho un flash del volto della madre di Marco, cui la mia piccola somiglia incredibilmente. Il suo colorito terreo, i capelli sfibrati, le dita della mano ossute. È il ritratto di una malattia avanzata. Chissà perché erano proprio a Verona? Forse Marco le sta creando dei diversivi per farla distrarre un po'. Sarà anche un fedifrago irrisolto con problemini di ego, ma magari è un bravo figlio.

Non ho così tanto tempo per riflettere ancora. Magari per Jùlia potrebbe essere bello conoscere Flora. Ma ho una visione troppo semplicistica degli eventi. Forse dovrei pensare a come si sentono, a quale valanga di disorganizzazione e sofferenza si scatena in una famiglia spezzata da una malattia. Quel terremoto io lo conosco. Lui sarà già abbastanza confuso di suo. Qual è la cosa giusta da fare?

So solo che non può essere stato un caso averli incontrati, oggi. Su un territorio nazionale di trecentoduemila chilometri quadrati ci siamo ritrovati nello stesso posto. È un segno. Ha senso.

Stasera lo chiamo.

28

« Ciao. Scusami. Lo so che sembro una stalker, ma giuro sul mio onore che non lo sono. »

« Ciao, rossa. Cosa posso fare per te? »

« Bello il chiostro, vero? » prendo tempo.

« Era bello, certo. »

« Tua madre... come sta? »

« Come l'hai vista » replica lui, abbastanza seccamente.

« Scusami. È una domanda stupida. »

« Scusami tu. Non volevo essere stronzo. E non solo per questo. Intendo anche la volta scorsa. Non mi sono regolato. »

« Ho già dimenticato. » Non è vero, ovviamente. È stato un vero cafone ed è un bene che si biasimi da sé. Ma qui il punto non è ammantare questo scambio con il garbo dell'amor cortese.

« E intendo anche a Malta » aggiunge, con una costernazione che appare sincera.

Malta. Basta che la nomini e dentro di me già si scatenano i ricordi rimasti intatti perché rievocati più di quanto sarebbe stato saggio fare.

« Quello invece non l'ho dimenticato » e rido come una scema.

« Lo so. Sono stato veramente un cane. Scaricarti in quel modo... »

« Non mi hai scaricata » lo contraddico, con un guizzo di orgoglio.

« No? » chiede lui, sinceramente confuso.

« Be'... Senti, non importa più. Ripasserai a breve da Verona? »

« Mia madre fa la chemio a Verona, in ospedale lavora un amico fraterno di mio padre. È per questo che eravamo lì. »

« Oh. È terribile. Mi dispiace. »

« Già. »

« So com'è. Anche mia madre ci è passata. »

« Ma... adesso? » chiede, con tono pieno di cautela.

« È mancata. Sedici anni fa. »

« Merda. »

« Già. »

« Io... Io non so se la mia ce la farà. » La sua voce bassa è consapevole, diversa da qualunque altra volta l'abbia sentito parlare. È la voce della sconfitta, dell'ineluttabilità. Mi spiega nei dettagli di che tipo di neoplasia si tratta e da anatomopatologa lo so: ha ragione, è questione di tempo e di fortuna, ma se ne andrà e nessuno potrà evitarlo.

« Ascolta... tra noi le cose sono strane perché ci conosciamo eppure non ci conosciamo... hai capito cosa intendo. Non sono una tua amica, ma... vorrei consigliarti... di non lasciare niente di non detto. È la cosa che fa più male, oltre all'assenza. »

« Okay » risponde lui e percepisco poca voglia di soffermarsi sull'argomento.

Ci sono poche cose più intime del rapporto con una lenta ma definitiva separazione, io dovrei saperlo bene. Il problema delle persone è che si abituano a tutto, anche alle notizie più terribili, e non ci vuole niente a crearsi una nuova routine. Nelle ultime settimane di vita mia madre stava sempre a letto. Sonnecchiava per gran parte del tempo. Era pallida e il suo viso era sformato, ma c'era. Quando tornavo da scuola, c'era. Prima di andare a letto, c'era. Per un abbraccio, c'era. Poi restò solo un grande vuoto, e tutto quello che non le ho mai detto è andato a riempirlo.

«Okay.» Silenzio. «Senti, be', allora, buonanotte.»

«Anche a te. Ma resta una domanda.»

«Falla.»

«La cosa che hai da dirmi. Escludi di poter usare facilitazioni tipo, non so, il telefono?»

«Escludo.»

«Non capisco se questa faccenda mi inquieta o mi intriga.»

Anch'io vorrei già sapere cosa prevarrà in lui quando alla fine avrà saputo in cosa consiste la «faccenda».

«Costanza» dice poi, pronunciando il mio nome con improvvisa serietà. «Non è una brutta sorpresa, vero?»

Mi sento gelare. Sospetta qualcosa? Si è ricordato del nostro piccolo incidente? O forse pensa che abbia scoperto di avere una perniciosa malattia venerea? Decido di essere sincera: a nessun livello si può definire Flora una «brutta sorpresa». Quindi replico con un serio: «No. No».

«Senti, facciamo così. Vengo a trovarti a Verona, così mi sveli il tuo mistero. Venerdì? È okay per te?»

«Va bene» gli rispondo, spiazzata. Non ho nemmeno riflettuto se mi andava bene davvero o no.

«Di pomeriggio? Alle quattro?»

«Perfetto.»

Dopo aver chiuso mi resta un'emozione strana, una sorta di piacevole sicurezza di aver fatto le cose per bene.

Spengo la luce della mia stanza e in punta di piedi vado in quella di Flora. È spaparanzata nel suo lettino e con una manina si gratta la testa mugugnando. Poi sbadiglia e si gira dall'altro lato, lasciandomi un po' di spazio. Una volta tanto che non è lei a venire nel lettone, sento io il bisogno di stare con lei, avvinghiarmi al suo corpicino morbido, odorare il profumo della sua pelle liscia e cicciosa. Sentirla mia, tutta mia e soltanto mia, ancora per un po'.

L'indomani, dopo aver legato la bici alla rastrelliera, mi trovo a fare un pezzo di strada con Edoardo Melchiorre. Poco prima di prendere ognuno la propria direzione, mi chiede di andare nella sua stanza.

Chiude la porta, si toglie il loden e poi va a prendere una scatola di cartone, che mi porge.

«È la prova del nove, Macallè. Non mi deluda.» La apro e, in una busta di plastica trasparente, trovo la treccia. «Ogni raccomandazione è superflua» aggiunge, scrutandomi da dietro le lenti azzurre. «C'è da dire, giusto per voler essere precisi, che dal fusto dei capelli si potrebbe ricavare il DNA mitocondriale, e quindi si potrebbe investigare l'ascendenza materna. Ma nel nostro caso poco ci direbbe, perché Federico II ebbe molti figli da donne diverse. Quindi è fondamentale trovare dei capelli interi.»

«Se non ci sono bulbi, non li posso creare io» rispondo, con la solita lingua biforcuta che mia madre mi esortava a tenere a bada.

«No, certo che no. Ma guardi che non è così inverosimile. Immagini questi suoi bellissimi capelli, Macallè» dice avvicinandosi, toccandomeli con un gesto fugace che non ha niente di malizioso. « Immagini di reciderli di netto. Non con delle cesoie, ma con una lama qualunque, forse con la spada del suo cavaliere. Non crede che si eserciterebbe una trazione? A me sembra plausibile che con quel gesto la ragazza abbia strappato anche capelli interi. Se ce n'è anche uno solo, sono sicuro che lei lo troverà. »

Devo compiere un certo sforzo per non chiedergli: « Perché non lo fa lei, prof? »

Intendo dire, se il lavoro è così prezioso e delicato, perché affidarlo proprio a me invece di farlo di persona? Ma so che esiste un limite che si chiama buona educazione e ci si dovrebbe sforzare di non superarlo. E poi è una buona notizia, vuol dire che si fida di me, nonostante tutto.

« Se c'è, non me lo farò scappare. »

Lui annuisce, insondabile più o meno come al solito, e così mi dirigo verso il laboratorio, dove trovo Miss Foley intenta a studiare delle ossa.

« Sono di Aldegar? »

« No, di un altro degli scheletri di Montorio che secondo Melchiorre aveva il morbo di Paget. »

« Capisco. »

« Inizi a esaminare la treccia? » mi chiede, mettendo da parte le ossa.

« Melchiorre ci tiene moltissimo. » Lei fa cenno di assenso con il capo. « Mi sono stupita che abbia dato l'incarico proprio a me » aggiungo, con tono neutro.

« Be', deve pur iniziare a darti fiducia. Se no che ci fai qui? »

« Capisco. Però... Secondo te, perché non lo ha fatto da sé? Solo per darmi fiducia? O perché è pigro e si scocciava a spidocchiare la treccia? »

Sarah si indigna. « No! Non è affatto pigro! »

« Okay. Scusami. Non volevo essere pettegola. È un gesto di fiducia, lo prendo come tale. »

Lei sembra combattuta se dirmi qualcosa o tacere. Rosicchia la pellicina di un'unghia e mi guarda di sottecchi.

« Senti, sai tenere un segreto? »

« Direi di sì. »

« È importante, Costanza. Sto per dirti una cosa che devi tenere per te. »

« Va bene! »

Sarah si alza dallo sgabello e va a chiudere la porta prima di bisbigliare, come si trattasse di un segreto con cui ti giochi la vita: « Melchiorre ha una grave malattia alla retina. Sta diventando cieco ».

« Oddio! » esclamo.

« Sssh! Abbassa la voce! »

« Scusami. »

« È per questo che ha chiesto all'Ateneo un posto per un altro anatomopatologo; perché possa fare quello che lui non è più in grado di fare. Sì, spidocchiare una treccia, come dici tu. Però sai bene che c'è anche molto altro. »

« Ma il posto era destinato alla prima in graduatoria, l'ho capito, eh. »

La verità si legge negli occhi di Miss Foley senza che ci sia bisogno di ulteriori conferme.

« Non dire ad Anselmo che te l'ho detto. Avevamo deciso di tenere riservata l'informazione fino a che non sarà il prof a volerne parlare. »

« A voi lo ha detto lui stesso? » domando, ancora scossa.

« Noi... lo abbiamo saputo da Diana. Ma non è chi lo ha detto a chi, a essere importante. Il punto è che è giusto che tu lo sappia, secondo me. Che sei qui anche per questo, insomma. E che c'è bisogno del tuo aiuto, ne abbiamo tutti davvero bisogno, specialmente in questo momento» conclude Sarah.

Io resto seria, non ho parole da aggiungere. Guardo la busta con la lunga treccia del colore di foglie appassite, annodata alle estremità da due nastri scoloriti. È attorcigliata, come una fune. È stato un dono. Ottocento anni dopo continua a esserlo, non ha perso il suo valore. Il tempo è una materia fluida. Lo diceva anche Einstein, il tempo non scorre in una sola direzione, il futuro esiste contemporaneamente al passato.

Infilo i guanti, prelevo i capelli annodati con cura e inizio il mio lavoro, per strambo e assurdo che possa sembrare.

29

Verona, novembre 1238

Al palazzo di Ezzelino si accedeva da un portico con grandi arcate sovrastate da finestre a doppia apertura e, più su ancora, una merlatura a coda di rondine. Verona era sembrata a Selvaggia del tutto nuova, diversa dalla Germania che andava appannandosi insieme ai ricordi dell'infanzia e ancora più differente dal castello di Foggia dove aveva trascorso gli ultimi anni. La città le appariva rassicurante e accogliente, attorno a lei era tutto un prodigarsi per soddisfare i suoi desideri. Non era più una dei tanti figli illegittimi, non era più seconda a nessuno, anzi, era diventata regale come mai si era sentita prima, era la moglie dell'uomo più potente del Nord Italia, del braccio destro dell'imperatore di cui lei – aveva sentito dire – era la figlia più bella e più amata. Era tutto falso, lei lo sapeva bene, ma la diceria la inorgogliva anche più di quanto avrebbe creduto possibile e non si curò mai di smentirla.

Rispetto a tutto ciò, Ezzelino si era rivelato un problema trascurabile. Certo, era di età avanzata, era più vecchio di suo padre, e anche assai meno piacente. Tuttavia trascorreva molto tempo a Vicenza, a Pedemonte e a Padova e quando era a Verona, nel palazzo in cui anche lei dimorava, si limitava solo a cenare e a dormire. Le visite notturne nella sua stanza erano brevi e infrequenti. La sua sensazione era che il marito non nutrisse interesse per lei e questo le appariva desiderabile, ma poi la solita Hildegard intercettò delle chiacchiere secondo le quali un negromante aveva predetto a Ezzelino che non avrebbe avuto figli. Lei non sapeva cosa preferire. Di parto era semplice morire, come era successo a sua madre, e lei aveva paura della morte. Il marito, a quel che aveva potuto vedere, teneva in gran conto gli astrologi e le profezie. C'era un tale, un moro che veniva da Oriente di nome Paolo di Baghdad, che era chiamato a esprimersi in anticipo su tutte le decisioni politiche di Ezzelino. Sempre Hildegard aveva raccolto la voce secondo cui, a parere dell'illustre astrologo, l'unione con la figlia dell'imperatore non sarebbe stata fortunata e che per la prima volta, per ragioni di opportunità, Ezzelino non avesse ascoltato i consigli degli astri. La figlia dell'imperatore non si può rifiutare nemmeno se si mettono contro il sole, la luna e tutte le stelle del cielo.

Prima che suo padre lasciasse Verona, a giugno, Selvaggia lo aveva implorato di riavvicinarla a Biancofiore. Lui era parso annoiato dalle sue pretese. « Biancofiore è un problema che tu hai creato e che io risolverò » aveva tagliato corto, per poi raccomandarle, cambiando discorso, di non venir mai meno ai suoi doveri di moglie. Infine, il padre le aveva augurato di essere presto benedetta dall'arrivo di un erede. Del corredo di Selvaggia faceva parte una culla che lui stesso aveva commissionato, ma lei sentiva che il negromante aveva ragione e che quella culla, così preziosa, il frutto del lavoro pregiato del miglior falegname del Sud Italia, era destinata a rimanere vuota.

Una mattina, mentre usciva per raggiungere la chiesa di Sant'Anastasia dove presenziava ogni giorno alla messa, sentì dire a Bartolomeo, il più fidato degli uomini di suo marito, che Aldegar von Dannenberg era in partenza per la Puglia per un incontro di natura diplomatica con l'imperatore. Sapeva che lui alloggiava in piazza delle Erbe. La distanza tra il palazzo di Ezzelino e la dimora del sassone era breve, e lei la percorse a passi lesti imboccando una strada stretta lastricata con piccole pietre aguzze che si conficcavano nella suola troppo morbida delle sue calzature. La luce del sole giungeva frontale e le feriva lo sguardo. Hildegard, di fianco a lei, borbottava che di tutti i gesti sconsiderati che si potevano compiere, lei aveva scelto il peggiore. Il problema di Hildegard era proprio che, disapprovando sempre, sottraeva peso e valore alle proprie opinioni. Sarebbe stato più efficace se si fosse lamentata una volta sola, quella giusta. Allora, forse Selvaggia l'avrebbe ascoltata.

La casa di Aldegar era spoglia, con soffitti bassi e un'unica finestra che si affacciava sul mercato, le cui voci penetravano all'interno dell'angusta stanza in cui la ricevette.

Parlarono in tedesco, assai rapidamente, del resto la richiesta di Selvaggia era semplice: lo pregava di far visita a Biancofiore e di portarle il messaggio che viveva sempre nel cuore di sua sorella e che ogni giorno Selvaggia sperava di ricevere la notizia di un loro avvicinamento. Gli porse uno scrigno che conteneva dell'olio essenziale di rosa, chiedendogli di farglielo avere, perché Biancofiore amava le rose e il loro profumo.

Aldegar offrì il proprio impegno a esaudire la richiesta di Madonna Selvaggia, ma le disse anche di non poter garantire il risultato dal momento che, per un colloquio privato con madamigella Biancofiore, doveva rimettersi alla volontà dell'imperatore. Selvaggia non poté insistere, sapeva che la risposta di Aldegar era l'unica che potesse aspettarsi. Ripeté soltanto: « Vi supplico ».

Lui annuì. Dentro la stanza entrò il suono di campane lontane, come a siglare la solennità del giuramento. Hildegard le rivolse uno sguardo molto eloquente: si erano già attardate fin troppo e avrebbero perso la messa.

Il saluto fu scarno. Selvaggia rinnovò la propria gratitudine. Aldegar, sia per timidezza, sia per carattere, non aggiunse altro.

30

Flora strepita che il giubbotto le dà fastidio, che i pantaloni le scendono, che il cappello le pizzica, che le cinghie del seggiolino la stringono. Per come si ribella, chi passa nei pressi come minimo pensa che la stia ammazzando. Io cerco di mantenere la calma, le dico: « Dai, dai, andiamo veloce con la bici », così magari si distrae, ma lei continua a strillarmi nelle orecchie, mandandomi in pappa il cervello. Ma perché è così difficile? In cosa sbaglio?

Arrivata a casa, ho i capelli dritti in testa e un prurito nervoso che mi fa grattare fino a scorticarmi. Quando Antonietta mi chiede come è andata la mia giornata in pratica la sfanculo.

Solo un po' più tardi, dopo che ho giocato tutto il pomeriggio con Flora all'unicorno con lei sulla mia groppa e ho le ginocchia che gridano vendetta, chiedo scusa a mia sorella per i modi bruschi. Ma lei risponde: « Ci sono abituata, non ti preoccupare » e io mi inacidisco di nuovo.

A un primo esame della treccia non ho trovato bulbi, ma voglio controllare ancora domani, perché non intendo avere il rimorso di essere stata superficiale. In ogni caso, non ho avuto il coraggio di dire a Melchiorre che finora la ricerca è stata infruttuosa. Per di più, venerdì si avvicina, causandomi un'ansia inestinguibile. In momenti del genere si acuisce la nostalgia di mia madre, di quando mi rassicurava che tutto alla fine sarebbe andato bene. Mi diceva sempre: « Solo alla morte non c'è rimedio » e poi è morta davvero e ho capito quanto avesse ragione.

Sistemo la treccia sul tavolo da lavoro, le punto addosso una luce al neon e con i guanti in lattice riprendo a esaminarla con una lente d'ingrandimento, ciocca dopo ciocca. È incredibile, mi ritrovo a pensare, come i capelli si siano conservati bene, come se fossero stati pettinati fino alla sera prima. Ripuliti dal materiale organico e inorganico che li imbrattava all'inizio, sono riemersi dal passato con tutta la loro bellezza, anche se hanno perso l'odore dell'olio di rose rintracciato dai chimici dell'Università. Ma, ahimè, sembrano non portare con loro nessun'altra traccia della vita che li animava. Sospendo ancora, mi tolgo i guanti e mi strofino gli occhi. Miss Foley si avvicina e poggia gentilmente una mano sulla mia spalla.

« Piano, piano » mi dice, con un sorriso ampio e candido. Sarah sembra uscita da una commedia romantica newyorkese alla Nora Ephron, somiglia un po' anche a Meg Ryan. Solo che, invece di svolgere uno di quei lavori graziosi tipo la libraia, la sua attività di routine è pulire ossa sporche di terra con lo spazzolino da denti e attribuire loro l'età giusta.

« Vorrei davvero rendermi utile » le dico. « Ho pensato molto a quello che mi hai detto, ai problemi di Melchiorre, al destino dell'Istituto... e sento di dover fare la mia parte. Anche se so che non resterò qui a lungo, finché sarò qui farò tutto quel che devo. »

« *Lovely*! Molto carino da parte tua. Vengo a prendere

un caffè con te. Anzi, passiamo dall'orso a vedere se lo vuole anche lui. »

L'orso è Anselmo, ovviamente, che mugugna un « no » e tuffa istantaneamente lo sguardo sul monitor del suo computer.

« Vorrei tanto sapere cosa scrive Anselmo tutto il giorno. »

« Scrive monografie storiche » risponde Miss Foley, bisbigliando mentre chiude la porta della stanza del nostro collega. « Ma non soltanto. È un po' restio a dirlo in giro, ma Anselmo sta scrivendo un romanzo storico sulla Biblioteca Malatestiana. Ci tiene moltissimo. Sono due anni che un'agenzia letteraria lo fa lavorare sul testo prima di proporlo a un editore. »

« Mi stai dicendo che conosciamo il futuro Dan Brown? »

« Con un certo ottimismo... »

« Ma lo scrive qui, in Istituto? »

« Sai, quando l'attività langue... »

« Cioè, mentre io spidocchio la treccia lui pensa ai fatti suoi? » Sono indignata. Ma poi Anselmo esce dalla stanza.

« Ci ho ripensato, vengo anch'io. »

« Be', certo, lo credo, la caffeina aiuta la... » Sto per dire « creatività » ma mi mordo la lingua. « La produttività. »

« Ci sono novità sulla treccia? » chiede lui, tirando su con il naso.

« Non buone. Ma sto lavorando con metodo. Non dispero ancora. »

« Ecco. Il ginseng è finito. È un ulteriore segno del declino di questo posto » si lamenta Anselmo. Sarah rotea gli occhi. « Ieri, quando voi eravate già andate via, è passato da qui il direttore di Dipartimento. È stato chiuso nella stanza di Melchiorre per mezz'ora. Mezz'ora. E lo sapete che il direttore si manifesta solo per le notizie molto buone o per quelle molto brutte.»

«E chi ti dice che non fossero notizie molto buone?» lo sfida Miss Foley, per sua natura una Pollyanna che gioca al gioco della felicità.

«Seeeeee» risponde lui. Nel frattempo estrae dall'erogatore il caffè su cui ha ripiegato. «Non bisogna attaccarsi troppo ai luoghi da cui passiamo. Sono transitori e poi ci si resta male.»

È un commento che ha un eco in me. «Questo è vero» ribatto quindi.

«Signore mie, torniamo ai nostri affanni» dice quindi lui, usando con sarcasmo un linguaggio un po' *passé*.

Dalla sua stanza continua a provenire il suono di una playlist di musica medievale che è un vero tormento per le orecchie e per l'anima e che si attutisce solo quando lui, rientrando, chiude bene la porta.

Torno a puntare gli occhi sulla treccia e lo faccio per un altro quarto d'ora fino a quando non mi sento folgorata dall'esaltazione. Oddio, non ci posso credere.

Eccolo qui. Un capello intero, bulbo e fusto. Mi sento come una specie di supereroe: proprio io, Costanza Macallè, l'assegnista di ricerca che è capitata qui per sbaglio, vi ho dato una chance. Eh, la vita.

Chiamo l'interno di Melchiorre e lui si precipita in laboratorio. È quasi commosso e io, a mia volta, mi scopro a vivere una specie di momentanea sospensione dell'entropia che è l'unità di misura della mia vita. «Macallè, sono fiero di lei.»

Arrossisco grattandomi la nuca, mentre Melchiorre chiama con il cellulare un certo Giorgio che, mi sussurra Miss Foley all'orecchio, è il top di gamma della genetica della facoltà. Ma la risposta del genetista scoraggia il nostro appassionato direttore: come io stessa prevedevo, la percentuale di probabilità di insuccesso è elevata, il DNA sarà probabilmente degradato e contaminato. Detto ciò, ci proverà.

« Macallè, vada lei a consegnare il campione » mi ingiunge Melchiorre. Nel frattempo ho ricevuto una mail di Carrie e fremo per leggerla.

« Adesso? »

« Sì. Il collega la sta aspettando. Giorgio Valenza, in Genetica Medica, al policlinico. »

« Il policlinico? Ma piove e io sono in bici. »

Melchiorre sorride garbatamente. « Può prendere il 22. A Verona gli autobus funzionano benissimo. A quest'ora, tra l'altro, non sono nemmeno troppo affollati. Le garantisco: apprezzerà l'esperienza. »

« Mi scusi. Sto cercando Giorgio Valenza. Mi manda il professor Melchiorre. »

Ho bussato a una porta socchiusa. È la quarta in questo dedalo: a furia di « in fondo a destra » non so più dove sono.

Un uomo non troppo alto, di spalle davanti a una libreria, si volta e risponde: « Sono io ».

Gli vado incontro porgendogli la mano. « Sono Costanza Macallè. »

« Ah, è lei che ha trovato il capello. »

« Già. »

Gli consegno la bustina con il capello rosso intero. Lui la prende con palpabile scetticismo. « Mi ci metto al lavoro subito. Tu sei un'archeologa? »

« No. In realtà sono un'anatomopatologa. »

Lui si mostra sorpreso. Ha occhi nocciola grandi e belli e lineamenti molto regolari. « Ma davvero? »

« Ti sembra così strano? » gli chiedo, con semplicità.

« Ammetterai che la paleopatologia è una branca molto particolare. »

« Be', questo sì. Mi ci sono ritrovata un po' per caso. »

Giorgio Valenza corruga le sopracciglia. « C'era un'altra anatomopatologa prima di te. Diana, mi pare si chiamasse... »

« Sì. Io non l'ho conosciuta, ma mi hanno detto che si è trasferita in Inghilterra. » Buon per lei. Ho letto la mail di Carrie in autobus: mi scrive di non aver trovato ancora niente in linea con il mio profilo e le mie esigenze, ma di aver fiducia, è solo questione di tempo. Io invece provo delusione, altro che fiducia.

« Anche tu sei di passaggio? »

« Probabilmente » rispondo, con cautela.

« Sei fresca di specializzazione? » chiede ancora, con evidente curiosità.

« Ho finito sei mesi fa... »

« Stavo uscendo per prendere qualcosa al bar al piano terra. Ti va? »

« Okay, certo. »

Perché no? Adesso che ho spidocchiato la treccia sento gli altri lavori meno incombenti. E poi ci sono solo tre piani da scendere. Mi farò offrire un succo di frutta e poi andrò alla fermata ad aspettare il mio autobus. Giorgio fa un sorrisetto e prende le chiavi per chiudere la sua stanza.

È finita che Giorgio mi ha chiesto il numero di telefono. La sosta al bar è stata molto gradevole, lui è abbastanza spiritoso e amabile e, anche se difetta un po' in statura, il suo viso è davvero molto interessante, proprio ben fatto. E poi ha una buona parlantina e parla di genetica senza essere noioso.

Verso le sette mi manda alcuni messaggi come di prammatica, ineccepibili sul piano formale, forse lievemente spavaldi, da maschio alfa in esplorazione. Chattiamo un po', la cosa è abbastanza divertente e stuzzicante. Non da favoleggiarci, questo no. Ma a quale ragazza non piacerebbe ricevere attenzioni da un genetista con begli occhi?

Dopo qualche messaggio, mi chiama dicendo che ha nostalgia di quando si usava il telefono fisso. I messaggi sono comodi, ma vuoi mettere parlarsi davvero?

Gli rispondo che è vero, ha ragione, parlarsi è più bello. Poi però arriva Flora con tutta la sua esuberanza infantile: la sua attenzione ha una durata limitata, si è già stancata di fare una torre pericolante con i mattoncini. Lui la sente parlottare e prima ancora che io possa dirgli che devo chiudere, perché devo occuparmi della bimba, mi chiede: « Hai un nipotino? »

« No, in realtà è mia figlia. »

« Ma sei sposata? » Non so se è più confuso o terrorizzato.

« No. Non sarei al telefono adesso. Non credi? »

« Ah, certo... »

« Ho una bambina, ma sono single » preciso. Non che sia davvero importante. Non ha senso stare a spiegarglielo qui e adesso, ma sono molto cauta e chiacchierare con un bel ragazzo per me ha poco a che vedere con Flora. Non farei mai entrare un estraneo nella sua vita se non dopo averlo testato al mille per mille. E, anche in quel caso, avrei ugualmente dei dubbi. Come ne ho su Marco, del resto, e su ciò che sto per fare. Ma quella è una questione di onestà, di fare le cose per bene. Di mettere in ordine quel che è in disordine, accettandone le conseguenze.

« Ti sta reclamando » constata Giorgio, sentendo il « Mammaaaaaaaa! » di Flora.

« Temo di sì... »

« Allora ti lascio ai tuoi doveri di mamma! Ci sentiamo presto. »

Ma, ovviamente, nei giorni seguenti non lo sento più. Oltre a essere la mia delizia, mia figlia è un efficacissimo setaccio per i pretendenti. Se si scoraggiano subito, per la semplice presenza di una bebè, vuol dire che non ne valeva proprio la pena. Ma poco male, va bene così.

E poi ho altri grattacapi a cui pensare: domani è venerdì.

31

Rumori sommessi e furtivi mi portano allo stato di coscienza. Guardo la sveglia: sono solo le sei e un quarto. Ho dormito malissimo, immaginando tutte le alternative possibili del momento in cui rivedrò Marco e affronterò le conseguenze delle mie scelte. Prendevo sonno, poi mi risvegliavo di colpo e ricominciavo a rimuginare.

Mi metto in piedi traballante e seguo i suoni che mi hanno svegliato. Mi fanno pensare a quelli che può produrre un topolino che fruga in una dispensa. Oppure, penso atterrendomi all'istante, a quelli che può produrre una bambina incustodita, che si è svegliata e ha agito indisturbata mentre la madre finalmente si godeva una fase di sonno REM con il rivoletto di bava che umettava il cuscino. La scovo in bagno e il mio cuore perde un battito.

« Flooooooooora! Che è successo? »

Quel che mi ritrovo davanti è una specie di scena del crimine e ho un momento di confusione e angoscia fulminante al pensiero che sia tutta sporca di sangue.

Ma: a) la bimba impunemente ride e b) il sangue odora di smalto per unghie.

Chiamo a raccolta tutta la mia forza interiore per non segnarle l'infanzia con un trauma indimenticabile.

La ricostruzione dei fatti è dunque la seguente: Flora

si è alzata, è andata in bagno, ha preso la sua piccola pedana – che in genere usa per arrivare fino ad aprire il rubinetto – al perverso scopo di raggiungere una specie di pochette scolorita in cui tengo quattro vecchi trucchi. Da lì ha estratto lo smalto rosso, è stata in grado di aprirlo e lo ha pennellato sulle mensole bianche che fanno parte dell'arredo e che in caso di danno configurano motivo di trattenuta della caparra. Subito dopo, forse non sentendosi soddisfatta del risultato, ha preso degli asciugamani di spugna con cui immaginava di poter pulire il misfatto.

E questo è il buongiorno.

Io e Antonietta usiamo un'intera bottiglietta di acetone per pulire le mensole, le mani e le braccia di Flora. Le mensole sono più o meno a posto, e meno male, dal momento che, quando abbiamo firmato il contratto, la madre di Fabio è tornata più e più volte sui motivi di mancata restituzione della cauzione in caso di danni – che donna gretta. Gli asciugamani non c'è modo di smacchiarli ma quello è il minore dei problemi.

Ovviamente, Flora viene messa in castigo, che su consiglio della super Laura consiste nello stare seduta su una sediolina fino a che non le viene detto che può alzarsi. La bebè ci va obbediente ma l'orgoglio è così mortificato che piange per rabbia. Quando mi avvicino per dirle che può alzarsi accompagno il gesto con un « Ti amo alla follia e ti darei la luna » cui lei risponde, piena di dignità, con la fronte appiccicosa di sudore per aver pianto e il moccio al naso: « E chi mi ha messa in punizione? »

Colta alla sprovvista, mi ritrovo a balbettare varie risposte poco comprensibili e ancor meno congruenti.

Poco più tardi, mentre sto facendo colazione con mia sorella, ricevo un messaggio di Marco.

Confermato oggi?

Antonietta, che legge la notifica apparsa sul display prima ancora che io prenda il cellulare per rispondere, mi fissa truce. « Non mi dire che hai dubbi. »

« No, non ho dubbi. Glielo devo dire. Ma non ha niente a che vedere con il fatto che Flora è una peste. È semplicemente la cosa giusta. »

Quindi rispondo:

Certo. A che ora ti è più comodo?
LUI: Vengo in auto. Alle 4? A casa tua?

Parlargli nella confusione di un locale pubblico temo non aiuterebbe. C'è bisogno di privacy. Potrei riceverlo in salotto, non c'è motivo per cui debba accorgersi anzitempo della presenza di Flora.

« Devi prendere tu oggi la bebè all'asilo. E devi portarla in pasticceria, o comunque dovete rimanere in giro fino a che non ti dirò che potete tornare. »

« Ma, solo per capire, intendi fargli '*Carramba*' e la bebè entra dal portoncino? »

« Quanto sei scema. Certo che no. Devo capire innanzitutto come la prenderà. Lo farò entrare solo gradualmente nella vita di Flora. Queste cose non si possono improvvisare e bisogna pensare prima di tutto a lei. »

Antonietta rivolge uno sguardo intenerito all'orchetta che sta inzuppando un biscotto nel latte alla sua solita maniera un po' animalesca.

«Sai... secondo me sarà felice.»

«Lui?» chiedo, scettica.

«Lui, lo spero. Ma io pensavo a lei.»

La guardo anch'io. Quelle sue guance piene, il nasino all'insù. Gli occhi scuri, così simili a quelli di Marco e di sua madre. Anch'io mi chiedo come sia possibile non innamorarsi di lei.

Ma di padri indifferenti e lontani è piena la storia. Quindi, penso mentre gli scrivo il mio indirizzo, per quanto mi risulti di difficile comprensione, dovrò mettere in conto anche questo.

Chiedo a Melchiorre di poter uscire prima per importanti questioni familiari.

«Mi sembra che sia in pari con i lavori che le ho assegnato.»

«Assolutamente sì.»

«E allora, non mi metterò a lesinare su un paio d'ore di permesso.»

Ero pronta a pregarlo in ginocchio, ma tanto meglio così. Arrivata a casa, mi metto all'opera con le grandi pulizie per rendere l'appartamento lindo e profumato. La luce di oggi, anzi, la non luce, lo penalizza un po', come pure il pavimento di marmo beige su cui né io né Antonietta abbiamo la minima intenzione, né la voglia, di passare la cera come invece faceva sempre nostra madre. Poi provvedo a tirare a lucido anche me e infine faccio il solito gioco delle tre carte fra i miei vestiti che meno glamour non si può. Quando suona il campanello ho il tempo di un'ultima spazzolata alla chioma prima di ritrovarmelo davanti alla porta.

« Ciao, rossa. Ti trovo bene. »

« Grazie. Anche tu. Vieni, accomodati » gli dico, guidandolo verso il salotto con un'aria informale apparentemente tranquilla. Lui mi segue, nel silenzio della casa che sembra lievitare di tensione, impressione che però forse è tutta mia ed è frutto di un'ansia che mi sta incenerendo. « Ti ringrazio di essere venuto fin qui. »

Lui non risponde, nemmeno con un « figurati » detto tanto per. Si toglie il giubbotto blu, si siede sull'abominevole poltrona di velluto marrone e si guarda attorno, attento e paziente.

Io prendo posto sul divano di fronte a lui.

« Ti va qualcosa da bere? Oppure un caffè? » offro, giusto per rompere il ghiaccio.

« No, sono a posto. »

Ci guardiamo per qualche interminabile secondo. Tutti i preamboli che ho studiato sono vanificati da una paralisi che lui non aiuta a sciogliere, dal momento che sta lì, sulla poltrona, in attesa. Del resto, sa di aver fatto quello che doveva, ovvero venire qui. Adesso tocca a me. Tuttavia, né il tempo né la saggezza mi hanno suggerito le parole giuste da usare e, nonostante abbia pensato a questa scena mille volte, alla fine ci sono arrivata impreparata.

« Non so da dove cominciare e non so come spiegarti quello che è successo. » Wow. Che incipit! Lui corruga la fronte. Sembra un po' nervoso. Sta per dire qualcosa ma io lo fermo con un gesto della mano. Mi alzo. « Aspettami solo un momento. »

Vado nella mia camera per cercare una foto di Flora, una che ho fatto incorniciare e che ho tolto dalla sala prima del suo arrivo. Non riesco a dirgli quanto sono stata sventata ed egoista, ma vorrei che capisse che da tutti questi errori è nato qualcosa di meraviglioso. La foto è poggiata sulla mia scrivania ma sento i suoi passi e la casa è piccola, lui mi è venuto dietro ed è già qui.

« Che succede? » domanda. Ha uno sguardo molto freddo.

Gli porgo la foto.

Lui guarda la nostra bambina, poi guarda me.

« L'ho chiamata Flora. Il 17 marzo compirà tre anni. »

Tace, ma non molla la foto, anzi la studia con attenzione.

« Per un momento » dice infine, « per un momento ci ho pensato. E te l'ho anche chiesto! Che cazzo, Costanza. »

« Tu mi hai chiesto se fosse una brutta sorpresa e, be', si dà il caso che non lo sia. »

Lui mi rivolge uno sguardo che annienta.

« Marco... »

Mi rivolge un'occhiataccia. « Zitta. È meglio. »

È stravolto e io a mia volta capisco il vero significato della parola « disagio ».

« Non voglio stare zitta. Vorrei raccontarti come sono andate le cose. Vorrei parlarti di lei. »

« Non mi interessa 'come sono andate le cose' » ripete, sarcastico. « Non me ne frega proprio niente di cosa ti è passato per la testa, delle ragioni per cui mi hai tolto il diritto di poter dire la mia. »

« Ah sì? E quale sarebbe stata la tua? E, per la cronaca, tu hai cambiato numero qualche mese dopo che ci siamo conosciuti e non avevo nemmeno idea di quale fosse il tuo cognome. Per trovarti ho fatto una gran fatica e non ti permetto di buttarmi addosso colpe che non ho. »

« Colpe che non hai? » Ha quel tipo di reazione di

quando una cosa sembra talmente grottesca da farti ridere, se non fosse che al contempo fa anche infuriare. « Sei completamente fuori di testa. »

« Non ho intenzione di farmi insultare da te. »

« Bene. Allora vorresti i miei complimenti? »

Il suo sarcasmo mi ferisce. Ma forse dovrei provare a mettermi nei suoi panni. Seguo il consiglio di Antonietta che mi dice sempre di provare a capire gli altri prima di aggredirli per far valere le mie ragioni. « No. Non voglio complimenti. Capisco il tuo sconcerto, ma ho delle spiegazioni da darti. »

« Ma cosa vuoi spiegare? »

« Ascolta » dico, ignorando la sua rabbia e sforzandomi di essere sempre più mite e conciliante. « Se vuoi sono disponibile anche a farla sottoporre a un test del DNA. » Mi sembra una giusta proposta, un modo per affrontare le cose in maniera razionale, un passo alla volta.

« È identica a mia madre » dice, forse intendendo che questo gli basta?

« Vuoi vedere altre foto? » gli domando.

« Vorrei vedere lei. »

Mi sciolgo, perché la sua voce, mentre lo dice, non è più fredda. « Certo. Anche lei sarà felice e io vorrei che lo foste entrambi. »

Lui non risponde subito. Devo ammettere che non è un tipo che parla a vanvera.

« Marco, ascoltami. Vorrei raccontarti com'è andata, cosa ho pensato, perché ho fatto un errore dopo l'altro fino a oggi. Spero che un giorno potrai perdonarmi, ma se non ti spiego i miei motivi non potrai mai farlo. »

È molto difficile leggergli dentro. Tra le due sopracciglia brune gli si è formato un profondo solco di preoccupazione.

« Il perché è uno soltanto » risponde infine. « Volevi scegliere da sola. » Il suo sguardo mi sfida a contraddirlo, è evidente, cosa che non potrò fare se voglio essere onesta.

« Ero andata in ospedale per abortire. Ero già sdraiata sul lettino, pensavo di aver preso la decisione giusta, ma poi ho capito che non volevo farlo veramente. Tu puoi dirmi, in piena onestà, che se ti avessi contattato e ti avessi detto che volevo abortire non saresti stato sollevato? »

« Probabilmente lo sarei stato, sì. »

« Quindi, cosa ti avrei cercato a fare? Per dirti 'vieni in ospedale a portarmi i fiori'? O per rovesciarti addosso una secchiata di sensi di colpa? »

« Quando hai deciso di tenerla, però, dovevi dirmelo » risponde con prontezza. « È che avevi paura di cosa ti avrei risposto. E avevi ragione. » Lo ammette, alla fine: se lo avessi incluso nella scelta mi avrebbe condizionata. « Ma la cosa veramente grave è che non solo mi hai tolto la possibilità di scelta, ma anche quella di essere presente malgrado la decisione l'avessi presa tu da sola. Questo è imperdonabile. »

Poggia con garbo la foto sulla mia scrivania. È un gesto che mi fa sperare che uguale premura riserverebbe anche a Flora in carne e ossa. Io mi sento a pezzi, ma era prevedibile. I miei torti li conosco uno a uno ma non per questo posso sottrarmi alla sua voglia di puntualizzarli.

« Non ci posso credere » ripete, come tra sé e sé, scuotendo la testa. « Alla fine, mi par di capire, la pillola non l'hai presa, eh? »

« Per tua informazione, Malta era l'unico paese europeo in cui non era in commercio nel 2016. Se ti fossi degnato di controllare forse l'avresti saputo. Se mi avessi chiamata, magari, te l'avrei detto.»

«Ma uno può pensare che una ragazza apparentemente intelligente e che studia medicina non sappia evitare una gravidanza indesiderata?»

«Fattene una ragione, a qualcuno deve capitare. È la statistica, e non guarda in faccia nessuno.»

«Sai, quattro anni dopo, come dire, la mia mente aveva già archiviato quella possibilità.»

Si avvia verso la sala, dove c'è ancora il suo giubbotto lasciato sulla poltrona.

«Certo. E credevi che il mio interesse fosse di tutt'altro tipo» lo incalzo. Non mi sta bene che se ne vada così, senza un briciolo di prospettiva e di intenzioni.

«In tutta onestà, mia cara Costanza, era la cosa più ovvia che potessi aspettarmi e ammetto che l'avrei trovata decisamente preferibile.» Poi, però, si accorge di essere stato pesante e cerca di smussare i toni. «Ascolta. Adesso io mi sento un po' confuso. Mi ci devo fare sopra una bevuta. Ci devo pensare un po' per conto mio. E dopo ti richiamo.»

«Marco. Lei ha bisogno di te.» Lui, che era già di spalle, si volta.

«Forse anch'io di lei. È che ancora non lo so. E vedo solo tutte le conseguenze.»

«Quando la conoscerai, tutto ti sembrerà più semplice...» gli dico, con un impulso ottimista che lui raccoglie con un'occhiata cinica.

Okay, ho detto una stronzata. Non sarà più semplice. La sua vita da edonista senza speranza di redenzione potrebbe subire un discreto scossone, dal momento che sarà obbligato a dare spiegazioni alla sua Federica. Ma questo sarebbe successo anche se l'avessi cercato al momento di scegliere. E comunque, in fin dei conti, le discussioni che nasceranno con la sua ragazza o con chiunque altro non sono un mio problema e men che meno di Flora.

Seguono lunghi giorni che sembrano scorrere molto lentamente. Al lavoro ho un nuovo esaltante compito affidatomi da Melchiorre: valutare i femori degli scheletri della necropoli di Montorio in base a markers occupazionali. In sostanza devo studiare alcuni parametri, tipo le condizioni dell'inserzione del muscolo grande adduttore e del muscolo gastrocnemio o l'eventuale presenza di una piccola depressione sulla diafisi distale della tibia che dovrebbe indicare flessione prolungata del ginocchio. E altre caratteristiche così, di anatomia patologica macroscopica. Serve, secondo Melchiorre, a capire che tipo di popolazione abitava Montorio. Interessante, forse. Divertente? Non direi.

Presumo che Marco sia in coma etilico, se sta ancora facendo la bevuta di cui ha parlato e al termine della quale aveva detto che mi avrebbe richiamato. In ogni caso, non posso far altro che aspettarlo. Divertente? Non direi.

La domenica mattina suonano alla porta, è la madre di Fabio – tecnicamente, la nostra padrona di casa. Sorridente, mi consegna un puzzle con le regioni d'Italia dal design anni Novanta.

« L'ho trovato in cantina, era di Fabio... ho pensato che potrebbe piacere alla sua piccolina. Magari così fa anche dei giochi meno rumorosi...» conclude con una risatina indegna. È una formula apparentemente gentile, ma in realtà passivo-aggressiva, per dire che Flora fa casino.

Ringrazio, perché cos'altro posso fare? Divertente? Non direi.

32

Verona, marzo 1239

Come ogni mattina, le campane della vicina chiesa suonarono alle sei. I rintocchi entrarono nella stanza di Selvaggia e la fecero sussultare. L'impronta sul cuscino della testa di Ezzelino le rammentò che la notte prima lui aveva fatto incursione nella sua camera. Era stato niente di più del solito breve supplizio, durante il quale lei si metteva a pensare a tutt'altro. Accadeva più spesso, negli ultimi tempi, ma il suo grembo continuava a rimanere vuoto.

Selvaggia si fece tre volte il segno della croce, come era abituata a fare. Poi Hildegard entrò nella stanza e, dopo averla salutata in maniera spiccia, iniziò ad accendere il fuoco nel camino. Selvaggia si alzò e la donna, ogni giorno più rugosa, le mise sulla lunga camicia la giacca di ermellino. Era un marzo freddo, come non ne ricordava dai tempi dell'infanzia ad Hagenau, dove era stata portata quando era molto piccola perché il padre preferiva farla crescere lì, nella dimora cui anche i suoi avi Hohenstaufen erano tradizionalmente più legati. La stessa Hildegard era di Hagenau. Ma i ricordi iniziavano a dissolversi, a essere sostituiti da altri appartenenti agli anni passati in Puglia.

Andarono a messa e aspettarono pazientemente che fosse ora di mangiare, perché sapevano bene che era peccato interrompere il digiuno notturno quand'era ancora mattina presto. La colazione era un'abitudine da dissoluti. A Verona, Selvaggia aveva ripreso a mangiare con più appetito; la sua pelle chiara che prima sembrava solo rivestire le ossa adesso avvolgeva con grazia forme più morbide.

Fu dopo la sesta ora che Ezzelino ricevette la visita di Aldegar von Dannenberg, di ritorno dopo mesi di viaggi tra il Sud dell'Italia e la Germania. I due uomini rimasero a lungo da soli e, come era prevedibile, il sassone si fermò a cena. Selvaggia gli si avvicinò per chiedere che notizie portasse con sé dalla Puglia. Come stava sua sorella Biancofiore? Aveva notizie di Enrico? Erano domande insulse, eppure forse lui se le aspettava e voleva evitare di rispondere. Al suo fianco, al grande tavolo nella sala, fu fatta sedere una tal Madonna Matilde, imparentata con i Bonacolsi di Mantova. Selvaggia studiò i due e vide che non si scambiarono nemmeno una parola per tutta la cena. Al termine del banchetto, quando tutti gli ospiti avevano finito vassoi pieni di selvaggina, Ezzelino, che aveva ecceduto con il vino, iniziò a indugiare in commenti audaci e volgari nei confronti dell'ospite mantovana, che tuttavia non ne sembrava offesa. Selvaggia si ritrovò a domandarsi, nella solitudine dei propri pensieri, se avesse mai visto in vita sua un uomo più brutto.

Poco prima di andare via finalmente Aldegar le si avvicinò. Usò il tedesco e come al solito fu assai parco di parole. Biancofiore mandava a dire che mai sorella era stata più amata di lei e che la sua unica speranza era tornare a esserle vicina.

« Riesce a camminare? » domandò Selvaggia.

« Non so dirlo. Era seduta quando mi è stato concesso di vederla. »

« Cos'altro ha detto? »

« Che ha trovato conforto nelle cure della regina Isabella. Trascorre con lei molto tempo. »

Selvaggia fu felice di sapere che la sorella non soffriva la solitudine. Isabella era una creatura gentile, esente da gelosie. Selvaggia conservava un buon ricordo di quella ragazza alta e spaesata arrivata dall'Inghilterra. Avevano avuto destini assai simili: sorella di un re Enrico, anche lei, aveva lasciato la sua terra e aveva sposato nemmeno ventenne un uomo più anziano. Anche Isabella Plantageneta aveva una sorella molto amata, di cui parlava spesso. Raccontava che da bambine lei ed Eleonora si somigliavano al punto che facevano scherzi a corte, l'una spacciandosi per l'altra. Erano la dannazione delle governanti e della loro madre, che si chiamava Isabella anche lei, veniva dalla Francia e aveva vent'anni meno di Giovanni Senza Terra. « Tocca a tutte noi un marito dell'età di nostro padre » le aveva detto la regina Isabella, quando Federico aveva deciso il matrimonio con Ezzelino. « È stato il destino di mia madre, il mio, e di mia figlia se ne avrò una. » Ma alla fine, aveva concluso, non era il matrimonio a far soffrire una donna. Per quanto riguardava lei, gli unici veri dolori erano i parti e la nostalgia di sua sorella Eleonora, rimasta in Inghilterra in un covo di intrighi e rancori.

« La regina Isabella è nuovamente in stato di gravidanza. I principi imperiali sono in ottima salute » riportò inoltre Aldegar, con aria circospetta, avvicinando alle labbra una coppa di vino che si limitò a sorseggiare appena.

« Avete notizie di Enrico? »

« Non buone, Madonna. »

Selvaggia s'incupì e, mentre il suo sguardo si fissava dolorosamente sulle fiamme che ardevano al centro del camino, si accorse che Ezzelino li stava osservando.

Quel che lesse nei suoi piccoli occhi malevoli la agitò. Prese commiato dalla compagnia e si ritirò nella propria stanza, pregando di non ricevere visite durante la notte.

33

Il genetista dai begli occhi color nocciola ha inviato una mail a Melchiorre mettendomi in CC. Al telefono non si è mai più fatto sentire, alla faccia degli « a presto » detti tanto per dire: Flora ha sortito il solito effetto da urlo di Chen che terrorizza l'Occidente.

Sarà anche un pavido corteggiatore ma resta un valente genetista e, a dispetto di ogni previsione, Giorgio è riuscito a ricostruire poche brevi sequenze, inferiori a 300 paia di basi. È già da ritenersi un buon risultato, quando si parla di DNA antico, perché in un caso come questo è impossibile ottenere l'intero profilo. Troppo scarsa la quantità e poi erano presenti inibitori e DNA batterico, e lui ancora – scrive – i miracoli non sa farli. Tuttavia Giorgio ha estratto il DNA mitocondriale, che è presente in numerose copie per ogni cellula al contrario del DNA nucleare che è invece presente in una singola copia per ogni cellula, e che è quindi più facilmente reperibile in campioni altamente degradati come quelli antichi.

« Ma noi di quello mitocondriale non ce ne facciamo nulla » sbotta Melchiorre. « La nostra unica speranza era trovare DNA nucleare da comparare alla linea maschile Hohenstaufen, e il DNA mitocondriale è trasmesso invece solo dalle madri, perché lo spermatozoo non contiene mitocondri » aggiunge a beneficio di Anselmo, che è l'unico tra i presenti a non capirne di biologia. A me giunge comunque forte e chiaro che il mio lavoro di spidocchiamento della treccia è stato – prevedibilmente – inutile.

« Quindi siamo punto e a capo. Non abbiamo idea di chi fosse la madre di Selvaggia di Hohenstaufen e non è possibile sapere se avesse sorelle per parte materna. »

« Un momento » ci interrompe Miss Foley. « Se abbiamo il DNA mitocondriale possiamo comunque capire, dal tipo di aplogruppi presenti, la provenienza della linea femminile. Non è come avere il suo nome e cognome, ma a qualcosa potrebbe servire. »

Melchiorre ha un piccolo sussulto di stizza. « Con tutto il rispetto, Sarah, cosa ci aspettiamo di trovare? Avrà gli aplotipi dell'Europa centrale. Molto verosimilmente la madre di Selvaggia era una donna che gravitava nella corte di Federico II. Anselmo, cerca l'elenco delle figlie naturali dello Staufen. »

Immagino che il non poter fare da sé derivi dai suoi problemi visivi. Anselmo obbedisce e le cita a una a una.

« Eccole. Caterina, figlia di Adelaide di Urslingen. Quindi certamente Europa centrale. Poi Margherita, figlia di Richina von Beilstein Wolfsöden: Europa centrale. Costanza e Violante, figlie di Bianca Lancia. Selvaggia, madre ignota, ma da quel che risulta forse appartenente alla famiglia Lancia. »

« Ecco, al più il DNA mitocondriale ci dice qualcosa sui Lancia. Che però, correggimi se sbaglio, Anselmo, erano discendenti dei duchi di Baviera. Quindi? Europa centrale. »

« Okay, va bene, non è un'idea utile » ribatte Miss Foley, un po' risentita.

« In ogni caso, allora Selvaggia e le figlie di Bianca Lancia erano imparentate anche per parte materna » puntualizza Anselmo. « Vediamo cosa ne è stato di loro. La maggiore, Costanza di Hohenstaufen, fu imperatrice di Nicea e morì a Valencia. Violante di Hohenstaufen invece morì di parto e nessuno sa dove sia sepolta. Di nessuna delle due possiamo fare uso. Non riusciremmo mai a trovare le loro sepolture e, anche quando ci riuscissimo, che la madre di Selvaggia fosse una Lancia non è che una supposizione » dice, levando la manona dal mouse e riponendola sul ginocchio. Serpeggia un silenzioso malcontento.

Miss Foley si accosta al computer e dà un'occhiata alla pagina lasciata aperta da Anselmo.

« C'era un'altra figlia naturale di Federico. Biancofiore, figlia di Anaïs de Brienne. »

« Non potrà esserci più utile delle figlie di Bianca Lancia » mormora Anselmo.

« Non lo so, dimmi tu. Da quel che vedo, Anaïs era figlia di Maria Elvira d'Altavilla, a sua volta figlia di Tancredi d'Altavilla, fratello della madre di Federico II. Quindi Federico e Anaïs erano in realtà imparentati tra di loro, una specie di cugini. »

« Però il DNA mitocondriale non può comunque essere in comune con quello della presunta Selvaggia » obietta Melchiorre. « Semplificando: Biancofiore era per due quarti Altavilla (nonna paterna e nonna materna). Selvaggia solo per un quarto (sempre la suddetta nonna paterna). E comunque, noi abbiamo il DNA di Biancofiore? »

« No » rispondono in coro Anselmo e Miss Foley.

« Dunque? Di cosa stiamo parlando? Stiamo solo creando confusione. » A me in effetti è venuto un gran mal di testa. « Capisco che rischiamo di chiudere l'Istituto, ma con la genealogia di oltre ottocento anni fa non riusciremo a dimostrare granché » prosegue mestamente

Melchiorre. « Abbiamo bisogno di tracce concrete. L'unica strada possibile era comparare il DNA della proprietaria della treccia con quello di Enrico di Hohenstaufen. Persa questa possibilità, lo sforzo di tutti, anche se apprezzabile, non porta a nessun passo avanti. Che la treccia appartenesse a Selvaggia resta un'ipotesi suggestiva ma purtroppo, al momento, soltanto fiabesca. »

Quando Melchiorre ci congeda, Anselmo riprende le sue ricerche. Io, a fianco, penso bene di inviare il mio CV a una clinica privata di Monza.

« Guardate cos'ho trovato » dice poi Anselmo, voltando verso di noi il suo notebook.

« Non si capisce niente. È tedesco? » chiede Sarah.

« No, credo sia olandese. Aspetta che copio sul traduttore. »

> 21 Juni werd Manfred geboren, de zoon van Frederik en Bianca Lancia. Hij had haar in mei 1226 in Piëmonte ontmoet toen ze vijftien jaar was. Frederik had ook een verhouding met haar zus Selvia. Uit die laatste verhouding werd Selvaggia geboren.*

« Letteralmente: Il 21 giugno è nato Manfredi, il figlio di Federico e Bianca Lancia. L'aveva incontrata in Piemonte nel maggio del 1226 quando aveva quindici anni. Federico ha avuto una relazione anche con Selvia, sorella di Bianca. Selvaggia nacque da quell'ultima relazione. »

« Qui dice che Selvia era figlia del margravio Manfredo II Lancia e sorella di Bianca Lancia. »

* https://nl.wikipedia.org/wiki/Keizer_Frederik_II.

« Ma è il sito di Wikipedia olandese. Non so se vale come fonte » mi sento di far presente.

Anselmo si mette a digitare freneticamente « Selvia Lancia » e tutte le varie combinazioni possibili. « Non compare altrove. E qui non c'è nessuna nota bibliografica per capire da dove provenga l'informazione. »

« Ragazzi, ha ragione Melchiorre. Questo è un loop che non porta a niente. Anche sapere che Selvaggia era davvero figlia di Selvia Lancia, ammesso che sia mai esistita, cosa ci dice sulla treccia? Credete veramente che sia possibile andare a trovare un sarcofago con una donna della famiglia Lancia e comparare il DNA mitocondriale? » dico, forse con troppa risolutezza.

« Ci vuole spirito critico, Macallè, per vagliare quello che a volte si presenta inizialmente come pura intuizione e che con pazienza bisogna giustificare su base scientifica » mi risponde quindi Anselmo, con tono pedante.

Sarah sospira. « Ans, Costanza ha ragione. Ci stiamo arrovellando inutilmente. Pubblicheremo i dati su Aldegar e faremo una supposizione a partire dai dati degli isotopi e della miniatura conservata a San Zeno. Dobbiamo fermarci » dice chiudendogli il notebook con un gesto simbolico.

« Cacchio, Sarah! Non avevo salvato, vacci piano! »

È una sera fredda e limpida. Sul grande viale davanti alla nostra palazzina sfrecciano auto dirette nella zona nord e in quella sud della città, di cui questa strada è crocevia. Gli alberi del parco delle Mura sono tutti spogli, lasciando intravedere il campanile di San Zeno e una piattaforma su cui si esercitano degli skaters. Flora è già a letto, stasera è crollata presto, mentre Antonietta sta scrivendo la sua tesi di dottorato. Guardare da una finestra a volte è tutto quello che si può fare, o che è meglio fare, se l'alternativa è guardare il video del 2016 in cui Marco suona Bach a Fiumicino.

Mi aspettavo di meglio da lui: tanta fatica per scovarlo, per poi trovarmi, alla fine, ad affrontare il suo silenzio. Non sono ancora le nove, forse posso farmi sentire io.

Non voglio starti addosso. Però la tua assenza mi spaventa.

Lui visualizza e non risponde.

Mi sento abbandonata ingiustamente e senza appello, ma la sofferenza più acuta e lancinante è per il suo rifiuto nei confronti di Flora. Gli occhi mi si fanno lucidi per la rabbia, il cuore è gonfio di tristezza. Due ore dopo, quando ancora non ho ricevuto nessuna risposta, sono davanti allo specchio. « Deterge e lenisce », leggo sul mio struccante. Fosse tanto semplice.

Poco prima di spegnere la luce e di chiudere gli occhi sulla giornata, afferro il cellulare. Sto per scrivergli qualcosa di cui mi pentirei moltissimo, ma penso a Flora di là, penso al fatto che devo riuscire per una volta a fare le cose per bene.

In altri termini non a modo mio, che come la faccio la sbaglio sempre.

34

Mi sveglio quando la prima flebile luce del mattino si fa strada sotto la porta chiusa.

Ho dormito a sprazzi, come accade in quelle notti che seguono o precedono emozioni troppo forti, e il risultato è che mi sento appesantita come se avessi affrontato un turno di notte.

È un luminoso sabato mattina di febbraio. Tiepido, persino. Mi faccio un caffè con la macchinetta e lo bevo guardando la strada che, al contrario degli altri giorni, all'alba del sabato è poco infestata dai motori.

Durante le prime ore della mattina mi aggiro per casa operosamente. Gli inglesi hanno un modo di dire delizioso: *potter around*, significa trascorrere il tempo in casa facendo piccole cose utili come rassettare, pulire, e ricavarne benessere. Ma soprattutto cerco di non pensare alla mia personale lista delle priorità d'ansia.

Poi ricevo un messaggio.

LUI: Sei sveglia? Posso chiamarti?
IO: Ok

Il telefono squilla immediatamente. Appoggio la scopa alla parete. Sono sollevata che Flora e Antonietta non siano ancora emerse dalle loro stanze, perché parlare con lui mentre la casa vive di altre presenze mi disorienterebbe.

« Ciao. Scusami. Non volevo sparire. »

« Immagino che ritrovarsi dall'oggi al domani con una figlia di tre anni possa scioccare » concedo, diplomatica.

« Cazzo, sì. Senti. Io verrei oggi a Verona, se per te va bene. Penso che dobbiamo parlare e capire cosa vogliamo l'una dall'altro. »

« In che senso? Tu cosa pensi che voglia? » ribatto, e temo che il mio tono non sia stato molto cordiale.

« Non lo so. Vengo proprio per farmelo dire. »

« Non c'è bisogno che ti faccia duecento chilometri, se è per questo. »

« Vorrei anche incontrare la bambina. »

Oh. Questo però non me l'aspettavo. Intendiamoci, mi fa piacere che lui sia proattivo ma Flora non deve essere l'attrazione del giorno.

« È bello da parte tua » gli dico, sincera e conciliante. « Ma dobbiamo fare le cose per bene e con calma. Io voglio che entri nella sua vita per restare. Per essere presente concretamente. Per amarla con tutto il cuore, come un vero padre. Altrimenti preferisco che te ne resti dove sei. »

« Cosa ti fa pensare che non voglia essere presente? »

« Niente. Lo dico solo per avvertirti. »

« Non ho bisogno di avvertimenti. So da me cosa è giusto » risponde con piglio un po' altezzoso.

« E cosa è giusto? »

« Che venga oggi a parlarne con te e a stabilire cosa fare. Ci vediamo a casa tua alle dieci. »

Chiude senza salutare. Mi precipito nella stanza di Antonietta e la sveglio.

« Dai, Costinz... »

« È urgente! Tra due ore arriva Marco. »

« Marco chi? » biascica, gli occhi ancora chiusi, per poi

alzarsi di colpo, come folgorata. « Devo portare via Flora? »

« Vuole vederla. Però prima dobbiamo parlare io e lui. Secondo te è giusto farli incontrare già oggi? »

Antonietta si stropiccia gli occhi e si alza. « Dammi un momento. »

La seguo fino al bagno e le parlo da dietro la porta. « Non è che è troppo presto? »

« La cosa importante è che lui sia sicuro di voler entrare a far parte della vita di Flora. »

« Dice di sì. »

« Speriamo bene. »

Nel frattempo, anche Flora si è alzata. Con il suo Unicorn sottobraccio, si va ad accovacciare sulla poltrona di velluto marrone. Il bagliore di questo imprevisto sole di febbraio la infastidisce e mi chiede di spegnerglielo.

Chissà come te la cavi tu, Marco, con le richieste impossibili...

Una passeggiata a San Zeno mi sembra l'idea migliore. Così, prima parliamo un po' in una cornice neutra e poi, se c'è il clima giusto, posso chiedere ad Antonietta di raggiungerci con Flora.

Mi sembra il piano più saggio e quando lui citofona gli dico di aspettarmi sotto casa. Lo raggiungo con un quantitativo di palpitazioni che quando si tratta di lui è più o meno la norma.

Continuo a pensare che se Marco fosse nato in un altro contesto, anziché nell'agiata borghesia milanese con una bellissima pianista per madre e la possibilità, per esempio, di completare i suoi studi a Zurigo, avrebbe potuto essere preso per un narcotrafficante. Ha una sua eleganza, intendiamoci, ma nello sguardo ha una luce tagliente e maliziosa, un'aria un po' imprevedibile e selvaggia alla Daniel Day-Lewis nei tempi d'oro, una specie di « adesso ti frego e tu nemmeno te ne accorgi », di cui sembra essere pienamente consapevole.

« Sembra una casa infestata, te lo volevo dire già l'altra volta » osserva Marco guardando la facciata di casa mia, il color bronzo stinto scrostato in alcuni punti, le facce dei gargoyles, l'austerità dell'insieme.

« Lo so. Mia sorella si è innamorata del padrone di casa e l'ha affittata. Si fanno cose irrazionali per amore, non pensi? Comunque non lo è. Infestata, intendo. Ti va se facciamo due passi? » gli propongo, ma intanto ho già preso a camminare in direzione opposta rispetto al cancello di casa.

Lui mi affianca, io rallento appena. « Hai fatto buon viaggio? » chiedo, tanto per intavolare una conversazione, ma lui non è tipo da convenevoli e ignora il mio tentativo di buona creanza.

« La bimba? »

« È a casa con mia sorella. Ho pensato che prima dovessimo parlarci a fondo noi due. »

Lui infila le mani nelle tasche, guarda la strada e non me. « Giusto. Ci sono tante cose da affrontare. »

« Marco, io vorrei farti capire, come prima cosa, che a me sta a cuore solo che Flora ti abbia nella sua vita. Tutto il resto è secondario. »

« È secondario, ma esiste. »

« Ne hai parlato con la tua fidanzata? » oso chiedergli. Lui annuisce e a me si gela il sangue al solo pensiero di come questa ragazza debba sentirsi. Mi dispiace. Ma serve davvero a qualcosa?

« L'ha presa male? »

Lui mi guarda torvo, come se gli avessi rivolto una domanda molto, molto, molto stupida. E ha ragione, lo è.

« Senti. È una brutta domanda da fare, ma hai bisogno di soldi? » dice, cambiando discorso con aria solida, da uomo che prende in mano le redini della situazione.

« No » rispondo, piena di dignità.

« Comunque, prima o poi dovremo parlare anche di quello. »

« Ne parleremo, ok. Io invece ti chiedo come pensi di organizzare il tuo tempo. Vale più del denaro. »

Intanto ci si apre davanti la piazza di San Zeno, che si gode il sole inaspettato. Fuori dai caffè i tavolini sono pieni di gente, le canzoni di Ella e Louis risuonano da un vecchio giradischi sul marciapiede e i bambini giocano ad acchiapparella nell'ampio spiazzo sorvegliato dai leoni di marmo rosso. All'angolo c'è un bel negozio di giocattoli che attira l'attenzione di Marco.

« Posso comprarle un regalo? »

« Se ti va... »

« Cosa le piace? »

« Le macchinine » rispondo, senza esitazione. « Con una mini Cadillac modello Elvis cabrio non sbagli. »

Lui aggrotta la fronte e apre la porta del negozio. « Sicura? »

« Ti dico di sì. »

« Ma almeno rosa... »

« Se preferisci. » Incrociamo i nostri sguardi per un attimo e sono pervasa da uno strano e sconosciuto benessere che, se non ne avessi un po' timore, potrei chiamare fiducia. Fiducia che stia prendendo la cosa sul serio, fiducia che potrò contare su di lui, fiducia che forse tutto sarà più semplice di quanto credessi.

Quando esce munito di regalino, decidiamo di sederci a un tavolo per prendere qualcosa. Nel frattempo, gli ho chiesto di sua madre, che a quanto dice sembra stare un po' meglio.

« Ne approfitterò per tornare in Colombia e concludere il progetto. »

« Come, torni in Colombia? » sussulto.

« Solo per dieci giorni. L'anno scorso ho vinto un assegno di ricerca per una missione a Bogotá su architettura e innovazione sociale, ho quasi finito ma mi resta ancora qualcosa da fare lì. Partirò la prossima settimana. »

« Capisco. »

« Comunque, riguardo al tempo che passerò con lei, voglio rassicurarti. Io non intendo prendere sotto gamba questa cosa. Farò tutto quello che devo. Certo, ho molto da imparare. Ma immagino che anche a te non sia arrivata con le istruzioni per l'uso. »

« Decisamente no » rispondo con fin troppo trasporto.

« Non sarà semplice incastrare i tempi abitando in due città diverse, ma non siamo i primi. È solo questione di organizzazione. » Ha un tono molto rassicurante e coinvolto, e a me non sembra vero.

« Marco, sul serio, sono proprio contenta di sentirti così partecipe. »

« Non ho altra scelta » risponde allora lui, lasciando andare in fumo l'incanto.

Mi rabbuio. « Che vuol dire? Sì che ce l'hai. Ti ho già

detto che se non te la senti, è meglio che te ne resti dove sei.»

Lui abbandona la postura rilassata sulla sedia per avvicinarsi, poggiando i gomiti sul tavolino e guardandomi dritto negli occhi. «Ma come puoi pensare che io sappia di avere una figlia a un'ora di strada da me e me ne disinteressi lasciandola a te da ogni punto di vista?»

«Marco, io non ti conosco. Potresti essere capace di qualunque cosa, anche di abbandonarla, e io non lo so.»

«Okay. Ti accorgerai che se prendo un impegno lo porto fino in fondo. Sono mezzo ungherese, io. Impostazione sovietica» dice, per smorzare un po' la tensione. Ma io resto in silenzio, un po' scossa. La tazzina vuota con il fondo scuro di caffè giace già da un po' sul tavolino quando mi chiede: «Ho superato l'esame? Posso vederla?»

Non so con certezza se il momento è quello giusto. Non so se posso davvero fidarmi di lui. E se fosse bravo a far promesse ma pessimo a mantenerle? Tuttavia non posso fare altro che prenderlo in parola e metterlo alla prova. «D'accordo, Marco.» Ti prego, non deludermi, aggiungo solo tra i miei pensieri.

Ho mandato un messaggio ad Antonietta e nel frattempo ogni passo verso casa si fa più incerto. Passiamo di fronte al negozio per animali aperto sette giorni su sette e lì di fronte Marco mi chiede: «Cosa dobbiamo dirle?»

«La regola generale è che con i bambini bisogna essere sinceri. Dire sempre la verità, ovviamente in modo comprensibile per la loro età.»

«Cosa le hai detto tu, finora?»

« Che il suo papà non sapeva che lei ci fosse. »

« Le hai detto veramente così? »

« Sì. »

Non dice altro, forse perché le parole gli impedirebbero di sentire cosa sta provando.

Infilo la chiave nella toppa e saliamo le scale, lui dietro di me.

Apro la porta di casa.

« Siamo qui » dico.

Antonietta sta sfogliando con Flora il suo libro preferito, tutto rosa, in cui una bambina di nome Flora impara a ballare con un fenicottero. Marco è impacciato, non sa cosa fare e io sono sfiorata per un attimo dal senso di colpa per avergli inflitto una difficoltà che con il passare del tempo è aumentata di proporzioni. Flora scende dal divano e arriva correndo con Unicorn sotto il braccio. Guarda Marco con intensità, con un'occhiata delle sue, che non ci credi che a fissarti così è una bambina che non ha nemmeno tre anni. Flora è molto espressiva, sarà per via del fatto che i suoi occhi sono grandi e le sopracciglia folte e mobili.

« Ciao » azzarda lui, alzando la mano con un cenno esitante. Che sia intimidito da una mini-sé alta novantasette centimetri è quasi buffo.

Flora gli si avvicina.

« Dov'è la pizza? »

Ehm. Flora è abituata ai corrieri della pizza a domicilio. Non riceviamo tante altre visite.

« Non lo so » risponde Marco senza scomporsi. « Ma ho portato questa » e le porge il pacchetto, che Flora scarta con la furia della belva sulla preda. Ovviamente è felice.

« Come si dice, Flora? »

« Grazie grazie. »

« Prego prego » risponde quindi Marco, mentre Flora apre gli sportelli in miniatura della Cadillac.

« Vuoi vedere le altre? » gli chiede.

« Va bene. »

« Come ti chiami? »

« Marco. E tu? »

« Io Flora. »

« È un nome molto bello. »

« Era il nome di mia madre » mi intrometto. Lui si volta per un secondo a guardarmi, più per istinto che per interesse. Nel frattempo Flora lo ha preso per mano. « Vieni » gli dice.

Io mi ritrovo con gli occhi lucidi, che pizzicano per il mascara che si scioglie. La fiducia dei bambini è commovente, nel bene e nel male. Fa per portarlo nella sua stanza e io sono indecisa se seguirli o meno, ma poi penso sia più giusto dare a Marco l'opportunità di essere naturale. Con me davanti potrebbe sentirsi a disagio. Antonietta mi legge nel pensiero e annuisce.

« Hai fatto la cosa giusta » mi dice, poggiando la mano sulla mia spalla. La abbraccio d'impulso, e non so se sto scaricando tensione, paura o felicità. Forse, tutte e tre.

È rimasto tutto il giorno.

Non posso dire che ci sappia fare: non è di quei tipi che si trasformano in pagliaccio, tipo Fabio, né sa far tornare alla luce il bambino che era in sé. Mantiene un approccio da adulto, però è curioso e volenteroso. Più che altro, è Flora a travolgere lui in giochi di ogni tipo fino a quando trovano un punto di grande intesa con i Lego. Lei chiede se gli piacciono, lui risponde che ha iniziato da bambino, non ha ancora smesso di giocarci e costruisce case con i mattoncini veri. A Flora questa cosa è piaciuta molto e gli ha fatto varie domande. I mattoni pesano? Esistono mattoni rosa? Ma cosa sono i mattoni?

Come se fosse la cosa più naturale, come se lui fosse un vecchio amico di passaggio a Verona, lo abbiamo invitato a pranzo e lui ha accettato. Ho un po' d'imbarazzo perché forse non sono stata molto brava a insegnare a Flora le buone maniere a tavola e in effetti lei si esibisce nella consueta strage degli innocenti.

« La chiamiamo orchetta » gli racconto, come un'implicita e ironica ammissione di responsabilità, ma ciò che a me causa imbarazzo invece in lui suscita divertimento. È ipnotizzato da lei.

Il suo telefono di tanto in tanto squilla. Risponde, ma non precisa dov'è né con chi.

Quando si fa ora di mettere a nanna Flora per il riposino pomeridiano, lei ovviamente si oppone con ogni sua fibra. Marco però le dice che anche lui deve andare a fare un pisolino.

« E dopo torni? » gli domanda.

« Tornerò non oggi, ma prestissimo. »

« Il giorno dopo oggi? »

Lui mi rivolge uno sguardo interrogativo.

« Dimmi tu. Dipende da te » gli sussurro, con il cuore a mille, perché vorrei con tutta me stessa che tornasse. E purtroppo, riconosco con costernazione, non soltanto per Flora.

« Okay, il giorno dopo oggi. »

Antonietta si offre di metterla a letto, ma la mia subdola bambina insiste: no, mamma.

« Io vado » dice però Marco e forse ha un giusto senso del tempo. Tutto è stato perfetto, e a volte basta proprio un attimo in più per incrinare l'equilibrio assoluto delle cose. « Domani verrò nel pomeriggio. »

Io rispondo « okay ». Lui si avvicina per dare un bacio a Flora, ma lei si ritrae e lui non insiste. Io non mi sarei tirata affatto indietro, ma a me, purtroppo, non ne dà...

Il tempo è mite e incoraggiante anche la domenica.

Propongo di andare all'Arsenale, da dove c'è una bella vista sull'Adige e su Castelvecchio e un parco giochi che in genere soddisfa le esigenze di Flora. A lui sembra andar bene un po' tutto, dal momento che tra i due è *amour fou*, incrinato – assai brevemente – dalla scoperta che Flora ha un'inclinazione per il pop latino.

La luce dorata del pomeriggio si riflette sui mattoncini rossi del ponte, mentre il giardino è preso d'assalto da bambini di ogni età.

A Marco tocca l'incombenza, a me assai familiare, di spingere a oltranza l'altalena e nel frattempo mi informa di aver fatto i biglietti per Bogotá, da cui tornerà tra dodici giorni – sì, li ho contati.

« Al mio rientro ci organizzeremo per il riconoscimento. »

« Okay. Per il test... »

« Non voglio che tu le faccia nessun test. »

« Ti ringrazio » sento di dirgli. Lui non replica, come al solito fa economia di parole superflue.

« Voglio scendere » si manifesta Flora, voltandosi.

Lui fa rallentare l'altalena e io l'aiuto a scendere, ma lei si divincola per correre verso un tappetino elastico, il cui possesso ben presto si contende con un bulletto sui cinque anni che per chiudere la questione le dà una spinta. La mia caparbia bebè tuttavia non prende e porta a casa, anzi, è pronta a restituire l'offesa, ma mentre va all'arrembaggio si sbilancia, perde l'equilibrio e finisce a terra, urlando più per la rabbia che per il dolore. A Marco viene da ridere e in tutta onestà anche a me, ma ovviamente andiamo a soccorrerla. Piumino e guanti l'hanno schermata da sbucciature, lei si rifugia tra le mie braccia ma un minuto dopo è già schizzata verso il ponte tibetano del terrore, con la capacità riparatrice istantanea dei bambini piccoli. Che peccato che crescendo vada persa!

« Mi prendi in braccio? » mi chiede Flora. All'Arsenale siamo arrivati a piedi portandola sul passeggino, ma sulla via del ritorno lei non vuole salirci né tanto meno camminare.

« Madonna, Flora, mi spezzo la schiena » mi scappa di dire, sapendo che pesa sedici chili.

« Ti porto io? » chiede Marco, accostandosi al passeggino. Lei annuisce e si lascia prendere in braccio. Io resto un po' indietro, osservandoli mentre conversano di cose da bambini che non riesco ad ascoltare. Lei dapprima si mantiene più distante, poi si abbandona alla stanchezza e lo abbraccia con le sue dita a salsicciotto sporche della terra con cui ha giocato nel parco. Infine, mentre di fianco a noi l'Adige con i suoi riflessi verdi scorre placido e basso, Flora poggia dolcemente il visino nell'incavo tra il collo e la spalla di Marco.

Ci calza alla perfezione.

« Questo weekend è stato il più assurdo di tutti i giorni più assurdi di sempre » dico ad Antonietta, sedute al tavolo della cucina davanti a una tisana alla cannella. È già sera avanzata, Marco è andato via prima di cena – è maestro dell'equilibrio dei tempi, anni e anni di clandestinità sessuale gli hanno insegnato l'arte di individuare il momento perfetto per issare a bordo l'ancora.

D'altra parte Flora ha fatto fuori il cibo in sette minuti d'orologio e poco dopo è crollata senza nemmeno lavarsi i denti – Montessori, flagellami –, stanca per le troppe emozioni della giornata.

« Hai gli occhi a cuore » commenta mia sorella, con riprovazione.

« È meraviglioso con lei » rispondo, vergognandomi con effetto immediato per tanta stucchevolezza.

« Meglio *per lei* » sottolinea dunque mia sorella, soavemente spietata.

Fingo di non recepire il messaggio. Aggiungo un altro cucchiaino di miele nella mia tisana, mentre mi perdo in pensieri inappropriati che è meglio tenere per me.

35

Se c'è una cosa che, secondo Anselmo, nel settore storico e archeologico non bisogna mai perdere, è sicuramente la speranza. Quando stai per arrenderti, finisce sempre che trovi una nuova chiave di lettura.

È quanto scrive nel corpo di una mail che si è premurato di inoltrarci mettendo come oggetto:

LEGGETE SUBITO!

In un inglese abbastanza fluente, Jonas – il suo zelante amico dell'Erasmus – ci informa che ha rintracciato due *urkunden*, ossia due certificati giuridici, in un archivio notarile di Lüneburg. Si tratta dei testamenti di Johannes von Dannenberg, risalente al 1242, e della moglie Agnes, datato 1244. Sono i genitori di Aldegar.

I documenti sono scansionati, ma i caratteri gotici sono per me incomprensibili come pure, ovviamente, il germanico antico. La grafia però sembra la stessa e in effetti, ci dice Jonas, sono stati redatti dallo stesso notaio. L'amico di Anselmo ha improntato una sommaria traduzione dei documenti, da cui si ricavano degli elementi interessanti.

Nel proprio testamento, Johannes appone una sorta di clausola con cui vieta al figlio di contrarre matrimonio con chiunque appartenga alle casate ghibelline o vicine agli Hohenstaufen, *conditio sine qua non* per ereditare le sue sostanze e i suoi titoli.

Agnes von Dannenberg invece dispone così dei propri beni: dodici sestari di sale ai poveri di tre comuni rurali vicini a Lüneburg; quaranta soldi a un religioso che reciti messe in sua memoria; altri vari lasciti a dame a lei vicine, in particolare a una tale Gertrud von Andechs. Infine, una somma che Jonas giudica rilevante al Monastero di Montargis, in Francia.

Lascio aperto il computer e raggiungo la stanza di Anselmo, dove si è già fiondata anche Sarah.

Lui è lì gongolante. « Sono tasselli fon-da-men-ta-li! »

« Illuminaci » lo esorta Miss Foley, le mani sui fianchi.

« Semplice. Perché, mentre il figlio è impegnato in missioni diplomatiche per conto di Federico II ed è di stanza a Verona, Johannes von Dannenberg sente il bisogno di vietargli il matrimonio con una donna appartenente alla fazione ghibellina? Forse perché gli è giunta notizia delle intenzioni nuziali di Aldegar? »

« Ma non avrebbe mai potuto sposare Selvaggia! Era già sposata con Ezzelino. »

« Non Selvaggia. E qui, appunto, va cambiata la domanda. Non perché. Ma *chi*. E potrebbe rivelarcelo il testamento della madre, che fa una donazione al Monastero di Montargis, niente meno che in Francia. Non mancavano certamente conventi e chiese cui donare le proprie sostanze nella regione della Sassonia. Perché scegliere la Francia? Chi c'era in Francia? »

« Che tipo di convento era? » domando io, mentre gli occhi di Anselmo brillano di entusiasmo.

« Domenicano. »

« Magari Agnes si sentiva vicina a quel tipo di ordine monastico » butto lì, ma lui scuote il capo.

Miss Foley è perplessa. Io, non ne parliamo. « Ans, smettila di giocare agli indovinelli » gli dice Sarah, che sa sempre come prenderlo.

Lui allora si avvicina alla tastiera del computer e inserisce sul motore di ricerca « Monastero domenicano di Montargis ».

« Ecco qui. Il monastero è noto per aver ospitato donne di altissimo lignaggio. »

« Magari Agnes intendeva ritirarsi lì, come facevano spesso le vedove abbienti » ipotizza Sarah.

« Possibile. Certo. Anche se resta sempre in piedi il quesito perché proprio in Francia e non in Germania, in un luogo vicino casa. Ma guardate qui. Tra le nobildonne del convento figura anche Biancofiore di Hohenstaufen. » A quel punto si apre una breccia nella mia memoria. Come no, mi ricordo quando Anselmo si impelagò nella ricostruzione della genealogia matrilineare delle figlie di Federico II.

« Sentite. 'Rinunciato a tutte le grandezze e pompe del mondo, si rese monaca domenicana nel convento di Montargis in Francia. Ella sopravvisse a tutti i fratelli, essendo morta il 20 giugno del 1278; e nella sua solitudine poté meditare a lungo sopra le grandezze e le sventure della propria casata pregando perdono e pace alle anime di tanti suoi cari che la precedettero nella tomba.' »*

« Ma costui che scrive come sapeva che Biancofiore stava lì a pregare per i defunti? » chiedo, e come al solito

* *La civiltà cattolica – Anno Vigesimoquinto – Volume II della serie nona* – 1874.

i miei quesiti vengono accolti con tollerante condiscendenza.

«Non può saperlo per certo. Questa è un'edizione critica, nell'Ottocento ce n'erano a volontà di interpretazioni di questo tipo» risponde Anselmo, che nel frattempo si mette a cercare ancora, e mentre io reprimo uno sbadiglio, lui è tutto gasato per aver trovato l'epitaffio della buonanima di Biancofiore.

> Cy gift très venerable et excellente Dame Blanchefleur, qui fut fille de Frederic Empereur, laquelle pour l'amour de Dieu et de sa virginité dépita l'empire et tout le mond selement de ses amis, vint en France en cette maison en habit de beguinage jusquá la fin et trespassa le 20 de juin 1279.*

«1278 o 1279?» chiede Miss Foley.

«Be', questo non ci importa davvero. Ci importa la connessione.»

«E qual è?»

«Che la madre di Aldegar, l'anno dopo la morte del figlio, fa una cospicua donazione al monastero in cui ha preso i voti la sorella di Selvaggia.»

«Un dato in più, allora» chiosa Sarah. «Ci manca il DNA, ma abbiamo questo!»

«Qui dice ancora che sopra la tomba c'era anche un'ef-

* «Qui giace la venerabile ed eccellente dama Biancofiore, che fu figlia dell'Imperatore Federico, e che per amore di Dio e della sua verginità lasciò l'Impero e il mondo, venne in Francia in questa casa come beghina e morì il 20 giugno del 1279.» *Gallia Christiana*, 2 ed., 12, 257.

figie in cui Biancofiore teneva nella mano destra una palma e nella sinistra una tavola con quest'inscrizione: *regnum mundi et omnem ornatum saeculi contempsi*. E c'era anche un'aquila a due teste, a testimonianza della sua origine.»

«E se per tutto questo tempo avessimo pensato alla sorella sbagliata? Se la treccia non fosse di Selvaggia, bensì di Biancofiore?» dico, travolta anch'io dalle supposizioni.

«Ho pensato la stessa cosa» mi dice Anselmo, tutto serio. «Ma ho paura che non ci siano tracce di un passaggio di Biancofiore da Verona. Non si sa niente di lei. Verosimilmente è cresciuta nella corte itinerante di Federico, tra la Puglia e la Sicilia. Ma è strano che lei, una delle figlie di Federico, non sia stata usata come moneta di scambio per un'alleanza matrimoniale. Perché invece farle prendere i voti? È bizzarro. Molto bizzarro.»

«E poi perché in un monastero in Francia?» si interroga Sarah. «La Francia non faceva parte dell'Impero. Con tutto il territorio che aveva a disposizione, perché Federico ha scelto un monastero collocato in un luogo su cui non aveva autorità?»

Anselmo sembra distratto. Si rimette al computer e digita febbrilmente sulla tastiera. «C'è una possibile risposta» ci informa. «Il Monastero di Montargis è stato fondato da Amicie de Montfort, sorella di Simone de Montfort che fu marito di Eleonora d'Inghilterra, a sua volta sorella di quell'Isabella d'Inghilterra che fu moglie di Federico. Eleonora si rifugiò a Montargis quando rimase vedova, e lì morì nel 1275. Per me è tutto collegato: il legame tra Biancofiore e Montargis erano Eleonora e Isabella d'Inghilterra. Probabilmente Biancofiore viveva alla corte ai tempi in cui Isabella era regina e dev'essere stata lei, vicina ai Montfort attraverso la sorella, a indicare a Federico la possibilità di collocare lì questa figlia. Il perché, ovviamente, non si sa. »

« E se la tomba di Biancofiore fosse ancora lì in Francia? » gli domanda Miss Foley. Il suo sguardo si incrocia con quello di Ans. Sono esclusa dal loro campo visivo. I due scappano verso la stanza di Melchiorre, mentre io resto qui, imbambolata, sempre più travolta da un senso di completo straniamento. Forse, alla fin fine, non è un'esagerazione pensare che Stornoway non mi sarebbe sembrato un luogo più ostico e straniero di questo in cui mi trovo.

« Hai presente quando ti senti inequivocabilmente nel posto sbagliato? »

Antonietta si sta struccando davanti allo specchio. Io mi sono seduta sul bordo della vasca. Parliamo a voce bassa, Flora dorme già.

« Sì. Non è bello. »

« Mi impegno, specie da quando ho saputo che il capo sta diventando cieco e non può più fare certi lavori e devo farli io per lui. Ma io vorrei fare il *mio* lavoro. Mi manca. »

Mia sorella butta nel cestino il dischetto di cotone e si siede di fianco a me. Mi stringe la mano.

« Metti lo smalto nero come quando avevi quindici anni » dice, osservandomi le dita.

« Forse, nonostante abbia una figlia, non sono cresciuta molto da allora. »

« Ascolta. Io ti ammiro. Hai sempre avuto una marcia in più... È che non lo sai. »

La abbraccio forte e le mie unghie laccate di nero risaltano sulla sua pelle chiara.

« Dei dodici mesi previsti ne hai già affrontati quattro. Altri avrebbero mollato prima » mi dice.

« Lo sai che non posso mollare, finché non avrò un'alternativa reale. Non mi fa onore: non è per senso del dovere o nobiltà d'animo che resto. Questa è la verità. Oggi ho mandato il curriculum in un ospedale di Borgomanero. Nemmeno lì mi vogliono. Siamo state troppo severe con Stornoway. »

« Coraggio. Ci sono altri otto mesi per trovare la strada giusta per te. »

Nel frattempo, Marco è impegnato in un viaggio di diciotto ore (contando uno scalo di quattro a Miami) da Milano a Bogotá. Si è informato su Flora, e mi sembra attento e presente nei limiti del possibile. I suoi messaggi sono sempre abbastanza essenziali, emoticon neanche a morire. Ma considerato che le cose sono andate mille volte meglio del previsto, non mi azzardo a chiedere di più.

36

Verona, marzo 1242

Biancofiore aveva mantenuto quello stesso aspetto gracile e fanciullesco che si era fissato nella memoria di Selvaggia come un ricordo sacro e venerabile. Anche il suo viso aveva conservato le proporzioni dell'infanzia, gli occhi grandi in un volto in cui tutto il resto aveva piccole dimensioni. Era strana, pallida e bellissima.

Il calesse si era fermato davanti al palazzo di Ezzelino e Selvaggia si era precipitata nel cortile, ma si accorse presto che la sorella non era in grado di scendere da sola e per questo fu sollevata senza alcuno sforzo da Aldegar von Dannenberg.

Selvaggia non si aspettava di rivedere il cavaliere. Aveva lasciato Verona da mesi, e lei pensava che fosse rientrato stabilmente in patria poiché il padre era malato. In realtà apprendeva soltanto adesso che aveva continuato i propri viaggi diplomatici tra la Germania e la Puglia e che Federico lo aveva incaricato di guidare il corteo che avrebbe portato un'altra figlia a Verona.

Biancofiore camminò con fatica, ma da sola, fino alla stanza che le era stata destinata da Selvaggia. Le tende del baldacchino erano del colore verde preferito dalla sorella e le pareti erano intonacate e decorate con ornamenti floreali. Una bacinella piena d'acqua aromatizzata alla rosa era poggiata su uno sgabello di legno e c'era un grande tappeto che veniva dall'Oriente e copriva le assi di legno del pavimento. La torcia appesa al muro era spenta e dalla finestra protetta da un'inferriata entrava un bagliore freddo. Selvaggia aveva fatto preparare uno scranno rivestito da un morbido cuscino, perché immaginava che la sorella trascorresse molto tempo seduta, e lo aveva fatto collocare accanto al caminetto di pietra al cui interno scoppiettava un focolare ben attizzato. La stanza era piena di attenzioni e di amore.

Biancofiore ebbe parole di tiepida gratitudine e reggendosi al braccio della sorella andò a sedersi sulla sedia imbottita. Il viaggio era stato faticoso, sì. Aveva avuto freddo, sì.

Le sue mani piccole accarezzavano una pelliccia di ermellino di cui Selvaggia le aveva fatto dono. Biancofiore le chiese perdono, lei non aveva regali. Anzi, portava brutte notizie.

Isabella d'Inghilterra era morta di parto nel mese di dicembre e anche la sua bambina era morta poco dopo la nascita. A corte la sofferenza era stata molto grande e ancor più grande era stata per lei. Era stata la regina Isabella a parlare a Biancofiore del Monastero di Montargis, fondato dalla coraggiosa Amicie della famiglia dei Montfort, cui Isabella era imparentata attraverso quella sorella minore di cui parlava spesso, Eleonora. Era sempre più chiaro che Biancofiore fosse destinata alla vita monastica. Non avrebbe potuto tramandare la vita, tutti i medici che l'avevano visitata lo ritenevano impossibile. Non erano solo le gambe a essersi rotte, ma anche le ossa che consentivano il passaggio di un bambino durante il parto. Il suo corpo era diventato inabile allo scopo e nessun erede di nessuna casata poteva accettare l'estinzione del proprio nome, non v'era alternativa alla vita religiosa e il convento dei Montfort era il miglior destino possibile. Amicie si sarebbe presa cura di lei – era altresì ovvio che Federico avrebbe munito la figlia di una dote assai desiderabile, per tacere del fatto che una figlia della casa di Hohenstaufen portava grande lustro anche senza denaro. Il trasferimento era considerato ancora lontano ma la mancanza di Isabella rendeva inutile e dolorosa la sua permanenza in Puglia. Biancofiore aveva così chiesto al padre di anticipare la sua clausura e, per quanto doloroso da riconoscere, al padre non importava affatto spedire la figlia in Francia e dimenticarsene, anno prima o anno dopo. Il convento di Amicie era ancora in costruzione e la dote di Biancofiore si sarebbe rivelata utile per completarlo. Lei si sarebbe fermata a Verona, dove avrebbe atteso la notizia che la sua nuova casa era pronta ad accoglierla. Avrebbe dovuto vivere come novizia per un anno e, trascorso quel periodo, avrebbe finalmente potuto consacrarsi. Biancofiore sembrava ansiosa che tutti questi progetti si realizzassero.

« Imparerò a leggere e a scrivere e a conoscere le erbe medicamentose. Vivrò lontana da guerre e violenze. Non esiste luogo più sicuro dei conventi, il destino con me è stato molto buono. »

Selvaggia osservava la sorella. La ragazza accarezzava i propri capelli rossi radunati in una treccia molto stretta. Si ritrovò a pensare che al contrario del corpo e del viso, che erano rimasti acerbi, la voce di Biancofiore era cambiata molto. Non era la stessa che le parlava nei ricordi del passato.

Mentre studiava il viso della sorella, si domandò se fosse soltanto, e veramente, il suono a essere mutato, o anche qualcos'altro, nel modo in cui parlava con lei.

37

Anselmo ha gli occhi stralunati di chi è stato al computer ore e ore senza adempiere alle più elementari norme di sorveglianza sanitaria.

« Sto fondendo » ammette, quando gli faccio notare il reticolato rosso fuoco disegnato attorno alle pupille di entrambi gli occhi. « Ho cercato tutte le varianti possibili. Biancafiore, Biancifiore, Blanceflor, Blankeflor, Blanchefleur. All'epoca era un nome molto diffuso. Ho spulciato tutto l'Archivio di Stato, nella speranza di trovare collegamenti con Selvaggia o Ezzelino, e ho chiesto a Jonas di fare lo stesso a Lüneburg. Niente di niente. E anche sul Monastero di Montargis le notizie sono scarse e poco incoraggianti. »

Anselmo ci porge dei fogli che ha stampato. Si tratta di informazioni sulla fondazione del monastero:

> Amicie, cette pieuse dame se trouvant libre après la perte qu'elle fit du comte de Joigny, son époux, et le lieu de son oratoire où Saint Dominique avoit prechez luy appartenant, elle y assembla un nombre de demoiselles des mcllieurs maisons pour y vivre dévotement; elle donna des fonds pour leur subsistance, leur fit faire de petits logements tous séparez, qui consistoient en une petite maison très commode entre cour et janlain. Elle fit bâtir la belle église, elle fit faire un grand encloz entouré de murailles

et n'étant point encore satisfaite de ces établissements, qui étoient des espèces de chanoinesse faisant preuve de noblesse, elle voulut par la suitte les mettre dans l'Ordre de Saint Dominique.*

«In altri termini, rimasta vedova, Amicie de Montfort aveva creato una piccola comunità religiosa a statuto domenicano sulle sue terre e lì aveva fondato una chiesa. Si stava talmente bene ed erano talmente tante le richieste che dovettero fissare un numero massimo di cinquantatré religiose. E tra queste ci fu sicuramente Biancofiore: è anche riportato chiaramente dov'era collocata la sua tomba. Ed è proprio su questo punto che mi sono dannato l'anima, perché se potessimo trovare la sepoltura sarebbe un grande passo avanti per la nostra ricerca. Ci ho messo ore per scoprire cosa ne è stato del convento e ora sento il bisogno disperato di una birra.»

«Anselmo, sono le due del pomeriggio» gli faccio notare.

«Ne-ho-bisogno!» ripete allora lui, si alza dalla sua postazione e fruga nel portafogli per verificare di avere spicci sufficienti per l'oggetto del suo desiderio.

«Comunque» riprende mentre è di spalle e infila la giacca, «il convento è stato saccheggiato nel 1569 e la chiesa della Madonna dell'Annunciazione, che era quella fondata da Amicie de Montfort, bruciata. È vero che fu ricostruito, ma poi nuovamente soppresso dopo la Rivoluzione, e le terre su cui era edificato furono vendute a un borghese. Attualmente sul sito del vecchio convento sorge

* *Les constitutions primitives des Sœurs Dominicaines de Montargis* - Raymond Creytens.

la stazione ferroviaria, e con questo penso che chiudiamo definitivamente la partita. Biancofiore di Hohenstaufen, *adieu.* »

« Ma perché non vai a Montargis, a fare una ricerca lì? » gli propongo.

« Me li dai tu i soldi? » replica, stringendo gli occhi in un'espressione spazientita.

« L'Università... »

« Ma se stanno per chiuderci! »

« Altri fondi... quelli delle banche destinati alla cultura, oppure i Lions, o la Pro Loco... »

« Ci si può provare, ma non so quanto possa interessare alla comunità locale finanziare studi su un cavaliere tedesco o su una figlia di Federico II che, comunque la vogliamo vedere, non diede alcun tipo di contributo storico rilevante. »

« Ci vorrebbe un'idea per fare soldi facilmente » mormoro tra me e me.

« C'è sempre il superenalotto. Mentre tu vai a giocartelo, io sono al bar. »

La mia casella mail nel frattempo langue. Le cliniche che hanno ricevuto il mio curriculum ringraziano, ma non mi danno nessun appuntamento. Il lavoro di comparazione dei femori non è ancora finito, dal momento che a Melchiorre è venuto in mente di farmi ricercare la faccetta di Poirier – la faccetta di Poirier, buon Dio! Ho dovuto fingere di sapere cosa fosse, per scoprire solo dopo che consiste in un'alterazione della testa del femore dovuta a eccessivo utilizzo dei muscoli della coscia.

Mi manca da esaminare ancora qualche osso, e mentre

faccio una pausa navigando su internet a tempo perso mi viene in mente una possibile soluzione all'endemica carenza di fondi di questo Dipartimento, quanto meno per quel che riguarda la storia di Aldegar.

« Ans, ho avuto un'idea. »

« Sentiamo, Macallè. »

« C'è una grande quantità di appassionati a Federico II. »

« Benvenuta nel club... »

« Sono seria! Fondazioni, accademie, storici, amatori, e potrei continuare! Tu credi che in seno a questo genere di enti non si possa rintracciare qualcuno che paghi un cavolo di volo low cost fino a Parigi, l'affitto di un'auto per arrivare a Montargis, un hotel tre stelle per un paio di notti e qualche spuntino giusto per non morire di fame? Devi andarci soltanto tu. »

« Il rischio di tornare a mani vuote è alto » obietta lui, scettico ma al contempo solleticato dalla mia euforia. « Lasciamo stare » conclude, puntando nuovamente gli occhi sul suo computer, plausibilmente per scrivere un altro capitolo del suo romanzo che sarà il nuovo *Nome della rosa*.

Io rientro nella mia stanza e mi torna alla memoria quando Miss Foley e lui parlavano del fatto che Diana era bravissima a trovare fondi. Be', non avrò i suoi talenti, ma in questo posso darmi da fare anch'io. Quindi per oggi niente ricerca della faccetta di Poirier, che in tutta onestà mi annoia tanto da levarmi le forze.

Estrapolo un paio di indirizzi di associazioni e fondazioni incentrate sullo studio della vita di Federico II e invio una mail in cui illustro le finalità della nostra ricerca e l'importanza che potrebbe avere nel far luce sulla sorte di due misteriose figlie naturali dello Stupor Mundi. Solo alla fine, e con discrezione, chiedo un contributo economico per finanziare l'impresa.

In prima battuta contatto referenti italiani, ma non disdegno possibili mecenati tedeschi e francesi. I rifiuti cominciano a piovere quasi subito, uno dopo l'altro, come un'impietosa grandinata. Ma io non demordo e, scartati i piani A, procedo con i piani B e sono pronta ad arrivare alla Z.

Devo aspettare ben due giorni prima di ricevere risposta dal responsabile della Fondazione Estimatori Federiciani che mi chiede un preventivo spese. Con molto zelo cerco la combinazione di date più economica per un volo Orio al Serio-Parigi Beauvais riuscendo a portare a casa la tariffa stracciata di ottantacinque euro andata e ritorno, due notti al Residence D'Artagnan di Montargis, euro 62 a notte colazione esclusa, e il noleggio di una Ford Ka, 140. Cerco di stringere i costi all'osso pensando che per quanto riguarda i pasti Anselmo si arrangerà e in caso faremo una colletta. Il risultato è 349 euro che con somma soddisfazione arrotondo a 350.

Rispondo quindi con cordiale professionalità ed ecco qui, gli Estimatori Federiciani si dicono lieti di poterci staccare un assegno da ben cento euro. Meglio che niente, anche perché nel frattempo su consiglio di Antonietta ho girato il preventivo e la solita mail sulla riscrittura del destino della progenie femminile di Federico II alla tremenda Nicoletta, la madre di Fabio, quella fissata con i rumori e la manutenzione della casa, che scopro soltanto ora essere tesoriera di un'associazione femminile del tipo Rotary che, bontà sua, ne aggiunge 250. Certo, tutto questo non ha nulla a che vedere con la medicina né con l'anatomia patologica, ma sono davvero fiera di me!

« E quindi, Macallè, lei ha trovato i fondi per finanziare una missione di Anselmo a Montargis? Ho capito bene? » dice Melchiorre.

« Esattamente » ribatto con prontezza. « Certo, se al posto di noleggiare l'auto ci andassi in pullman, i costi si ridurrebbero... » spiego rivolgendomi ad Ans, che nel frattempo si sta rosicchiando voracemente una pellicina.

« Prof, voglio dirle che la Macallè ha fatto tutto da sola. E questo nel bene e nel male. »

Melchiorre avvolge la mia persona con uno sguardo ben nascosto dalle lenti azzurre. « Certo, capisco. Macallè, ha chiesto soldi a nome dell'Istituto che io dirigo senza consultarmi. Questo non lo apprezzo. Ma apprezzo il risultato, dunque per questa volta le perdonerò i modi poco ortodossi. »

« È stato l'entusiasmo... »

« Possiamo davvero parlare di entusiasmo? Siamo infine riusciti a trasmetterglielo? » domanda con sarcasmo il mio capo, ma non mi lascia il tempo di replicare. « Be', Anselmo, a questo punto non ti resta che andare a setacciare pergamene. »

Anselmo annuisce e, mentre usciamo dalla stanza di Melchiorre, per la prima volta mi dice: « Grazie. È ovvio che sarà del tutto inutile. Ma grazie ».

Stanotte ho sognato Marco. Era un sogno di quelli che non si possono raccontare a nessuno, nemmeno a uno di quegli psicoterapeuti – tipo Antonietta – fissati con i messaggi subliminali dell'inconscio. Anche perché a essere onesti era privo di sottotesti, anzi era molto esplicito, troppo esplicito. Mi sveglio agitata come se non esistesse un confine tra piano della fantasia e quello del ricordo, che si sono fusi in un'unica sequenza di scene che al risveglio mi lascia confusa e sconcertata.

D'altra parte, il Marco in carne e ossa è appena tornato da oltreoceano e, trascorso un giorno di decompressione e ammortizzamento del fuso, si è organizzato per venire a trovare Flora.

Quando varca la porta di casa non so chi dei due sia più in trepidazione tra me e Flora, ma lui ha occhi solo per la bambina, come del resto è giusto che sia. Le ha portato in regalo un'altra macchinina che ha comprato a Bogotá. A me, nemmeno un magnete da frigo.

Li lascio un po' per conto loro, così che si conoscano meglio. Lui e Flora giocano nella cameretta, dove ogni tanto sbircio un po' fingendo di passare lì davanti mentre sbrigo varie faccende inutili. Stavolta il mio *pottering around* è più simile allo spionaggio.

Stanno realizzando un progetto architettonico assai ambizioso con dei mattoncini Lego in realtà destinati ad assemblare gli animali della fattoria, ma presto in Flora ha la meglio la parte che si diverte a costruire torri per il solo piacere di farle crollare. Quando l'orologio segna le sette, mi faccio viva per invitarlo a cena. Lui sta per declinare, ma Flora si mette a insistere con quella sua peculiare e tormentosa petulanza che le è valso il soprannome di *hammerhead* e, dopo una cena rapida e frugale, il nuovo obiettivo di Flora è che Marco la metta a letto. Lui dice sempre di sì, temo che dovrò fargli un discorsetto carissimo alla maestra Laura: quello dei no che aiutano a crescere. Ma non è il momento, adesso hanno tanto da recuperare.

« Cosa devo fare? » domanda lui, con ansia da prestazione.

« Le dai il latte dal biberon, le canti una canzoncina e speri che crolli. »

« Oh. Okay. »

Oltre mezz'ora dopo, trascorsa in solitudine in sala sfogliando una rivista – Antonietta è al cineforum a vedere un film libanese che odorava di pacco lontano un miglio – l'eroico neopapà non è ancora emerso dalla cameretta. Gli do altro tempo, so quanto Flora sia brava a opporre resistenza al sonno incombente, ma quando vedo che ormai è trascorsa quasi un'ora apro cautamente la porta.

Marco si è addormentato accanto a Flora. Il loro respiro è pesante, devono dormire entrambi da un bel po'. Resto a guardarli con attenzione, in maniera da fissare ben bene ogni dettaglio nella mia memoria. Decido di non svegliarlo. Se dorme vuol dire che ne ha bisogno, anche perché dev'essere stordito dal jet lag.

Arretro in silenzio, accostando la porta. Non mi resta che aspettare un po', giusto il tempo di farlo ristorare. Certamente non posso struccarmi né cambiarmi – il pigiamone di pile meglio di no. Nel frattempo, il cellulare che ha lasciato in cucina si illumina per una chiamata in entrata di Federica. Subito dopo arriva un messaggio su WhatsApp: « Amore dove sei », senza punto interrogativo. Se anche ha preso male la notizia della paternità a sorpresa di Marco, mi pare che la cara Federica l'abbia ampiamente perdonato.

Mi sento come se mi fossi intrufolata a forza nella loro vita ma poi, prima di infierire su me stessa, mi dico che è stato lui a rendere vulnerabile la capsula della loro coppia. Resto seduta al tavolo della cucina a sorseggiare una tisana ancora troppo calda, mentre la luce gialla di un lampione entra dalla finestra e illumina il banco. Si fa così tardi che nel frattempo Antonietta rientra a casa.

« Come, dorme di là con Flora? »

Annuisco in risposta alla sua inutile domanda retorica.

« Ma non può, lo devi svegliare! »

« E perché? »

« Perché ci sarà qualcuno a cui deve rendere conto. Che sia una fidanzata – e lo sai bene che ce l'ha – o che sia un datore di lavoro domani mattina. Si incazzerà da morire che non lo hai svegliato, e avrebbe ragione. »

« È stordito dal fuso. »

« Non sono affari tuoi! »

« Un po' di umanità, Tony... »

« Ma che umanità... Non lo vuoi svegliare perché ti piace che dorma qui. O vai a svegliarlo tu, o faccio casino io. Tanto non c'è pericolo che si svegli Flora, a quest'ora ha il filtro talamico attivo e non si sveglia nemmeno se crolla il mondo. »

« Okay. Non credevo che ci fosse qualcosa di male. »

« Costinz, tu non lo credi mai. »

Che palle. Mi alzo e torno nella cameretta, scuoto Marco prima delicatamente, poi con più energia. Al risveglio, ha un momento di confusione che gli si legge nello sguardo: dov'è? Che giorno è? Chi è lui?

« Marco... ti sei addormentato. È quasi mezzanotte... »

« Merda » risponde, stropicciandosi gli occhi.

« Vuoi dormire qui? » gli chiedo, bisbigliando.

« Noo » risponde d'impeto, per poi scusarsi per l'eccessiva irruenza nel rifiuto. « Grazie, però devo rientrare. Domattina devo essere in un cantiere all'alba » aggiunge come a volersi giustificare, quando secondo me di mezzo c'è anche il dover rientrare a casa da Federica.

« Be', lo capisco... Anche nei confronti della tua ragazza potrebbe sembrare scorretto » dico subdolamente, mentre chiudo la porta della cameretta. Come previsto da Antonietta, Flora non si è accorta di nulla.

« Sì. Potrebbe. »

« Perdonarti è stato molto generoso da parte sua » affermo, e penso sia un fatto incontrovertibile. Non so nemmeno io dove voglio andare a parare.

« Le ho dato la mia parola che non succederà mai più e sono intenzionato a rispettarla. »

Siamo già fuori dalla stanza eppure continuiamo a bisbigliare.

« Scusami se ti ho fatto fare tardi. »

« Non importa. »

Si fa strada verso il portoncino, si rimette le scarpe e la giacca. Controlla il cellulare, digita un messaggio rapido verosimilmente in risposta a Federica.

« Grazie per la cena e per i Lego. Sempre bello passare tempo con la bimba. »

« Grazie a te » rispondo, e non vorrei essere fredda ma un po' lo sono, perché, lo ammetto, mi sento affettivamente esclusa da questo rapporto a due che sta nascendo tra lui e Flora. Intendiamoci, non può essere diversamente. Ma fa male.

« Che cane. Scusami. Bello passare del tempo con la bimba, ma anche con te. »

« Non occorre che rettifichi. Capisco. Va bene così » e poggio la mano sulla maniglia.

Lui mi guarda, io lo guardo.

« Buonanotte, rossa » mi dice, con una carezza innocente sulla spalla.

Una carezza sulla spalla, santo cielo.

38

« Perché vuoi andare in auto? »

« Perché così posso fare un tratto di viaggio in più e arrivare fino a Marsiglia » risponde Anselmo, scrivendo su un foglio bianco i costi e la durata dei viaggi Verona-Montargis, poi Montargis-Marsiglia e infine Marsiglia-Verona. È una sfacchinata micidiale, oltre al fatto che ci sono trecento euro di spese tra benzina e casello. Quindi, oltre a essere più faticoso, è anche più dispendioso.

« Ma perché Marsiglia? » chiede Miss Foley, scettica.

Anselmo si aspettava di dover rispondere a questa domanda. « Perché a Marsiglia sono conservate delle trascrizioni di stralci dei *quaterniones generales* di Federico II. Sono documenti della cancelleria sveva in cui potrei trovare qualcosa di interessante. Forse delle *litterae*, oppure delle *commissiones*. Già che vado in Francia, tanto vale provarci. Sono documenti che non si trovano online e che quindi devo visionare personalmente. »

« Pensi che possa esserci qualcosa su Selvaggia e Biancofiore? »

« O su Aldegar. Potrebbe trattarsi principalmente di documenti legati all'amministrazione del Regno di Sicilia e forse sarà un buco nell'acqua. Ma gli storici ci sono abituati: il documento che serve è sempre quello che manca. E poi » conclude con un tono a effetto, « in auto potreste venire entrambe con me... »

Miss Foley e io ci guardiamo con meraviglia. Rispondo per prima e con impeto. « Ma Ans, io non posso. Non posso lasciare Flora per tutto questo tempo, e poi diciamocelo chiaramente, non sarei di nessuna utilità. Non ne capisco niente di quaderni e lettere. »

« A me non dispiacerebbe invece » si offre Sarah, a sorpresa. « I vecchi documenti mi piacciono... E se mi dai le giuste indicazioni potremmo fare il doppio del lavoro in metà del tempo. Si può fare » conclude, acquisendo sempre maggior coraggio. « Potremmo anche prendere un appartamento su Airbnb, magari risparmiamo rispetto all'albergo e così la mia presenza non inciderebbe sul costo. » Si mette al computer e in meno di cinque minuti ha già trovato la soluzione. « Ecco qui! Ventiquattro euro a notte. »

« Sarà un tugurio » commento io.

« Ha la macchinetta del caffè e il bagno non ha la muffa. Non ci serve altro! Ans, va bene per te? » Anselmo bofonchia un suono indistinto di assenso. « Perfetto. Gli scrivo e prenoto. E stessa cosa facciamo a Marsiglia. »

Dopo un po' di ricerche, Sarah aggiunge al foglio di Anselmo: euro quarantotto pernottamento a Montargis, ventiquattro a Marsiglia. « Ti basta una notte a Marsiglia, Ans? »

« Sì. L'idea sarebbe di metterci in marcia alle cinque del mattino da Montargis. Verso le undici dovremmo essere a Marsiglia. Avendo preso appuntamento con il responsabile della biblioteca per l'esame dei carteggi, credo che entro sera potremmo farcela, a maggior ragione se siamo in due. Certo, fossimo in tre... » dice, rivolgendosi a me.

« Non farmi sentire in colpa. Non ci vengo. Comunque » aggiungo guardando la schermata sul computer di

Sarah, « non ho mai visto un luogo più sordido di questo alloggio a Marsiglia. Vi espiantano gli organi nel sonno in un posto così. »

« È solo per una notte » minimizza Miss Foley, accingendosi a prenotare.

La interrompo con un gesto della mano. « Ferma lì. Invoco un gesto di pietà agli Estimatori Federiciani, e se si rifiutano, alla peggio facciamo una colletta qui in Istituto e chiediamo di mettere mano al portafogli anche a Melchiorre: ha uno stipendio da ordinario, santa pace! »

MIA
COMPIE 3 ANNI
UNISCITI A NOI IN FONDO AL MAR!
SABATO 16 FEBBRAIO – 3 PM
C. da Morago n. 15
RSVP a mamma Jennifer

« Ma dov'è Morago? » chiede Antonietta, quando le mostro il biglietto con una coda di sirenetta e il fondale marino ricco di conchiglie e coralli color pastello.

Cerco su internet e vedo che è lontano almeno mezz'ora di auto. « Se vogliamo andare dobbiamo chiedere la macchina a Fabio. »

« Lo sai che non si tira mai indietro » risponde mia sorella, sulla difensiva quando si tratta di Fabio.

« È domani, però. »

« Ma scusa, ti avvisano il giorno prima? Che modi sono? »

« No, mi sa che l'invito giaceva nella taschina di Flora da tempo immemore e io me ne sono accorta solo oggi.» E peraltro, su indicazione della maestra Laura, che mi ha fatto notare che la tasca stava strabordando di roba. E infatti, oltre all'invito, dentro ci ho trovato due ciucci che ritenevo smarriti, una macchinina, un involucro fucsia di assorbente – ma quando l'ha preso? – una molletta per bucato e una molletta per capelli. «Vogliamo andare?»

«Mah, sì. Non è che abbiamo programmi migliori. Scrivi alla mamma Jennifer, almeno cambiamo aria.»

Ma mentre prendo il cellulare per scrivere alla mamma di Mia penso a Marco. Ci siamo sentiti solo per informazioni basic su Flora. Non gli ho più chiesto di sua madre e non ci siamo dati un nuovo appuntamento per incontrarci, così gli mando un messaggio esplorativo per capire i suoi programmi per il weekend. Lui richiama poco dopo. Sì, aveva pensato di venire a trovare Flora nel fine settimana, anche perché ci sono varie cose di cui vorrebbe parlarmi. Non mi è chiara la ragione e per di più, sin dai tempi della scuola, se qualcuno mi dice che deve parlarmi mi scatena l'ansia.

«Vuoi anticiparmi qualcosa?»

«Be', sì... Puoi immaginarlo. Il riconoscimento e poi l'affidamento.»

Entro subito in agitazione. «In che senso affidamento, Marco?» gli chiedo, e sono abbastanza dura.

«Ehi, tranquilla!»

«Flora resta affidata a me» metto in chiaro.

«Certamente. Certamente» ripete lui. «Bisogna solo regolare quando la vedrò io. È meglio così, non pensi?»

«Sì, scusami. Non volevo essere antipatica.»

«Più che altro, non c'è motivo di aver paura di me.»

«Scusami» dico ancora, con sincerità.

« Ascolta. Domani sono libero e in realtà anche domenica. Potrei prendere un albergo. »

« Oh, bello. Come vuoi. Forse ti sentiresti più a tuo agio. »

« Sì, è meglio. »

« Verrai da solo? » azzardo.

« Sì. »

« Alla tua ragazza sta bene? » chiedo e sono stanca di sentirmi indiscreta. Questa persona rivestirà un ruolo nella vita di Flora, è giusto che me ne interessi. Devo essere sicura che abbia accettato pienamente le cose e che non incarni la matrigna cattiva, quando passeranno del tempo insieme.

« Federica è via questo weekend. Lei fa la fotografa, non so se te l'ho mai detto. »

« No. Non so niente di lei. Forse ti sembra giusto così, però per me è importante sapere che lei sia ben disposta verso Flora. »

« Lo è, non preoccuparti. Okay, senti, arrivo domani nel primo pomeriggio. »

« Okay. »

« Allora ciao. »

« Ciao. »

E chiudiamo, con me in preda a un lieve stato d'ansia totalmente irrazionale. Poi arriva Flora con Unicorn e abbracciarla mi restituisce già un po' di calma e fiducia.

Andrà tutto bene.

39

Il seggiolino che in genere montiamo sull'auto di Fabio è pronto a passare sul sedile posteriore di quella di Marco. Flora canta tutto il tempo, stonando e storpiando le parole, mentre alla mia destra scorre il tappeto di vigne e di verde delle valli dell'Est veronese. Siamo all'ennesima, letale ripetizione a squarciagola di « l'elefante con le ghette se le leva se le leva e se le metteeeeee », ma la situazione è per me così nuova e strana – un uomo alla guida, la condivisione del carico, l'apparenza di un nucleo – che sono vittima di uno stato di stordimento e rinvio il proposito di insegnare a Flora la nobile arte del silenzio.

Marco ha accolto con il solito buon carattere l'idea di partecipare alla festa. Oggi mi sembra abbastanza aperto anche con me. Mi chiede come va il mio lavoro e gli racconto sinteticamente dell'attuale progetto di provare a individuare una connessione tra Aldegar e le figlie di Federico II. Gli racconto anche della missione in Francia e che i miei colleghi partiranno martedì, ma io resterò a Verona.

« Per Flora? » chiede.

« Anche. In realtà, lo capisci anche tu che non è il mio lavoro. Loro sono storici e analizzare documenti antichi è la loro passione. Io spero ancora di poter trovare un altro lavoro prima di novembre, quando scadrà il mio assegno. »

« Certo. Capisco. Però, se tu volessi andare in Francia

per qualunque motivo, io e tua sorella potremmo aiutarti con Flora. Io e questa madamigella andiamo abbastanza d'accordo, no?» dice sorridendo alla bimba dallo specchietto retrovisore. La mia piccola gatta morta risponde con altrettanto slancio e mandando baci con la mano. Sono senza parole.

«Ti ringrazio. Non lo davo per scontato.»

Lui imbocca una salita molto ripida e scala la marcia. «Credo che d'ora in avanti dovremo aiutarci.»

«È bello da parte tua.»

«Flora fa parte della mia vita, ormai. E vorrei che conoscesse i miei genitori... e Federica, ovviamente.»

Federica. Questo fantasma che aleggia tra di noi. «Se ti dicessi che anch'io vorrei conoscerla suonerei molto ipocrita e stucchevole, vero?»

«Federica sa di non poterti rimproverare niente. Tu non sapevi di lei. La colpa è solo mia e me ne sono assunto la responsabilità. È come se fossi cresciuto tutto di un colpo dopo un castigo di quelli esemplari.»

«Flora non è un castigo» rispondo d'impulso, senza pensare alla bebè che dal sedile di dietro conferma: «Non sono un castigo!»

Marco mi fulmina con lo sguardo.

«Non sa nemmeno cos'è, un castigo» mi difendo, ma mi vorrei sotterrare.

«Io non ho mai detto che lei lo è. Ma capisci che mi ha scombussolato la vita e mi ha costretto a rivalutare tante cose che ho fatto togliendomi la voglia di rifarle in futuro.»

Ecco. Non tutti i mali vengono per nuocere: Federica si è garantita la monogamia a vita, e poiché ottenerla da un soggetto del genere era pressoché impossibile ha di che essermi grata.

« Considerato che fino a non più tardi di un mese fa eri pronto a fare *cose* con me in casa vostra direi che il castigo, o comunque tu lo voglia chiamare, te lo meritavi tutto » commento con aria da educanda. Lui, con pazienza, fa finta di non aver sentito.

« Ma, tornando al nostro discorso... » riprende quindi, ma si interrompe quando arriva l'acuto di Flora: « Quattro stelline sull'onda del mareeeeeee! »

« Scusa, dicevi? » chiedo.

« Dicevo che nei giorni della tua assenza, io posso aiutare un po' tua sorella, se può tornare utile... Certo, non posso trasferirmi qui quattro giorni, perché devo seguire un cantiere. »

« Ne parlo con Tony e ci rifletto, grazie per il pensiero. »

Nel frattempo siamo arrivati in quella che risulta essere, secondo il navigatore, la casa di Mia e la conferma è data dai numerosi palloncini legati al cancello.

Il luogo è incantevole: un antico fienile trasformato in dimora di lusso con vista libera sulle colline. Il clima è perfetto, la temperatura si avvicina ai venti gradi, e origliando il chiacchiericcio degli altri genitori – sembrano conoscersi un po' tutti tra di loro – la costante sembra essere la constatazione che « è il febbraio più caldo della storia di Verona... ha ragione Greta Thunberg a lanciare l'allarme... ma intanto ci si gode questo tepore ».

Mamma Jennifer, età massima ventidue anni, moglie di non so bene quale giocatore dell'Hellas o del Chievo – solo da poco ho capito che sono due squadre diverse e che a confonderle, qui a Verona, ci si gioca la vita – ha fatto le cose in grande: nella sala con i muri in sasso beige a vista e un camino in pietra di dimensioni da vecchia casa padronale, ha imbandito una tavola sontuosa con alzatine ricolme di cupcakes impeccabili, un tagliere con un vaso di Nutella da un chilo e un paniere pieno di pane fresco e grissini, tartine e canapè di ogni genere.

« Sono tutte così le festine di compleanno? No, perché non mi sembra poi così male. Certo, forse i genitori sono un po' monotematici, ma a parte questo... » dice Marco.

No. Non sono tutte così. Generalmente, le feste sono organizzate in parchi giochi gonfiabili e sulla tovaglia di plastica trovi una ciotola di patatine, una di pop-corn e, in caso di lusso estremo, qualche Tuc. Che era quanto contavo di fare anch'io tra un mese per il compleanno di Flora. Questo è anche il motivo per cui lo avevo avvisato che queste festine non sono proprio il massimo del divertimento.

La mamma Jennifer ha assoldato anche un mago prestigiatore e una truccatrice che trasforma il viso dei bimbi in qualunque creatura. La richiesta di Flora è stata unicorno e quindi adesso circola per la festa con un improbabile corno dorato sulla fronte, una specie di ombretto azzurro – è ovvio che gli unicorni hanno le palpebre color pastello – e glitter a pacchi che si incolla a qualunque cosa con cui lei entri in contatto.

« È la prima volta che incontriamo il papà di Flora » mi dice, con una curiosità infida camuffata da voglia di conversare, la tremenda mamma riccia e secca che usualmente schiva il mio saluto senza nemmeno troppa dissimulazione. La stessa il cui figlio è stato addentato da Flora.

« Be', sì » dico, indirizzando uno sguardo orgoglioso a Marco che nel frattempo spilucca un'altra patatina a qualche metro di distanza da noi. « Lui lavora a Milano ed è spesso all'estero. »

« Interessante! Che lavoro fa? »

« Architetto. »

« Oh! Incredibile, davvero! Anche mio marito fa l'architetto. Di cosa si occupa il tuo? »

Non è che lo sappia proprio bene. Non ne abbiamo parlato molto. « Di cantieri? » rispondo, e mi tradisco con un'incertezza nella voce che la fa apparire come una domanda.

La mamma riccia e secca ride falsamente. « Buona questa! Aspetta, però, presentiamo i nostri mariti, almeno scambieranno due chiacchiere anziché stare al telefonino. » E in effetti Marco sta scambiando messaggi (con Federica, c'è da scommettere) prima di essere avvicinato da noi e faccio appena in tempo a dire a questa tipa per amore di verità che Marco e io non siamo sposati, ahimè – ma questo gemito lo tengo per me.

Sulla strada del ritorno Flora si addormenta e in auto regna il silenzio.

« Mi ero abituato alla colonna sonora » commenta Marco.

« In verità aveva ancora delle hits da sfoderare, tipo 'Bolli bolli pentolino'. »

« Sarà per la prossima volta. »

« Già. »

« Flora... è... hai capito. »

« In realtà no. »

« Non so dirlo. Mi vengono in mente tante cose, ma se le dicessi mi sentirei un coglione. »

« Tutti i genitori si rincoglioniscono un po', è normale. »

« Adesso li capisco » dice, frenando in prossimità di un semaforo rosso. Si volta verso di me e anch'io lo stavo guardando, senza pensare a una cosa in particolare ma a tante in generale, nessuna delle quali minimamente appropriata. « Tu stai con qualcuno? » mi chiede a bruciapelo. È la prima volta che mostra un minimo interesse.

« No » rispondo io con prontezza.

« Dopo Flora... »

« Il nulla » lo interrompo io.

« È per la bimba? »

« Non aiuta. » E ometto i particolari.

« Ma proprio il nulla? »

Lo guardo torva. « Ci penso due volte prima di far entrare qualcuno nelle nostre vite. E a loro volta gli uomini ci pensano due volte prima di volerci entrare. E questo è quanto. »

« Che pavidi, gli uomini. »

« Puoi dirlo forte » mi lascio scappare.

« Sei stata brava. A fare tutto da sola, intendo. Veramente. » Il suo sguardo è di quelli che sarebbe meglio non rivolgere ad altre, se si è intenzionati a essere fedeli alla propria fidanzata. Forse, però, sono io ad attribuire significati ambigui. La forza dell'ormone.

Ma l'indomani pomeriggio, dopo un'altra giornata di giochi e passeggiate, quando è pronto a ripartire per Milano con il suo borsone e ha già salutato Flora che è rimasta a giocare di là con Antonietta, quello sguardo si ripete sul ciglio della porta e mi confonde ancora di più. Mi metto in guardia da sola, non ho bisogno di Antonietta. Lo capisco da me che qui qualcuno si farà molto male e quel qualcuno sono io.

« Grazie per tutto il tempo che hai passato qui. »

« Non mi devi ringraziare. »

« Buon rientro a casa. »

« Buonanotte, rossa. »

Nessun contatto fisico tra noi, eppure quando la porta si chiude a me resta una strana agitazione che non è più novità, non è più confusione, non è più gioia.

« Io me la sentirei » dice mia sorella, quando le parlo della Francia e del fatto che Marco si è offerto di aiutarci.

« Dici davvero? Occuparti praticamente da sola di Flora per quattro giorni? Anzi, quasi cinque. »

« Ragiona. Si tratta solo di accompagnarla all'asilo la mattina; poi alle quattro la porterei un po' in pasticceria, un po' giochiamo, un po' Peppa Pig, poi la lavo, poi cena e buonanotte. Non c'è neanche bisogno di lui, in realtà. »

« Okay, ma dal momento che si è offerto... »

« Mi metterebbe soggezione. »

« Lui? Ma se è imbranato da morire e non fa che dire sì a tutto! »

« Hai capito cosa voglio dire. E comunque, più ci penso, più ti dico che devi andarci anche tu in Francia. »

« Ma è inutile, dai... Sono un medico, non un'archeologa. »

« Penso che tu debba staccare un po'. E poi non sono che un paio di giorni. Poco importa che tu non sia un'archeologa: prima o poi ricomincerai a fare il lavoro che ti piace ma finché sei qui, a far questo, va' incontro a quello che capita. »

« Non ho mai lasciato Flora. Nemmeno per ventiquattro ore. »

« Appunto! »

« Ma non sento il bisogno di andare in vacanza... da lei! »

«Non vederla così. È solo un modo per fare una cosa tutta per te.»

«Se volessi davvero fare una cosa tutta per me, prenderei il primo volo per Londra.»

«Avresti tutto spesato?»

«No.»

«Avresti i soldi per farlo?»

«No.»

«Allora di cosa stiamo parlando?»

Il risultato della solita conversazione serale con mia sorella al tavolo della cucina davanti a una tisana speziata è che l'indomani comunico a Sarah e Ans che *forse* sono disponibile a partire con loro. Del resto, sul minivan c'è posto e i due appartamenti prenotati a Montargis e a Marsiglia hanno il divano da usare oltre al letto. Era già previsto che lì dormisse Anselmo, io dormirò con Sarah nel letto alla francese.

«Lo sapevo che non ci avresti mollati. Sarà *absolutely lovely*!»

E mi sorprende pensare che forse, in fondo, Sarah ha ragione.

40

Verona, agosto 1243

I lavori di costruzione del piccolo convento di Montargis non erano ancora compiuti e Biancofiore rimaneva a Verona, nel palazzo di Ezzelino, finché non le fosse giunta la notizia di potersi mettere in viaggio per la Francia.

Selvaggia godeva della compagnia della sorella, anche se ammetteva con se stessa che, entrata in età adulta, la bambina furba e allegra che era un tempo era molto cambiata. Faceva parte della vita, si diceva, assistere pian piano alla perdita dei propri affetti. L'anno prima, Aldegar von Dannenberg le aveva portato la notizia della morte del suo amatissimo Enrico. Alcuni avevano sparso la voce che si fosse suicidato, ma Aldegar era stato piuttosto sicuro nell'affermare che erano bugie messe in giro dai nemici, perché in realtà Enrico era stato portato alla morte dalla sua malattia. Un uomo che era stato re era morto da miserabile, devastato dalla lebbra, in completa solitudine. Il pensiero non lasciava in pace Selvaggia, che faceva dire messe in suo nome un giorno sì e uno no e ricordava il fratello in tutte le sue preghiere.

Selvaggia si accorse abbastanza presto che sua sorella teneva per sé gran parte dei propri pensieri, ma che l'espressione più dura del suo sguardo si addolciva subito quando – che fosse a messa, o a cena – faceva la sua apparizione, in tutta la propria vistosa altezza, il cavaliere von Dannenberg. Tuttavia, lui sembrava a malapena notarla. Era rientrato da poco da Anagni, dove qualche tempo prima era stato nominato pontefice Innocenzo IV, cui Aldegar aveva trasmesso le felicitazioni da parte della casa di Brunswick-Lüneburg. Era quindi diretto in Germania, dove avrebbe incontrato i propri famigliari e consegnato a Ottone una lettera del papa. Si sarebbe trattenuto a Verona, ma pur in quel tempo breve raccolse gli spasimi di Biancofiore, che era ben a conoscenza del proprio destino ma non per questo poteva impedire al proprio cuore di palpitare. Selvaggia osservava la sorella con apprensione; dal canto suo, Hildegard le diceva che quanto prima Biancofiore sarebbe stata chiusa in un convento da cui non sarebbe uscita viva. Era già promessa a Cristo e, fatto non meno importante, Federico aveva elargito una discreta somma ad Amicie de Montfort. Le trattative erano concluse ed era escluso che i giuramenti potessero venire infranti dagli occhi dolci di una ragazzina. C'era solo da pregare che il monastero fosse presto in piedi e che la faccenda si chiudesse lì. Più per la ragazzina, in verità, perché per il cavaliere sembrava del tutto invisibile. Ezzelino aveva raccontato a Selvaggia che von Dannenberg non avrebbe ancora continuato a lungo la propria attività diplomatica in Italia e che era destinato a sposare una giovane nobildonna germanica, per ritirarsi a fare il signore del feudo e godersi i frutti di anni di viaggi su e giù per l'impero. A Selvaggia quella precisazione apparve superflua: il marito non le parlava mai dei matrimoni degli altri – in verità non le parlava mai di niente. Forse aveva notato qualche conversazione tra loro che aveva fatto nascere il sospetto di un'intesa inappropriata? Arguì, dalle parole del marito, che ormai da anni i rapporti tra i Brunswick-Lüneburg e Federico erano sanati, non vi era più conflitto tra i massimi esponenti del guelfismo da un lato e l'imperatore di parte ghibellina dall'altro. Le ideologie andavano perdendo la loro solidità a favore di benefici concreti che Ottone si era visti riconoscere. A tutti, alla fine, interessava la pace. A tutti meno che al nuovo papa, pareva di capire, che sembrava inizialmente bendisposto ma che stava temporeggiando ad annullare la scomunica che affliggeva Federico da molti anni.

In ogni caso, quale che fosse la finalità del marito, Selvaggia fece sua la notizia e pensò bene di confidarla alla sorella.

« Anche se io avevo sempre pensato che alla fine il cavaliere von Dannenberg avrebbe sposato una nobildonna veronese... » aggiunse, con aria leggera, lasciando cadere la frase nel vuoto.

« Non avrebbe potuto nemmeno se avesse voluto » rispose Biancofiore, lo sguardo chino su un telo che stava ricamando.

« Che vuoi dire? »

« Che il padre vincola i beni in eredità. Se il cavaliere von Dannenberg sposerà una donna di parte ghibellina perderà il titolo e i possedimenti. »

Selvaggia sgranò gli occhi. « Tu come sai una cosa del genere? »

Biancofiore continuò operosamente a ricamare. « La so. »

« Da quando hai segreti con tua sorella? » la interrogò Selvaggia, buia in volto.

« Questi non sono segreti, sono cose che hanno poca importanza » rispose l'altra. Nell'arte del conflitto verbale Biancofiore usciva sempre vincitrice.

« Sorella, ci sono cose che io non so? »

Finalmente la futura novizia alzò lo sguardo. I suoi magnifici capelli come un manto di seta si spostarono con lei. Tagliarli sarebbe stata una mortificazione della vanità, questo era vero per sua sorella più che per qualunque altra ragazza.

« Non so di cosa parli » rispose, risoluta. Le solite campane della chiesa di Sant'Anastasia invasero la quiete della stanza. « È la nona. Dobbiamo andare a pregare » le disse, porgendole la mano affinché Selvaggia la aiutasse ad alzarsi.

« Posso chiederti di ricordarti di Enrico, nelle tue preghiere? »

« Prego sempre per tutti i membri della mia casa e per il nostro diletto padre. »

« Grazie. »

« Prego anche che tu abbia un bambino. »

Selvaggia incrociò lo sguardo della sorella, pensando che c'erano cose che anche lei aveva tenute segrete.

41

La sera prima della partenza per la Francia – che avverrà in serata, in modo da viaggiare la notte dandoci il cambio alla guida – mi regalo il piacere di un bagno nella vasca con Flora. Lei resta tranquilla, estasiata dalle bolle del bagnoschiuma e da quelle di sapone che faccio con uno di quei tubetti dozzinali pieni di robaccia chimica, ma che piacciono tanto ai bambini.

« Siamo due sirene? »

« Sì, Florabella. Ascolta, piccolina... Mamma mancherà per un po' e tu resterai con zia Tony. »

« E papà Marco? »

È così che lo chiama Flora. Non ci siamo mai seduti a tavolino a spiegarle che lo è e a specificare le ragioni per cui fino a questo momento era assente. Secondo Tony con i bambini « *less is more* ». Lui è entrato nella nostra vita a piccoli passi, ogni tanto abbiamo infilato nelle frasi la parola « papà » e poi l'intuito e la naturale propensione alla semplicità tipica dei bambini hanno fatto il resto.

« Certo. Verrà a trovarti anche lui. Ti piace? »

Lei annuisce. Un parere più accurato è aspettarsi troppo da una quasi treenne. « Quando torni? »

« Prestissimo. E con un regalo. »

« La schiuma se n'è andata » si lagna Flora.

« Aggiungiamo il bagnoschiuma » propongo, versandone un altro po' – e se le verrà una dermatite irritativa, Montessori, flagellami.

È già buio e le strade sono ingorgate dalla gente che rientra a casa dal lavoro. Ho messo nel trolley un paio di cambi ma soltanto quando abbiamo già imboccato la A4 mi rendo conto di aver dimenticato le pantofole. È Miss Foley a guidare fino a Novara, poi toccherà a me fino al traforo del Monte Bianco, superato il quale sarà compito di Ans.

Per fortuna, l'appartamento a Montargis è disponibile già alle nove del mattino, quando arriviamo a destinazione dopo quasi dieci ore di auto, sfatti e disperati, con la patina di unto sul naso, l'alitosi e un sonno invincibile. Mai più, lo posso giurare.

« Si dorme un paio d'ore, non di più » annuncia Ans, prima di lasciarsi cadere sul divano *come corpo morto cade*. A me e a Sarah non resta che fare lo stesso.

La biblioteca di Montargis è una struttura moderna e dalla geometria irregolare, del genere che va molto ormai nelle città nordiche, con ampie vetrate per lasciar entrare più luce possibile. Ans aveva già preso contatti con Mademoiselle Stéphanie, una bibliotecaria che si è subito proclamata entusiasta della nostra ricerca e ha stilato un elenco di testi da consultare.

Le ore trascorrono al computer, cercando varie parole chiave (stabilite da Ans) nell'*Inventaire sommaire des archives de la Ville de Montargis*. Ovviamente si tratta di trascrizioni in francese arcaico di cui capiamo il concetto per sommi capi e, sarà perché mi sento ancora ko dopo il viaggio, nel primo pomeriggio ho la testa che mi fonde tra *église paroissiale, mariages, sépultures* eccetera eccetera.

« Che vuol dire, secondo voi, '*ce mémoire fournit quelques renseignements sur les anciens propriétaires du fief de Pipaut*'? »

« Macallè, non ti incuneare in queste cose. »

« Ma se non so nemmeno che vuol dire? »

« Cerca le parole chiave che ti ho assegnato. E se non capisci usa il traduttore online. »

« Ans, lo sto facendo. Sto cercando '*Dominicaines*' e '*Dominicains*'. È che a volte in continuità trovo altre informazioni che non capisco. Questa però può essere interessante: *le 3 novembre, on décide de vendre les livres d'église et autres objets provenant du couvent des Dominicains.* »

« Okay. A naso, possiamo dire che qualcuno di non meglio precisato ha deciso di vendere i libri e altri oggetti provenienti dal convento, che come sappiamo è stato chiuso definitivamente nel 1790. »

« Vale la pena capire che oggetti e a chi, secondo te? » domando ad Ans, con sincero interesse.

« Be', perché no? Bisogna cercare nell'archivio notarile, vado a chiedere a Stéphanie. »

Ans torna poco dopo con l'informazione che l'archivio pertiene all'intero Dipartimento di Loiret. Stéphanie gli ha fornito le credenziali per accedere al catalogo online e adesso a noi il piacere di controllare i documenti a uno a uno. Arrivati all'ora di chiusura, non abbiamo ancora trovato niente e abbiamo tutti gli occhi stralunati. Se non altro, da Verona mi giunge notizia che Flora è tranquilla e sta bene, e questo mi è di sollievo, dato che, Biancofiore a parte, è il mio chiodo fisso. Ceniamo in un ristorante di quelli che sulle guide segnalano con $$$, dall'atmosfera vintage e ricercata che poi in realtà è molto contemporanea, situato in rue de Dévidet. Ci diciamo che siamo sfiniti e che, pazienza, ci finanzieremo la cena di tasca nostra, ma ce la meritiamo tutta.

«Madame Catherine de Bouclioron. Ecco. Lei ha acquistato i beni del convento» dico, saltando quasi sulla sedia. «Trovata!»

«È esaltante, vero?» chiede Ans, con fare sornione.

«Cosa?»

«Cercare e trovare.»

«Be', guarda che mica succede solo agli archeologi. Anche in medicina è così.»

«Chissà perché, però, questa luce negli occhi non te l'ho mai vista in Istituto.»

«Perché Melchiorre mi fa cercare la faccetta di Poirier» dico. E subito dopo scoppio a ridere, presa da quello che a Messina chiamiamo «*ritticchio*», un'euforia *nonsense* e implacabile che si manifesta con ridarella e che mi frutta l'occhiataccia di un utente della biblioteca. E mentre io ho il ritticchio, Miss Foley ha scoperto che Madame de Bouclioron era una ricchissima vedova collezionista di cimeli religiosi antichi. Dopo la sua morte, gli eredi hanno trasformato la sua casa in un museo, proprio qui a Montargis.

«Orari d'apertura: 9.30-12.00 e 15.30-17.30.»

Ans guarda il suo Swatch anni Novanta. Giusto il tempo di salutare Stéphanie e ringraziarla per la gentilezza e ci carichiamo di corsa sul suo minivan, che parte sgommando in direzione Maison-Musée de Bouclioron.

La casa museo è composta da più piani, con un pavimento in legno scricchiolante, tante teche che racchiudono rosari e libri di preghiere di ogni formato e di ogni epoca. Alle pareti, ritratti di foggia ottocentesca su una boiserie in noce sovrastata da carta da parati a sfondo color crema e ghirlande rosse e dorate. Questo pomeriggio siamo gli unici visitatori oltre a una coppia di anziane signore dall'accento portoghese.

Ai cimeli provenienti dal convento di Montargis è dedicata un'intera stanza, adornata da un caminetto di marmo e da uno scrittoio. Nel convento si era obbligate alla stretta clausura, ma le suore avevano a disposizione una vasta biblioteca finanziata dagli averi delle famiglie delle suore stesse. In una teca è conservato uno dei codici appartenuti alla biblioteca del monastero, il *De immortalitate animae* di sant'Agostino. Le didascalie spiegano che gli altri libri acquistati da Madame Catherine alla fine del Settecento sono tuttavia stati ceduti a musei e biblioteche in varie città della Francia.

Nella stanza sono conservati inoltre vari oggetti liturgici, un reliquiario (vuoto), una croce in argento dorato, una base a tre piedi di un candelabro di bronzo. Su un supporto in legno una didascalia richiama alla mia memoria che il monastero è stato saccheggiato e che molti beni sono quindi andati perduti. Alla luce di ciò, queste poche reliquie assumono ulteriore valore. Un manichino senza volto indossa un abito monastico autentico del tardo Duecento, uno dei punti forti della stanza, e alle pareti sono appese raffigurazioni di suore domenicane, con la tunica chiara, il velo e le mani giunte in preghiera. Nella didascalia è spiegato che l'incorporazione definitiva del monastero nell'Ordine Domenicano avvenne solo nel

1257. Mi viene in mente – e lo sussurro all'orecchio di Ans – che, nel documento che abbiamo trovato online, Biancofiore di Hohenstaufen risultò in effetti essere entrata nel convento in abito da beghina.

« Che differenza c'è tra suora e beghina? » gli chiedo quindi.

« Le beghine furono un movimento di donne molto religiose che praticavano vita monastica in piccole comunità ma senza pronunciare i voti di obbedienza e castità. Erano delle mistiche un po' ibride, diciamo, e infatti furono sospettate di eresia. » Ah. Io ero convinta che beghina fosse una specie di novizia, un passaggio subito antecedente alla consacrazione definitiva.

« Quindi Biancofiore cosa era? Una suora o una beghina? »

Anselmo respira pesantemente. « Non è facile dirlo. Però abbiamo qualche elemento. Nell'epitaffio c'era scritto, se non ricordo male, 'per amore di Dio e della sua verginità'. Quindi non doveva essere una vedova e deve aver fatto voto di castità. Magari entrò come beghina perché la comunità fu riconosciuta monastero solo nel 1257, come dice qui » e mi indica la didascalia. « In ogni caso non lo sapremo mai. Il che è un gran peccato perché recentemente il movimento delle *mulieres religiosae* è stato oggetto di interesse. Conosci Hadewijch di Anversa? »

« Oddio, Ans... »

« *O amore, fossi amore per amare con amore il tuo amore. O amore, per amor di amore fa' ch'io possa conoscere l'amore amando*. Un discreto scioglilingua, eh? »

« Ma che è? »

« Una poesia di Hadewijch, appunto. Una beghina

fiamminga del Duecento, per non andare troppo lontano.»

«Ma che c'entra con Biancofiore?» gli domando, confusa.

«Niente. Mi è solo venuto in mente pensando alle beghine. Bello, no? Te la consiglio, Hadewijch di Anversa.»

«Scusate. Guardate questo» ci interrompe Miss Foley, indicandoci un piccolo scrigno di legno intarsiato. «Non vi sembra un'aquila?»

Anselmo si avvicina, io lo seguo. Lo scrigno è protetto da una teca di cristallo che frena la tentazione di prenderlo in mano. La didascalia recita: 1250 circa. Manifattura Nord Italia.

«Poteva appartenere a Biancofiore» mormora Sarah.

«Poteva» rimarca Ans. Prende il telefono e chiama Stéphanie chiedendole di parlare con la responsabile della casa museo per domandarle di mostrarci lo scrigno.

Madame Duhamel, la responsabile del museo, è una donna dal look un po' antiquato – ma chi sono io per dirlo, che ho dichiarato guerra alla moda? Ci invita a entrare nel suo ufficio, collocato nel sottotetto della casa museo. È una piccola stanza dominata da una grande scrivania color mogano su cui è poggiata l'imitazione della lampada Churchill, un abbaino senza tende e un pendolo che risuona in maniera un po' lugubre. Madame Duhamel ci racconta che Madame de Bouclioron era una sua ava per parte materna, e che il mantenimento e la gestione di questo patrimonio sono sempre stati un affare di famiglia. Anselmo parla a nome di noi tre e ricompone i pezzi del puzzle che ci portano a credere che il cofanetto possa essere appartenuto a Biancofiore di Hohenstaufen. Madame Duhamel appare molto interessata. Preleva personalmente lo scrigno e lo apre dolcemente con le mani rivestite da guanti di lattice.

« È giunta a voi vuota? » chiede Anselmo in inglese.

Madame Duhamel richiude lo scrigno. La meccanica del forziere è ben conservata. « No. C'era una piccola ampolla di ceramica. Forse conteneva acqua proveniente dalla Terra Santa. »

« Peccato non poter vedere anche quella » mormora il mio collega.

« Oh, in verità si può. Ovviamente abbiamo esposto anche quella, ma a parte. Era un peccato tenerla chiusa nel cofanetto. Aspettatemi qui. Vi chiedo però di non toccare lo scrigno... » chiosa con dolcezza. Noi annuiamo tutti, ma appena la porta si chiude Ans non resiste e sfiora l'aquila intagliata con la punta di uno dei suoi ditoni pelosi, e Sarah gli dà un colpetto.

« Ans! Non è affatto *lovely*! »

Lui si ricompone sulla sua poltroncina e rimaniamo in silenzio, in attesa del ritorno di Madame Duhamel. Lei rientra tenendo tra le mani un cubo di vetro infrangibile in cui è conservata un'ampollina.

« È un *pomander* » afferma Anselmo.

« Cosa? » chiede Sarah.

« Nel Medioevo nacquero queste piccole ampolle che venivano utilizzate per contenere essenze profumate. Si chiamavano *pomme de senteur* o *pomme de musc* o, per l'appunto, *pomander*. Appannaggio, ovviamente, di personalità di lignaggio elevato. »

« È un oggetto di lusso e di vanità, dunque... Non mi pare molto coerente con la vita di una monaca » commenta Miss Foley, dubbiosa.

« Forse è un dono che ha ricevuto prima di diventarlo » intervengo io.

« La prego, possiamo aprirla? » domanda Anselmo. Madame Duhamel tentenna, prima dice no, poi emette vocalizzi incomprensibili, infine afferma: « Vi assicuro che è vuota ».

Miss Foley fa spallucce e raccoglie da terra la borsetta, mentre Anselmo chiede: « È proprio impossibile? »

La responsabile sospira. Accetta ma aggiunge: « Lo faccio io ».

Mette dei nuovi guanti e preleva l'ampollina rimuovendo il tappo. Istintivamente, se la porta al naso.

« Sentite anche voi » dice porgendola. Ci accostiamo, aspettando ognuno il proprio turno. Io annuso per ultima. Tutti ci guardiamo con occhi spalancati.

L'interno dell'ampollina emana un odore debole e antico ma che vagamente, davvero vagamente, sembra profumo di rose.

« Ma come potevi pensare che ti avrebbe lasciato portare con te l'ampollina? »

« Ci ho provato » si schermisce Anselmo. Sarah si riferisce alla richiesta che, pur piena di tatto ma comunque inaccettabile, Ans ha rivolto a Madame Duhamel.

« Le farò scrivere dall'Università e vedrai che alla fine dovrà spedircela. I capelli della treccia erano intrisi di olio di rose. È una strada che vale la pena tentare. »

« Però, Ans, quell'ampolla è passata di mano in mano. Madame de Bouclioron l'ha trovata dentro un cofanetto che potrebbe essere appartenuto a Biancofiore, ma in cinquecento anni potrebbe avercela messa chiunque. Non sta in piedi, su. È inutile chiederlo all'Università. »

« Certo che tu, Macallè, ottimismo mai. »

« Però Madame Duhamel ha detto che farà analizzare l'ampollina da un laboratorio privato di sua fiducia » si inserisce Sarah, cercando di razionalizzare.

« Dal punto di vista del metodo non è il massimo. Indagini comparative andrebbero svolte dallo stesso laboratorio » la redarguisce Anselmo. « Certo, alla fine, meglio che niente » è costretto ad ammettere.

« Entriamo qui? » propongo, indicando la pasticceria Mazet proprio accanto alla casa museo. Anche Madame Duhamel ci ha consigliato una sosta. « *Vous ne pouvez pas partir sans gouter les pralines...* »

« Okay... ma facciamo presto, che la sveglia domani mattina suonerà alle quattro... »

Iniziamo il nostro viaggio verso Marsiglia quando Montargis è deserta, il buio è pesto e il freddo è polare. Io mi sento attraversata da quella sorta di incerto pentimento di quando ti ritrovi a fare qualcosa che non era necessario e il cui costo in termini di energie non è stato ben ponderato.

Arriviamo in città a metà mattinata, depositiamo i bagagli nell'appartamento e andiamo subito in rue de Mirès, alla sede degli Archives départementales dove sono conservati i documenti autentici del Registro della Cancelleria Federiciana e anche gli Excerpta Massiliensa, altri atti svevi che sono stati trascritti in epoca angioina.

Il contatto di Anselmo si chiama Remy, ha già allestito uno spazio per le nostre ricerche e ci ha consegnato anche un'edizione critica dei manoscritti. Dopo un caffè americano che sembra brodaglia, ci mettiamo al lavoro. Il tempo stringe, gli Archives chiudono alle 18, ma Anselmo trova abbastanza presto qualcosa di interessante. Riesce a riconoscere il nome di Aldegar von Dannenberg nella trascrizione di una lettera di Federico datata luglio 1244, ma impiega molto tempo per l'analisi paleografica e poi per la traduzione dal latino all'italiano. Alla fine, quando è sera e abbiamo dovuto lasciare gli Archives per completare il lavoro nell'appartamentino affittato in avenue du Prado, Anselmo è in uno stato tra l'ubriaco e il catatonico, ma la missione è compiuta.

« È una lettera privata in cui Federico comunica che Aldegar von Dannenberg è sospettato di tradimento. »

« Che tradimento? » chiediamo io e Sarah in coro.

« Federico non entra nei particolari, ma nel giugno 1244 il conflitto con papa Innocenzo IV era allo zenith. E considerato che Aldegar era ufficialmente di parte guelfa, mi viene in mente che potrebbe aver fatto il doppio gioco tra l'imperatore e il papa, che non solo non voleva ritrattare la scomunica che gravava da anni su Federico, ma per di più voleva che fossero restituiti tutti i territori del Papato conquistati dall'imperatore. Nel giugno 1244 Federico aveva chiesto un incontro diplomatico a Innocenzo, ufficialmente per risolvere la questione. Ma tra gli storiografi è opinione diffusa che in realtà fosse un tranello e che Federico volesse attirarlo per farlo arrestare. Innocenzo ricevette però la soffiata dalle sue spie e non si presentò. Ora, non possiamo saperlo con certezza, ma nel luglio 1244 mi sembra plausibile che Aldegar potesse essere stato un informatore in questo tipo di contesto. Bisognerebbe cercare, a questo punto, in Vaticano... »

« Scordatelo! » lo interrompo, in un modo che mio padre in messinese definirebbe « *rraggiato* » e che non ha traduzione equivalente in italiano.

« Be', ho amici ricercatori a Roma che potrebbero fare al caso nostro senza un nuovo viaggio della speranza. »

« Ah, quand'è così... » risponde Miss Foley, sgranocchiando tortillas messicane che abbiamo comprato in un Monoprix insieme a un vasetto di guacamole: sarà la nostra cena.

La sera, facciamo un giretto al Porto vecchio per assaggiare il sapore della città. Ma è impossibile, la sua identità è troppo sfuggente, il tempo troppo poco, la stanchezza troppo forte.

L'indomani nel tardo pomeriggio, dopo un'ultima traversata di oltre sette ore, sono di ritorno a casa, tra le spettrali mura della nostra palazzina.

Sono io a proporre a Flora di dormire nel lettone. Montessori, flagellami.

42

Verona, luglio 1244

La notizia era arrivata poco prima dell'ora di pranzo. Aldegar von Dannenberg era rimasto gravemente ferito da un cinghiale durante una battuta di caccia.

Gli uomini si erano spostati a Montorio, dove il clima risultava dolce e le terre ricche di selvaggina, in una delle località più apprezzate da Ezzelino. Aldegar sarebbe poi rientrato definitivamente in Germania per contrarre matrimonio con una nobildonna di Münster. Matrimonio che, a questo punto, non si sarebbe mai celebrato. Aldegar era ancora vivo ma la situazione era molto grave, questo il dispaccio che era giunto al palazzo di Ezzelino a Verona, con cui veniva richiesta la presenza a Montorio di Paolo di Baghdad.

Selvaggia riportò le informazioni a Biancofiore che impallidì, ma non emise più una parola dopo aver chiesto: « Un cinghiale? Ne sei sicura? »

« Non gli resta molto. Forse quando Paolo di Baghdad arriverà lo troverà già morto. »

Biancofiore si girò di spalle e Selvaggia non poté vedere i cambiamenti del suo volto. Le si avvicinò a piccoli passi, poggiando una mano sulla sua spalla. I capelli ramati erano annodati in una treccia che odorava di olio di rose, quello che lei faceva arrivare da Venezia perché sapeva che a Biancofiore piaceva molto.

« Pensi che potremmo andare a Montorio? » domandò all'improvviso Biancofiore, senza voltarsi.

« Possiamo provarci. »

« Ezzelino... » Biancofiore si interruppe e finalmente si voltò, cercando l'abbraccio della sorella. Toccandola, Selvaggia si accorse che era dimagrita moltissimo. « Ezzelino aveva promesso... »

Selvaggia era confusa. « Cosa? »

« Che ci avrebbe fatti andare in Germania. Ti dirò tutto. Chiedi di andare a Montorio. Ti prego. »

Il loro carro venne allestito in un silenzio spezzato soltanto dal suono dei grilli e delle cicale. Un servitore prese Biancofiore tra le braccia per adagiarla sul sedile. Faceva caldo, un caldo incredibile e insopportabile, da sentirsi soffocare. Uno degli uomini di Ezzelino, che aveva consegnato il dispaccio a Paolo, fece partire il calesse, i cavalli iniziarono a trottare, le due sorelle a bisbigliare.

« Ezzelino aveva promesso che se gli avessi raccontato lui ci avrebbe aiutati. »

« Raccontato che cosa? » insisté Selvaggia.

« Aldegar... lui... lui ha incontrato delle persone inviate dal papa e... gli ha parlato di segreti che aveva saputo... da nostro padre. »

Selvaggia sgranò gli occhi. « È tradimento! » disse come prima cosa. Ma poi un dubbio, ancora più tremendo, le si affacciò alla mente. « Come lo sai, tu, tutto questo? »

« Io... io... »

Era inutile. La sorella, una ragazza storpia di diciotto anni che si accingeva a consacrarsi eternamente a Dio, portava dentro una storia che non osava raccontare. Selvaggia riuscì a farla parlare intuendo gli eventi prima che lei li esponesse chiaramente, portando a termine le frasi che l'altra non riusciva a esprimere in maniera compiuta. Tutto si era consumato sotto i suoi occhi senza che lei si accorgesse di niente. Forse perché era stata distratta da altri avvenimenti, assai più intimi, che lei stessa aveva tenuto per sé.

Che Biancofiore si fosse innamorata perdutamente di Aldegar era chiaro ormai da molto tempo. Non fu questa parte della storia a risultarle imprevedibile, quanto invece il fatto che Ezzelino se ne fosse accorto e che avesse convinto la sorella a farsi raccontare, innocentemente, alcuni fatti privati del cavaliere con la promessa di aiutarla. C'erano diversi impedimenti, aveva detto subdolamente suo marito alla sua ingenua sorella: la volontà della casa dei Dannenberg e anche di Federico stesso. Lui era in grado di mediare tra le parti ma voleva essere così brava, Biancofiore, da capire chi Aldegar avesse incontrato ad Anagni?

Alla fine, è sempre l'amore a mandare tutto in malora.

Ma l'amore dovrebbe riconoscere due parti, mentre a Selvaggia sembrava che in quella triste storia ad amare fosse solo la sua dolce sorella, perché mai Aldegar aveva fatto capire di ricambiarla.

« Lo dici tu, questo » ribatté Biancofiore, piccata. « A te sembra così incredibile che un cavaliere si sia innamorato di una ragazza storpia? Che volesse sposarmi? »

« Quanta rabbia, sorella » mormorò Selvaggia.

Ma Biancofiore non si placò. E aggiunse che quello che due persone sentono e che riescono a dirsi anche senza parlare lo sanno soltanto loro. « Ma tu questo non puoi capirlo » concluse, con una stoccata che ferì Selvaggia. Aveva ragione, lei l'amore non l'aveva conosciuto e certamente non lo avrebbe conosciuto finché Ezzelino fosse rimasto in vita. A ognuno il proprio destino.

« Come avrei potuto conoscere gli affari di Aldegar se non fosse stato lui stesso a rivelarmeli?

E in effetti, solo uno stolto avrebbe raccontato fatti così gravi a una ragazzina che gli fosse indifferente. Tra i due la confidenza doveva essere concreta, profonda, totale. Era qualcosa che lei non avrebbe mai potuto capire, ma non per questo era meno vera.

Ma Biancofiore aveva sbagliato a credere di poter fare tutto da sé e, soprattutto, a fidarsi di Ezzelino. Selvaggia si incupì. Nemmeno per un momento la sorella aveva condiviso con lei i suoi pensieri e i suoi progetti. Aveva complottato con Ezzelino convinta di fare la cosa migliore per entrambi, quando sarebbe bastato chiederglielo e lei le avrebbe consigliato di aver fiducia in chiunque tranne che in Ezzelino.

« Perché non mi hai parlato? Io non desideravo altro che ascoltarti. »

Il viso di Biancofiore si irrigidì ancora, nella giovane fronte apparve il solco di una ruga, la bocca diventò la serratura di pensieri che preferì non dire.

« Perché? » insisté Selvaggia.

« Perché non mi fido di una sorella che per pensare solo a se stessa mi ha condannata a restare zoppa e senza figli. »

Il cuore di Selvaggia si frantumò. E così era quello il grumo di rancore che non si scioglieva mai. Il senso di colpa e il dolore di sentirsi oggetto di rancore da parte di una delle persone per lei più importanti le impedirono di rispondere, di provare a difendersi e di chiedere perdono ancora una volta.

Tacque quando arrivarono a Montorio ed Ezzelino ne fu contrariato.

Tacque quando scoprirono che Aldegar era già spirato tra atroci sofferenze.

Tacque quando la sorella accusò Ezzelino di essere lui, o

chi per lui, il cinghiale che aveva ucciso Aldegar, e tacque ancora quando Biancofiore prese la spada di quest'ultimo e si tranciò di netto i capelli, quei bellissimi capelli che le aveva invidiato tante volte.

Tacque fino a che non sentì una fitta all'addome, un dolore violentissimo che la piegò in due, la sensazione del sangue che le scorreva tra le cosce macchiando la sua tunica chiara, e tacque anche quando fu raggiunta dalla sorella, che piangendo le diceva « perdonami ». Avrebbe voluto dirle che non aveva niente da perdonarle e che anzi era il contrario, ma mentre provava a farlo si sentì d'improvviso debole e lontana. Sentì una gran confusione intorno a sé, ma era indistinta, come una pioggia violenta quando però lei era nel chiuso della sua stanza, e la guardava dalla finestra e quel rumore giungeva informe e confortante.

43

Le notizie più desiderate a volte arrivano in momenti insperati. Quando trovo nella casella di posta una mail di Carrie che propone un contratto di sostituzione di maternità di cinque mesi al King's College di Londra mi sento disorientata. È quello che desideravo, né più, né meno. Anche perché so bene che non ci si può certo aspettare l'assunzione così su due piedi. Tutti gli expat iniziano da situazioni transitorie, ma l'importante è mettere un piede dentro.

Londra. La mia città ideale e del cuore. Oh, mio Dio.

For further informations, please, call me.

Non me lo faccio ripetere due volte e, badando a chiudere la porta della mia stanzetta in Istituto, faccio partire la chiamata.

Non è che mi risulti molto agevole parlare al telefono in inglese, ma Carrie non ci bada. E poi è prevalentemente lei a parlare: è vero, si tratta di appena cinque mesi ma poi, stando lì, sarà facile trovare contratti più lunghi in città vicine senza dover finire alle Highlands.

Accetterei seduta stante, ma la stessa Carrie mi concede del tempo per riflettere. Immagino che sia giusto, non sono decisioni da prendere così su due piedi. O magari sì, perché se ci si pensa troppo le si complica e basta. Appena chiudo con lei chiamo Antonietta. Lei sembra meno avvilita e arrabbiata di quando c'era quell'offerta di lavoro a Stornoway, ma è sempre tiepida.

« A Marco l'hai detto? »

« Tony, l'ho saputo un minuto fa. »

« Lo sai che devi farlo. »

« Sì, ovvio. »

« Senti, ne parliamo stasera dopo che hai messo a letto Flora. Devi pensarci bene. »

Tony è in veste grillo parlante, come al solito. Ma non è l'unica. Poco dopo, sento bussare alla porta ed è Anselmo. Dal suo sguardo intuisco che ha origliato tutta la conversazione.

« Posso sedermi? » mi chiede.

« Ma certo » rispondo, un po' sulle spine. Le campane di una chiesa qui vicino rintoccano mezzogiorno; i caloriferi che si erano spenti ripartono gorgogliando.

« Non l'ho fatto apposta, Macallè, lungi da me. Ma le nostre stanze sono adiacenti e questa parete » dice bussando con le nocche prima di sedersi, « come vedi è fatta di carta velina. Magari anche tu riesci a sentire me. »

In verità no, vorrei rispondere. Forse, sapendolo, lui evita accuratamente di parlare al telefono di cose importanti.

« Senti, Ans... È davvero da tanto tempo che cerco lavoro in Gran Bretagna. Lo sogno da quando andavo al liceo. »

« Ti prego, non devi giustificarti. Ci mancherebbe. »

« Infatti » rispondo, ma mi accorgo di essere stata scortese e mi scuso subito.

« Costanza » dice lui, pronunciando il mio nome con pathos e severità. « Sarah te lo ha detto. Melchiorre peggiora di giorno in giorno e, come se non bastasse, l'Ateneo vuole chiuderci. Lo so che ti senti una kamikaze. Ma abbiamo bisogno che tu continui fino alla fine del tuo contratto. Se te ne andassi adesso sarebbe davvero la fine. Nessuno qui può aiutare Melchiorre. Mentre se tu aspettassi, nel frattempo lui proverebbe a ottenere un nuovo bando per sostituirti alla scadenza. Se però ci lasci, noi qui chiudiamo. »

Mi sento impallidire. Detesto essere messa alle strette. « Perché questo stesso discorso non l'avete fatto alla meravigliosa Diana di cui tutti parlate come se fosse una divinità? »

« Chi ti dice che non glielo abbiamo fatto? » replica lui. « Ma lì la storia era molto diversa. »

« Se nessuno me la racconta... »

« Diana e Melchiorre avevano una relazione che non è finita bene. Quindi per lei andarsene non era solo una faccenda di lavoro. Okay? » conclude, come se mi avesse fatto un favore e non volesse più tornare sull'argomento.

Ecco, alla fine era questo il mistero. Niente di così inimmaginabile, anzi avrei dovuto arrivarci da me.

« Capisco. Ma, Ans, se fossi in me, prenderesti la palla al balzo. »

« Dici? » mi interroga, e sembra sincero. Al punto da mettermi in crisi. Non dovremmo mai fare l'errore di dare per scontato che gli altri, messi in identiche circostanze, si comporterebbero come noi. Nel bene e nel male. « Ascoltami. Proprio ieri mi è venuta un'idea per rilanciare un po' l'Istituto e raccogliere soldi per finanziare le nostre ricerche. »

« Che idea? » chiedo, scettica.

« Uno stage estivo per aspiranti paleopatologi. Potremmo tenere dei seminari e laboratori utilizzando i nostri amici di Montorio» aggiunge, riferendosi agli scheletri che per Ans sono sempre «amici». «Ma dobbiamo convincere quelli dell'Ateneo ad accreditarci, in maniera che alla fine dello stage i partecipanti possano ottenere un titolo universitario. E per organizzarlo ci vuol tempo. E risorse, ovviamente. Ma noi siamo quelli che hanno scoperto la treccia della figlia di Federico II...»

«Non abbiamo scoperto un bel niente, e lo sai.»

«Macallè, tu però proprio non ti sai vendere.»

Le parole di Anselmo svolazzano nella mia mente durante tutto il tragitto in bicicletta fino a casa, e anche dopo, mentre gioco con Flora e le sue macchinine.

Nel frattempo Antonietta rientra in casa e, prima di iniziare a cucinare, si affaccia nella stanza e chiede se ho avvisato Marco della proposta che ho ricevuto.

«No» replico, già stanca della discussione prima ancora che cominci.

«Costinz, Marco si è affezionato profondamente alla bambina. Io l'ho visto mentre tu non c'eri.»

«Guarda che l'ho capito anch'io.»

«Non puoi portarla a Londra così. Adesso lui ha diritto alle sue opinioni.»

«Ma non ha il diritto di condizionarmi.»

«Ci rinuncio. Veramente. Parlare con un cane darebbe più soddisfazione.»

«I cani parlano?» domanda quindi Flora, sollevando la testa dalla sua pista delle automobiline che in realtà sarebbe lo scivolo di una casetta per bambole.

«No, amore. I cani abbaiano.»

«Allora perché la zia parla con i cani?»

« Perché la zia scherza. »

« Io non scherzo affatto. Va' a chiamare Marco, subito. Vieni, Flora, andiamo a cucinare. La mamma deve telefonare al papà Marco. »

Roteo gli occhi, ma mi metto in piedi e afferro il cellulare. Mi rifugio in bagno e lo chiamo. Nonostante ormai lui faccia parte della nostra quotidianità, il gesto di telefonargli mi provoca sempre una certa tachicardia, ma stavolta lui risponde sbrigativamente dicendomi che è con dei clienti e che mi richiama appena può. Lo fa un'ora dopo, mentre sto rimestando la pastina con il formaggino di Flora.

« Tutto bene? » esordisce.

« Sì, sì. Fin troppo. C'è una notizia che devo darti. »

« Attenzione. Non mi sono ancora ripreso dall'ultima che mi hai dato. »

Lascio la pastina a mia sorella e mi sposto in salotto, dove gli spiego la faccenda di Londra e poi taccio, aspettando la sua reazione.

« Capisco » dice, con il senso di prendersi del tempo per rimasticarsi internamente la cosa.

« Io non so nemmeno più da quanto tempo sogno un'opportunità così. »

« Questo però si chiama cambiare le regole del gioco » ribatte.

« Flora non è un gioco. »

« Ah no? » mi dice, pieno di sgradevole sarcasmo.

« Marco, vacci piano » lo avviso.

« Intendiamoci: sul piano razionale sono contento per te. Ma sei stata la prima a dirmi che una figlia cambia tutto. Non puoi svegliarti la mattina e sradicarla perché Londra è sempre stato il tuo sogno. Tutti hanno i loro. Secondo te, io desidero ritrovarmi a trentun anni con una figlia di tre da una madre di cui non conoscevo neppure il cognome? Ma, pensa un po', non ho potuto scegliere.»

«Accomodati. Tira fuori la solita tiritera di quello che ti ho tolto.»

«Non è questo il punto, Costanza. Tutti abbiamo desideri. Ma la vita decide sempre alla cazzo di cane e devi fare del tuo meglio per trovare una via di mezzo tra quello che vorresti e quello che puoi fare.»

Mi sento scossa. Avevo evitato volontariamente di pensare alla sua reazione ma forse dovevo aspettarmelo.

«Come sei saggio...» considero ad alta voce.

«No, sono tutto fuorché saggio, altrimenti non mi sarei trovato in questa situazione. È realismo, cosa con cui tu non hai tanta dimestichezza. Io sono felice che Flora sia nella mia vita. L'ho accettato, nel bene e nel male, e credimi che è stato il più grande sconquasso della mia vita. Proprio per questo non voglio che tu la porti via. Dovresti capirlo.»

«Non credi che sia possibile organizzarci?»

«Ma come? Una cosa è un'ora di auto, un'altra è un volo Milano-Londra ogni weekend. Maledizione, Costanza, ma come fai a non arrivarci?»

Mi fermo e mi sento travolta dalla verità. Sono egoista.

Mi sono abituata, nella vita, a dare sempre conto a me e me soltanto. E negli ultimi tre anni ho scelto per due in base a semplicissimi algoritmi che rispondevano alle mie esigenze.

«Io volevo solo...» inizio a dire, ma balbetto, mi incarto e non riesco a portare a compimento la frase.

Lui lo fa per me. «Volevi fare la tua vita. Non so cos'altro dirti, davvero.»

Sospira, e io non so come riempire il silenzio che segue, quindi lascio che sia lui a farlo.

« Senti, adesso devo andare. Stasera mia madre non si sente molto bene e mi sta aspettando. »

« Mi spiace, Marco... per tutto... davvero, io sono stata un disastro. »

« Ne parliamo domani. Baciami la bimba. Notte. » E riattacca prima che io possa dire « Buonanotte anche a te ».

Ho il sospetto che Antonietta si sia messa a origliare, peggio di Anselmo stamattina. Me la ritrovo dietro la porta non appena la riapro.

« Dov'è Flora? » le chiedo.

« Sul vasino. Lo sai che ci sta un'ora. »

« Le cacche mangiano nella mia pancia e dopo escono » si premura di farci sapere lei, gridando a pieni polmoni in modo che dell'informazione possa beneficiare anche la madre di Fabio al piano di sotto.

« Allora, che ti ha detto? » riprende Antonietta.

« Niente. »

« La mamma lo diceva sempre che sei bugiarda. »

« Va bene. Per egoista mi ha presa e per egoista mi ha lasciata. Ti basta? » sbotto.

Mi aspetto che stia per dire una cosa come « Marco ha ragione ». Sarebbe il tipico commento di Antonietta. Ma invece mia sorella si morde la lingua e mi poggia una mano sulla spalla.

« Penso soltanto che dovresti essere contenta della sua reazione. Nella stessa situazione un altro avrebbe preso la palla al balzo. Te ne vai con la bimba? Gli levi un peso. Invece lui ci tiene. »

« Be', vista così. »

« *È* così. »

« Ho finitoooooo » si sente intanto dal bagno.

« A tutto il resto penserò domani » annuncio quindi, portandomi indietro i capelli in una coda immaginaria che non posso fare non avendo elastici a portata di mano. « Come diceva Rossella O'Hara, più o meno. »

« Ma anche la mamma. »

« D'altra parte la mamma era la fan numero uno di Rossella. »

Evocarla intenerisce e consola entrambe per un paio di minuti. Poi subentra lo step successivo, inevitabile e immancabile, quello del rimpianto e della nostalgia logoranti, e solo alla fine quello conclusivo: la certezza che, se siamo riuscite a superare quel dolore, tutto il resto sono davvero bubbole.

La mattina dopo, di venerdì, scrivo a Carrie per chiederle altro tempo e lei mi concede fino a lunedì. Ho quindi davanti un weekend per decidere cosa fare di questa opportunità che mi è caduta dal cielo. Nel frattempo, Anselmo e Sarah mi raggiungono in laboratorio, dove sto allestendo nuovi preparati su richiesta di Melchiorre. Hanno delle novità su Aldegar giunte dal Vaticano, dove un collega di Anselmo si è recato e con grande impegno ha esaminato i documenti relativi all'epoca di Innocenzo IV conservati nell'Archivum Secretum.

« Michele è ansioso di partecipare al nostro studio. Sei l'unica a non capire che diventerà una pubblicazione bellissima. »

« Perdonami, sono una persona priva di cultura » rispondo ad Anselmo, senza sollevare lo sguardo dal microscopio. Ogni tanto vedo emergere in lui la sensibilità del romanziere ma soprattutto la voglia di decidere il destino degli altri, un po' come immagino faccia con i suoi personaggi. Ma, purtroppo per lui, la mia storia non è quella della ragazza in ambasce economiche e professionali che scoprirà all'improvviso di amare la paleopatologia e ne farà la sua ragione di vita. No, non andrà così, sono spiacente. Se anche rimanderò la partenza alla fine del mio contratto, è sicuro che non andrò oltre l'anno previsto e che alla fine mi riapproprierò del mio lavoro, quello per cui ho studiato.

«Vuoi sapere cosa ha trovato nell'Archivum Secretum?»

«Innanzitutto, sollevami dalla mia ignoranza e spiegami cos'è.»

«È l'archivio che contiene dodici secoli di documenti della Chiesa. È consultabile solo dalla fine dell'Ottocento, prima era privato. *Secretum*, appunto. Michele ha trovato la conferma che le circostanze della morte di Aldegar sono state quanto meno dubbie.»

«Fu un'arma d'acciaio, pochi dubbi su questo» puntualizzo.

«Questo lo scopriamo noi oggi. Ma in realtà la versione ufficiale fu che morì durante una battuta di caccia, azzannato da un cinghiale. Così, per lo meno, fu riferito al pontefice.»

«E il papa non ebbe sospetti?»

«Li ebbe eccome. Per questo inviò un suo delegato a Verona che fece una piccola indagine privata, ma alla fine riportò a Innocenzo che Ezzelino sembrava al di sopra di ogni sospetto e che si era trattato di un incidente.»

«D'altra parte non è che all'epoca ci fosse la Scientifica. La giustizia era piuttosto sommaria. In ogni caso» prosegue Ans, ammiccando, « già da oggi inizio a buttar giù l'articolo su Aldegar e scrivo anche una mail a Madame Duhamel per starle addosso sul fronte *pomander.* »

« Costanza, Ans ti ha detto dello stage estivo? » chiede Sarah, timidamente.

« Sì, certo. Un'idea bellissima. »

« Anche a Melchiorre è piaciuta molto. Ma il tempo stringe e dobbiamo iniziare a predisporre un minimo di progetto da presentare in Ateneo. Potremmo farlo insieme mentre Ans scrive la monografia su Aldegar. »

« Certo. Finisco qui e vengo da te. »

Appena escono mando un generico messaggio a Marco, del tipo *come va*, cui lui non risponde. Metto via i nuovi preparati e raggiungo Sarah, che è già davanti al computer intenta a fare un copia e incolla di vari incipit di progetti analoghi a quello che Ans vuole mettere in piedi. Un telefono suona ma io e Sarah abbiamo la stessa suoneria. Il messaggio è indirizzato a lei ed è da parte di Diana. Il mittente è l'unica cosa che riesco a leggere perché lei lo prende dalla scrivania prima che io possa vedere altro, più per istinto che per curiosità.

« Come sta Diana? » domando, con aria pettegola.

« Ma perché, la conosci? »

« No... »

« Oh, allora è molto *lovely* da parte tua interessarti a lei... »

« Si pente mai di non essere rimasta qui? » domando, giusto per parlare.

« Non particolarmente. Ma le manchiamo io e Ans » dice, facendomi l'occhiolino.

« E Melchiorre? » la stuzzico.

Ma prima che lei mi risponda è il mio telefono a fare

bip bip ed è un messaggio di Marco. Lo leggo e impallidisco.

« Ehi, tutto bene? » chiede Sarah.

« Cavolo. No. Non va bene affatto. Scusami » dico, schizzando con il telefono in mano e provando a chiamare Marco che, naturalmente, non risponde.

Ma non posso meravigliarmi, io so com'è, lo so per esperienza diretta. Il telefono che suona incessantemente, le premure della gente che vuol solo rendersi utile ma in realtà ti confonde, abbracci non richiesti, comprensione fasulla perché se non ci passi non lo sai com'è.

La madre di Marco è morta stamattina. Per quanto potessero essersi preparati all'idea che prima o poi sarebbe successo, non si aspettavano minimamente che accadesse così, all'improvviso, quando gli ultimi esami sembravano incoraggianti. Lui mi manda un altro messaggio, si scusa ma non vuole parlare. Gli chiedo se è a casa o in ospedale, lui risponde nominando la struttura in cui si trova. Io avviso Sarah che devo proprio andare via e subito dopo avverto anche Antonietta.

Senza nemmeno ripassare per casa vado in stazione e salgo a bordo del primo treno per Milano.

44

« Mi scusi. Non vorrei disturbarla, ma ha l'aria familiare. Macallè...? »

L'accento è messinese, lo riconosco subito, dolce e familiare. Si è un po' stempiato, ma per il resto è rimasto estremamente simile a com'è nei miei ricordi, una specie di Andrés de Fonollosa dei poveri, con gli stessi modi eleganti ma senza il disturbo narcisistico di personalità. Sulla metropolitana che porta all'ospedale di Milano in cui è morta la mamma di Marco, seduto con un libro sulle ginocchia, riconosco niente meno che Tuttolomondo, il mio insegnante di biologia del liceo.

« Non ci posso credere! Professore! »

« Dicevo che eri tu... I capelli rossi non si dimenticano! »

Si alza per riguardo e, anche se insisto, preferisce rimanere in piedi.

« Cosa fa a Milano? » gli domando, e lui mi spiega che è venuto per vedere una mostra.

« Si sa come sono i messinesi: hanno sempre una buona ragione per attraversare lo Stretto. Ed è sempre così: non ci si vede a Messina per anni e poi ci si incontra a Milano. Tu? Ti sei trasferita qui? »

« No, vivo a Verona. »

« Bella, Verona. Mi fa piacere per te. E ti sei sposata? »

« No » rispondo, senza entrare nei dettagli.

« Mi sembra che tu volessi fare medicina... Come metà della classe. Andava di moda. »

« Be', professore, adesso glielo posso dire, era stato lei a farci innamorare delle scienze. » Più che delle scienze, di lei, ma questo è meglio non aggiungerlo. Credo tuttavia che lui avesse già fatto un piccolo e vanitoso ragionamento statistico sull'impennata di affluenza alle facoltà di Medicina e di Scienze Biologiche. Infatti arrossisce. « Non so se avrei fatto medicina, senza di lei. Ci pensavo, sì, ma credevo di non essere all'altezza. Anche solo superare i test... troppo difficile per me. Ma se lo ricorda, quello che mi disse lei? » gli chiedo. In verità non ci pensavo più da tanto tempo ed è stato il rivederlo per caso a riportarmelo alla mente. Lui scuote il capo, perplesso. « Si ricorda di mia madre... » lo aiuto.

« Ah, certo. Certo » ripete, per essere più convincente. « È mancata quando tu eri alle medie, giusto? »

« Esatto. Lei mi disse che un giorno sarei stata capace di aiutare persone nelle sue stesse condizioni. Me lo disse credendoci sul serio, non tanto per dire una cosa ovvia e banale a una ragazza orfana di madre che era così in crisi con se stessa da non sapere nemmeno se continuare gli studi o piuttosto trovarsi un lavoro tranquillo in un negozio, in un bar, o anche nell'officina di suo padre. E nel momento in cui lei lo ha detto, lo ha reso reale e ci ho creduto pure io. »

« Sono felice, davvero... » risponde, lievemente imbarazzato. La metro frena di colpo, lui barcolla. « È la mia fermata » mi dice, scusandosi del fatto che mi pianta in asso dopo un così commovente tributo.

« Non si preoccupi. Buon soggiorno a Milano, prof » lo saluto con un gesto della mano.

Ma l'effetto dell'incontro è che per tutto il tragitto fino all'ospedale mi tornano alla mente tutti gli sforzi fatti per arrivare al King's College. Alla sgobbata di quell'estate per superare il test d'ammissione – arrivai ultima, ripescata dopo le rinunce di chi preferì odontoiatria e aveva provato entrambi i quiz – la fatica dei primi esami, i sacrifici di papà per pagare le salatissime tasse e tutti i miei libri di testo, la sua gioia il giorno della mia laurea. Tutta la strada che ho fatto perché volevo diventare brava come i medici che avevano seguito mia madre, dalla diagnosi fino all'ultimo giorno. Ricordo tutte queste cose a una a una e, pensando alla mia realtà, mi sento più confusa che mai.

Marco è in piedi in una sala d'aspetto vicina al reparto di Rianimazione, attorniato da una moltitudine di persone. L'ho avvisato che sarei arrivata ma lui non ha più risposto, non so nemmeno se abbia visto il mio messaggio. Anche se prima o poi Flora entrerà nella vita di questa famiglia e io con lei, seppure indirettamente, adesso mi sento un'estranea, fuori posto, che si è precipitata qui senza invito, senza riflettere se fosse appropriato o no, solo d'impulso.

Ma quando mi intravede Marco si discosta per un attimo dal gruppo e si avvicina. Il suo viso è stravolto da quella sofferenza insopportabile che io mi ricordo tutt'ora; e l'amarezza di tutto questo è che lui ancora non lo sa, ma non passerà mai completamente. La mente e il corpo a un certo punto lo assorbono o lo rifiutano, ma il dolore continuerà a rimanere latente e il vuoto incolmabile. Ma soprattutto a non passare mai sarà la consapevolezza di non essere più figli. Si dice che l'amore di una madre sia l'amore assoluto. Io, con Flora, ho capito che è vero. Cosa ne è di noi, quando quell'amore è perduto? Ti verranno a dire che vive dentro di te, che non si muore finché è vivo il ricordo, e tutta questa scorta di balle utili solo a consolare e nemmeno a quello. Chi muore, muore e basta. Il suo amore, le sue cure, tutto quello che era e che dava, se lo porta con sé.

Gli vado incontro e lo abbraccio. Lui si adegua, dapprima più rigido, poi si abbandona.

« Mi dispiace enormemente » è tutto quello che riesco a dirgli, mentre mi reputo indegna perché forse questo abbraccio fa più bene a me che a lui.

« Vorrei che avesse conosciuto Flora » risponde lui, continuando a stringermi.

« Lo vorrei anch'io. Perdonami, io non credevo... »

« Pensavo stesse meglio. Pensavo avesse più tempo. » Inizia a scostarsi e poi capisco il perché. Una ragazza è arrivata alle mie spalle e lo affianca. Presumo sia Federica. Carnagione di latte, esile, più bassa di me. Un lungo caschetto biondo com'è di moda adesso, con sopracciglia scure e folte, perfettamente modellate. Labbra piene, rosee, che dev'essere una delizia baciare. Indossa una felpa grigia che se la mettessi io sembrerei una sciattona, ma su di lei l'effetto è tutt'altro. Non ha uno sguardo duro e nemmeno l'aria di chi vuole mettermi al mio posto. Non ne ha nemmeno bisogno, figurarsi. È troppo al di sopra.

« Devi essere Costanza » mi dice, inclinando il capo pensosa. Le porgo la mano, annuendo. Lei accoglie il mio gesto stringendomela con il giusto equilibrio, come se fossi una persona qualsiasi, come se non avesse nessuna ragione di provare rancore. « Ciao. Io sono Federica. Che pena conoscerci in questa circostanza» prosegue, con autorevolezza camuffata da *savoir faire*. «Grazie di essere venuta» conclude, con un sorriso gentile che mi fa sentire una vera pezzente. «Marco... credo che stiano per accompagnarla... in obitorio.»

«Oh. Certo» dice lui, il naso chiuso come se fosse raffreddato. Vedendoli insieme c'è da stramazzare d'invidia. Sono belli, completi, affini. Quel genere di coppia affiatata da ferie in Estremadura e brunch della domenica con amici fighi come loro. Quella categoria di coppie che dividere è un vero delitto.

«Tolgo il disturbo. Volevo solo dirti che... ti... vi sono vicina» mi affretto a correggermi.

Federica annuisce. «È stato un bellissimo pensiero.»

Marco concorda. «È vero. Grazie.» Fa per andarsene, ma poi si volta: «Su Londra...»

«Non stare a pensarci» mi affretto a dirgli.

«Ti dispiace se ne riparliamo?»

«Ma figurati. Non importa.»

«A me importa.»

«Okay.»

«Okay.»

«Ciao, Costanza. A presto» taglia corto Federica.

45

Verona, agosto 1244

Non si può sfuggire alle profezie, pensò Selvaggia, quando le fu spiegato cosa le era successo. Ezzelino non avrebbe avuto figli e l'inizio di quella gravidanza era stato solo una dolorosa illusione. Trascorse giorni a letto per riprendere le forze dopo l'emorragia. Il marito, di cui tanto male si diceva, aveva avuto tuttavia la gentilezza di consentire a Biancofiore di restarle accanto finché non si fosse ripresa, ma non avrebbe potuto accettare che rimanesse ulteriormente, dopo le accuse che la ragazza gli aveva rivolto. Era in arrivo un emissario ufficiale di papa Innocenzo IV ed Ezzelino doveva evitare che incrociasse quella pazza ingrata della cognata. Su questo era stato chiaro e irremovibile: Biancofiore doveva partire per Montargis al più presto. Anche Federico era d'accordo. Quella permanenza non aveva portato altro che guai. Se il convento non era ancora pronto, avrebbe alloggiato presso Amicie de Montfort, ma andava allontanata da Verona e dai possibili contatti con le spie del papa.

Biancofiore la vegliò tutto il tempo, trovando il modo per sciogliere i nodi che forse non si era mai impegnata a districare. Si erano rivolte molte scuse e sentivano che finalmente il perdono era sincero. Selvaggia guardò la sorella priva delle trecce: con quei capelli corti e sfilacciati sembrava un ragazzino selvatico tutto occhi. Di tutti i dolori che poteva infliggere a Hildegard, tagliarsi in quel modo i capelli era stato senza dubbio il peggiore. Ma la vecchia non si era persa d'animo: aveva recuperato un velo di seta bianca con cui le copriva quello scempio e Biancofiore lo lasciava scendere sulle spalle al posto dei bellissimi capelli che non venivano tagliati da quando era ancora bambina. Lo teneva fermo con un diadema molto elaborato che apparteneva a Selvaggia e che quest'ultima era pronta a regalare alla sorella, come tutto quello che possedeva, del resto.

Ma Biancofiore lo rifiutò. « Un gioiello così bello è inutile per chi consacra la propria vita a Cristo. »

« Non avrai capelli da donargli » considerò Selvaggia, sfiorandole la testa con una dolce carezza.

« I capelli li ho dati a colui che era il mio sposo. »

« Sorella, forse questo non è lo stato d'animo migliore con cui andare incontro alla tua nuova vita. »

« Io andrò a Montargis. Rispetterò tutte le regole, ma vivrò come una beghina. Non sarò una sposa di Cristo. Io sono una vedova e lui, che tutto sa, sa anche questo. »

Selvaggia le porse il braccio per reggersi e arrivare fino al cortile da cui sarebbe partito il calesse. Biancofiore scosse il capo. « Non voglio che ti affatichi. » Selvaggia si fece aiutare da Hildegard e scese le scale lentamente, mentre i servitori trasportavano un baule con le poche cose adatte a una futura monaca.

Selvaggia li precedeva di poco e fu la prima ad accorgersi dell'arrivo della delegazione pontificia, giunta con due giorni di anticipo rispetto a quanto annunciato. Erano tre uomini con lo stemma papale sulla tunica che non poteva sfuggire neanche a chi li avvistasse da lontano. Il cuore prese a pulsarle nel petto, mentre vedeva Bartolomeo, l'uomo di fiducia del marito, che cercava di prendere tempo e di spiegare che Ezzelino sarebbe rientrato a Verona solo la sera ma che i lor signori dovevano considerarsi ospiti di riguardo e le loro stanze sarebbero state subito allestite.

Selvaggia si voltò, cercando lo sguardo di Biancofiore. La sorella era troppo intelligente per non immaginare che quella gente era lì per indagare sulla morte di Aldegar. Ma lo era troppo anche per non capire che, a dispetto dei timori di Ezzelino, la sua ribellione era inutile. La sua parola non sarebbe valsa a niente se non a rendere tutto più difficile e ad attirarsi per sempre le ire del padre. La prudenza di Ezzelino la riteneva più coraggiosa di quanto non fosse.

Giunte nel cortile furono omaggiate dall'inchino dei delegati papali, del tutto inconsapevoli che l'unica voce che poteva dar loro risposte stava incedendo con il proprio passo claudicante verso il silenzio più assoluto.

Selvaggia e Biancofiore rimasero l'una di fronte all'altra prima che la più giovane fosse issata sul calesse che l'avrebbe portata in Francia. Gli occhi di Selvaggia si inumidirono, quelli di Biancofiore si abbassarono, schivando l'addio.

« Sorella » pronunciò l'una.

« Sorella » ripeté l'altra.

Il calesse partì sotto il sole cocente, separandole. Questa volta per sempre.

46

I funerali della madre di Marco sono fissati per il sabato alle undici ma io non potrò partecipare: Antonietta è via per il weekend, andrà a Venezia con Fabio a sentire Mozart, al Malibran, e poi hanno in programma di stare in giro tutta la notte, perché è l'unico momento in cui la città non è invasa dai turisti. Io non saprei a chi lasciare Flora e non è concepibile che chieda a mia sorella di ritardare la sua partenza. In verità, lei si offre, ma io rifiuto tenacemente. Va bene così.

Ho tenuto il cellulare tra le mani per un po', incerta se scrivergli o no. Non si sa mai bene quali siano i passi giusti da compiere per provare ad alleviare il dolore altrui. Alla fine, opto per lo stare al mio posto, dicendomi che Marco non ha bisogno del mio conforto.

La domenica mattina, l'ultima di febbraio, porto Flora con me in un lungo giro in bici. Attraversiamo ponte Pietra e le faccio notare la differenza di suono dello scorrere dell'Adige a seconda della direzione, ma lei non sembra molto convinta. Un vento leggero soffia da nord-est, la punta del naso di Flora diventa rossa come anche le sue guance. Decido di rientrare a casa, mentre la luce promettente della mattina si affievolisce e il cielo si tinge di azzurro pulviscolare. Il pranzo è da Montessori, flagellami, ma che diamine: oggi è un party tra noi due ragazze. Infine facciamo i pop-corn nella padella con il coperchio trasparente, intramontabile passione di Flora. Mentre i chicchi di mais scoppiettano, il telefono squilla ed è Marco.

Il suo tono di voce sembra freddo, ma capisco che in realtà è solo triste. Evito di chiedergli come sta, mi sembra la più deficiente delle domande che possa fargli in questo momento. Anche perché come si sente io lo so già, come anche so che forse per la prima volta ha visto suo padre piangere, e anche quella è una cosa che non si dimentica.

« Ascolta, ti va di vedere Flora? Magari ti distrai un po' » propongo. Non so se è una buona idea, ma è l'unica che mi viene in mente. « Se non hai voglia di metterti in auto veniamo noi in treno. Così Flora fa l'esperienza. »

« No... non preoccuparti. Vengo io. Guidare in realtà mi piace molto. Ascolto musica e penso un po'. »

« Se a Federica va di venire con te... » mi lancio. Certo, mi scombussolerebbe, però devo iniziare a pensare che lei sarà coinvolta nelle nostre vite. Non potremo essere sempre noi tre, in una dimensione ovattata e irreale.

« Federica è dovuta partire per Bordeaux per lavoro. Torna martedì. Ma grazie. Grazie comunque. Mi metto in auto e arrivo, okay? »

Poggio il telefono sul tavolo. In cucina si è propagato il profumo dei pop-corn caldi e Flora freme per tuffarsi nella ciotola. Io metto su Alice che canta la *Prospettiva Nevski*. Mia madre non ha mai saputo che è il nome di una strada di San Pietroburgo, ma le piaceva tanto la melodia e si era fatta comprare l'LP da mio padre. Chissà dov'è finito, adesso sarebbe un cimelio. Di Alice le piaceva anche il look. Per anni portò i capelli lunghi con la frangia e la permanente come lei – d'altra parte la sapeva fare molto bene, era il suo lavoro. Mia madre era sempre all'ultima moda in fatto di acconciature. Le sue clienti le dicevano che somigliava davvero ad Alice e lei rispondeva « Ma no... » ma sotto sotto era contenta.

E il mio maestro mi insegnò com'è difficile trovare l'alba dentro l'imbrunire...

Prendo in braccio Flora per ballare, come faceva mia madre con me. Lei ride e ripete « Ancora, ancora », come chiedevo anch'io, e mi ricordo quanto fosse divertente.

La memoria dei gesti è tutto ciò che resta. Quello che ci ha resi felici possiamo solo provare a replicarlo, anche senza chi ci ha resi felici. Forse più in là, con la giusta distanza, dovrei provare a dirlo anche a Marco.

Il pomeriggio trascorre giocando seduti sul pavimento. Lui è taciturno, ma sembra quasi sollevato all'idea di aver cambiato aria e di non essere costretto a parlare della madre. È come se questa fosse una zona franca in cui la realtà resta sospesa in attesa di mischiarsi con la sua vecchia vita e lasciar nascere un nuovo ritmo.

« Me ne stavo dimenticando » dice all'improvviso, andando a prendere dalla tasca del suo giubbotto un CD. « L'ho trovato a casa dei miei. C'è Bach come piace a te. Che poi è come lo suonava lei. »

Sulla copertina c'è una foto in bianco e nero di Jùlia Erdély da giovane davanti a un pianoforte a coda. Il libretto all'interno è autografato.

« Sei sicuro...? »

« A casa ce ne sono quanti vogliamo » mi tranquillizza, con tono pacato. « Sai, sentirla dal vivo... era pazzesco. »

« Ma posso dire che ti ha insegnato bene. »

« Con me e mio fratello era severissima. Ci bacchettava le mani. Sai, impostazione sovietica. »

« Eppure sembrava così dolce » mi lascio scappare.

« Era anche così, sì. »

« Sei riuscito a dirle di Flora? »

Lui fa cenno di no. « Mi sono reso conto che non è la cosa più facile del mondo raccontare agli altri che quattro anni fa ho messo incinta una ragazza e l'ho saputo soltanto adesso. »

Non è più polemico, mi pare. Forse non ne ha la forza. Evito di pronunciare ad alta voce il pensiero che però a Federica lo ha detto. D'altra parte, la cronologia con cui metterà a parte dell'esistenza di Flora le persone a lui vicine è affare suo e in questo momento, tra l'altro, è l'ultimo dei problemi.

Facciamo cenare Flora, lui dice di non avere fame e che al più, tornato a casa, mangerà un boccone. Poi, su richiesta della piccola despota, la mettiamo a letto insieme, ognuno accomodato sui lati del letto e lei al centro con l'immancabile Unicorn sotto l'ascella.

L'addormentamento è il solito processo snervante di condivisione del buio in attesa che la bimba smetta di opporsi al sonno. La maestra Laura mi ha spiegato che è perché non vuole sentirsi allontanata: lei capisce che, mentre dorme, la vita degli adulti continua in maniera divertente e non vuole sentirsene esclusa. In questo caso temo sia vero più che mai. Finalmente, dopo un tempo che mi sembra scorrere più lento del solito, sentiamo il suo respiro farsi più pesante e il suo corpicino rilassarsi completamente.

« Andiamo? » chiede Marco in un sussurro.

« Andiamo » confermo.

Mentre usciamo a tentoni dalla stanza immersa nell'oscurità, i nostri corpi entrano in collisione. Balbettiamo un maldestro « scusa » e dopo aver chiuso la porta della stanza di Flora accendo la luce nello stretto disimpegno antistante le camere da letto, ma devo aver trasmesso all'impianto elettrico tutto quello che in sua presenza reprimo ormai da mesi e la lampadina per tutta risposta si fulmina con un botto piccolo e sordo. Me ne esco con una risatina scema, ma nell'oscurità continua a scorrere un flusso strano, perché la verità è che ho una cotta devastante per lui. Questa è l'unica cosa certa. Non devo essere granché brava a dissimularla, forse gli ho fatto gli occhi dolci una volta di troppo, questo pomeriggio. Non lo faccio di proposito, non voglio portarlo via a Federica, sempre ammesso che le persone si possano portare via e non siano loro stesse a scegliere di andarsene.

« Dovrò cambiare la lampadina » dico, rimarcando inutilmente l'ovvio. Lui mi prende il viso tra le mani e, prima che possa rendermi conto che sta per baciarmi, lo fa davvero. Un bacio come quello dei vecchi tempi, di quando eravamo più giovani e certamente molto, molto incoscienti. Un bacio narcotico, che induce il completo oblio delle circostanze e forse ha esattamente questo scopo.

« È sbagliato » dice, ma senza fermarsi.

« Sbagliatissimo » concordo, e non riesco a staccarmi, anzi, allungo le braccia per stringerlo e sentirlo illusoriamente tutto mio. Ma in un tempo che a me sembra brevissimo, è lui a staccarsi.

« Non sono lucido. »

« No » gli faccio nuovamente da eco.

« Non possiamo complicare le cose, lo capisci, vero? Anche per il bene di Flora. »

« Hai ragione. »

Mi poggia la mano sulla spalla, annuendo. « Scusami. Veramente. »

« È stato un momento di confusione da parte di entrambi, è chiaro. Non darci peso. »

« È meglio se vado » conclude, e non posso fare altro che dirgli: « Certo ».

Si avvia verso l'ingresso, dove prende le chiavi dell'auto.

« Costanza, io mi sento stravolto. Questa cosa di mia madre... Sì, mi aspettavo che sarebbe successo, ma non così, non così presto. Tuttavia » dice con fermezza, « la settimana prossima organizziamo il riconoscimento. »

« Eh? » chiedo io, ancora obnubilata.

« Il riconoscimento » ripete lui, con pazienza. « Non so cosa deciderai, riguardo a Londra. Ma a maggior ragione, la questione deve essere messa a posto. »

« Va bene. Certo. »

« Ci sentiamo domani. »

Rispondo con un cenno del capo e, quando la porta si chiude alle sue spalle, mi faccio un piantino. Uno sfogo di solitudine e amarezza insieme, del senso di fallimento di chi nella vita è arrivato sempre secondo, è sempre stato il piano B di qualcun altro e non è mai valso la pena di un atto di stravolgimento.

Ma quel che è peggio non è il dolore retroattivo, bensì la previsione che tutto ciò non è destinato a cambiare.

È lunedì. È tempo di prendere grandi decisioni.

Ho preparato due mail. Una di rifiuto, una di entusiasta accettazione. A mezzogiorno non ho ancora spedito né l'una né l'altra, perché nel frattempo, al lavoro, si è presentata Madame Duhamel in persona, direttamente da Montargis.

In realtà, aveva avvertito Anselmo del suo arrivo già venerdì nel primo pomeriggio e lui, a sua volta, aveva avvisato tutti in Istituto. Peccato che io mi fossi già data alla fuga verso Milano. Mi sono quindi goduta l'effetto sorpresa, pur essendo in realtà l'unica a essere colta alla sprovvista.

Madame ci spiega che, sulla scorta delle indicazioni di Anselmo e della possibilità che il *pomander* contenesse un'essenza floreale, l'archeologo di fiducia della Maison Musée ha fatto condurre un esame botanico preliminare sulle tracce presenti nell'ampollina. La sua teoria, infatti, è che sia più semplice ritrovare pollini, che si conservano anche per migliaia di anni, anziché sostanze volatili come gli alcoli. Anselmo sgrana gli occhi e serra la mandibola, fustigandosi per non averci pensato da sé. La paleopalinologia, che cavolo! Ma certo! Perché affannarsi a cercare il beta-damascenone, quando è molto più semplice trovare dei pollini? Con una procedura di distilleria artigianale è assai probabile che nell'essenza siano filtrati anche dei pollini e infatti, a sorpresa ma non troppo, nel *pomander* contenuto all'interno dello scrigno che verosimilmente appartenne a Biancofiore di Hohenstaufen sono stati rintracciati dei pollini di rosa.

Madame Duhamel ha quindi portato con sé il *pomander* e i risultati dell'esame botanico già effettuato, dicendo che è interesse della Maison Musée Bouclioron avere conferma definitiva che l'oggetto appartenesse a Dame Blanchefleur di Hohenstaufen. Ma ha anche capito – o le avranno fatto capire – che il giusto metodo richiede che l'analisi venga effettuata dallo stesso laboratorio che ha esaminato i presunti capelli della figlia di Federico II. A questo punto, anche sulla treccia andranno rintracciati i pollini, anche se – « E possiamo rifiatare tutti! » esulta Melchiorre – ogni tassello va perfettamente al suo posto. Si può presumere – « Con il livello di plausibilità concesso da questo tipo di esami e di studi » sottolinea sempre Melchiorre – che Biancofiore di Hohenstaufen fosse solita curare i propri capelli con essenza di rosa e che, nonostante la vita claustrale, non avesse perso l'abitudine di farne uso.

Madame ha portato tutta una serie di documenti assicurativi che Melchiorre deve firmare personalmente affinché lei possa lasciarcelo e il capo lo fa assai volentieri.

« *Madame, pouvons-nous avoir le plaisir de vous inviter à déjeuner?* » Melchiorre sfodera un francese esemplare e Madame sembra molto attratta dal suo charme. E d'altra parte bisogna festeggiare!

« Sì, aspetteremo i risultati dei nostri laboratori prima di rendere pubblica la notizia, ma che diamine, un po' d'ottimismo! »

Decidiamo quindi di andare a pranzo facendo un'interminabile passeggiata a piedi fino a un ristorante vicino a Castelvecchio, dove il maître ci accompagna in un suggestivo giardino d'inverno in stile liberty e consiglia senza esitazioni un carrello di bolliti, lingua inclusa – non che io sia vegetariana, ma non è proprio il mio genere.

Madame Duhamel proseguirà il viaggio visitando le ville palladiane, Vicenza, Bassano del Grappa e infine Venezia, prima di tornare a Montargis. Nel frattempo il *pomander* verrà esaminato dai nostri chimici e da un botanico – gli studiosi di Madame Duhamel hanno garantito che c'è ancora materiale da analizzare e che non l'hanno consumato – e di ritorno dal suo itinerario Madame lo recupererà per riportarlo nella sua teca alla Maison Musée. Melchiorre è estasiato dalle buone notizie, dalla compagnia e dalla cornice anni Venti e propone un brindisi.

« A Biancofiore di Hohenstaufen! »

Segue un coro di « Cin! » ma lui oppone un gesto della mano. « Vi prego. Non ho finito. Brindiamo a Madame Duhamel, che ha capito l'importanza della nostra ricerca. Ad Anselmo e Sarah, che sono l'anima di questo Istituto. E a Costanza » dice infine, voltandosi verso di me, lo sguardo spento dietro le lenti azzurre, « che è stata una grande sorpresa e che spero possa sentirsi, finalmente, a casa. »

Gli occhi dei miei colleghi e di Madame Duhamel si appuntano su di me. L'espressione di Ans è interrogativa, quella di Sarah sorridente e fiduciosa. Una fiducia che non posso tradire, mi dico, mentre mi passa davanti per un attimo anche il ricordo della gioia di Flora quando trascorre del tempo con Marco.

« Be', almeno fino a novembre sì, è casa » rispondo, mentre il mio calice tintinna con quello del mio capo.

Non faccio a tempo a inviare la mail di rifiuto che ne trovo ancora prima una di Carrie.

C'è stato un errore: il contratto riguarda solo due mesi. Può comunque interessarmi?

Con animo più leggero, cestino quella che avevo infiorettato per scriverne una che mi consente di uscirmene con maggiore grazia. No, due mesi è davvero troppo un azzardo, le dico. Forse non è ancora la mia chance. Anzi, in verità può tenermi in stand by per la primavera e riprendere le operazioni di ricerca per un eventuale trasferimento in autunno? Ho deciso di onorare il mio contratto in essere. E al dopo, come mia madre e Rossella O'Hara prima di lei, penserò domani.

47

Montargis, maggio 1272

In monastero tutte le consorelle la chiamavano Blanchefleur. Il nuovo appellativo dapprima l'aveva stranita, poi pian piano si era abituata e aveva capito che era utile a definire la sua nuova identità. Biancofiore era morta a Verona, in quello stesso anno in cui era morto Aldegar e, pochi mesi dopo, per un nuovo aborto, era morta la sua Selvaggia, amata molto più di quanto non fosse stata in grado di farle capire.

Blanchefleur rinasceva a Montargis, pregando, leggendo e curando le rose del giardino. Era diventata abile a estrarne l'essenza e a preparare i distillati che erano usati come medicamenti. Blanchefleur aveva trovato la pace in quella comunità di cinquantatré sorelle – non una di più, era stato loro vietato dal Maestro Generale dell'Ordine dei Predicatori. Il monastero era costituito da piccole abitazioni tutte riunite intorno alla chiesa della Madonna dell'Annunciazione, con sassi chiari e pareti non intonacate. Le monache avevano un pollaio e un orto in cui crescevano rape e barbabietole, un erbario e poi, in fondo al giardino, le arnie per allevare le api e ottenere il miele. Tutto attorno al monastero gli alberi erano alti e in primavera e in estate gli uccelli cantavano tutto il giorno, mentre la luce filtrava dolcemente tra i rami e le foglie.

Un tempo, se le fosse stato detto che avrebbe dovuto rispettare l'obbligo del silenzio, Biancofiore ne avrebbe riso. Lei, che in silenzio proprio non sapeva restare in nessuna circostanza: fino a che non erano state proprio le circostanze a insegnarle che il silenzio era preferibile a qualsiasi parola.

Era esentata dai lavori di cucina, a causa della sua zoppia che era andata peggiorando negli anni. Riusciva a camminare poggiandosi a un bastone di legno che, con il continuo contatto, aveva ispessito il palmo delicato della sua mano destra, ma negli ultimi tempi preferiva trascorrere seduta la gran parte del tempo. Qualche anno prima al convento era arrivata Eleonora Plantageneta d'Inghilterra, la sorella di Isabella. Quell'Isabella che era stata moglie di suo padre e che le aveva raccontato di Amicie e del suo monastero, e che alla fine aveva il merito della sua serenità.

Quando era consentito parlare, adorava farlo con Eleonora, ricordando la loro compianta Isabella di cui entrambe non avevano mai smesso di sentire la mancanza. Biancofiore era convinta che se fosse potuta arrivare fino all'età matura, Isabella avrebbe avuto un volto molto simile a quello dolce e bello di Eleonora; così, le sembrava di poter ancora vivere uno stralcio della sua giovinezza, quando quasi tutte le persone che lei amava erano ancora vive. Invece, di tutta la numerosa progenie di Federico, erano rimaste in vita soltanto lei e un'altra figlia naturale legittimata da Federico. Le era giunta voce che si era rifugiata in un monastero di Valencia. E pensare che per farla diventare imperatrice di Nicea Federico era stato scomunicato un'altra volta.

A cosa era valsa, alla fine, tutta quella rete di alleanze e complotti? Gli ultimi svevi in linea diretta, Manfredi e Corradino, erano morti. Anche Margherita di Sicilia, la dolce bambina di Isabella che lei e Selvaggia tanto vezzeggiavano quando vivevano a Foggia, era morta due anni prima. Gli Hohenstaufen erano estinti, il sogno di Federico, distrutto.

Figlie date in spose, figli mandati al massacro. Di tutta quella gloria rimanevano due monache confinate in regni stranieri e dimenticate da tutti, e una serie di sfortunati nipoti, alcuni dei quali tenuti prigionieri. Che amaro destino.

Mentre recitava le lodi mattutine e la luce dell'alba entrava nella sua stanza, rosea e tiepida, Biancofiore si ritrovò a pensare che in fin dei conti, nonostante le molte e dolorosissime perdite, forse proprio lei era stata la più fortunata.

48

« Ciao. Ti disturbo? »

Ho chiamato Marco prima di inforcare la bici per andare a prendere Flora. Lui nega, ma sento in sottofondo altre voci maschili e rumori di cantiere.

« Volevo dirti una cosa. »

« Ma com'è che mi si gela sempre il sangue quando esordisci così? »

Sopprimo una risposta che suonerebbe maliziosa e che sarebbe del tutto fuori luogo. « Riguarda Londra. Ho rifiutato, almeno per adesso... »

Lui tace qualche istante prima di chiedere, molto serio: « Ne sei sicura? »

« Più che altro sono sicura di terminare il mio contratto qui. Però bisogna che ne riparliamo per bene, perché novembre arriverà e mi è chiaro che non voglio fare la paleopatologa. Quindi prima o poi lascerò Verona. »

E di fronte a una sua ulteriore esitazione rimarco: « Ho pensato che potesse farti piacere saperlo... »

« Sicuramente. Ne sono contento » ma il tono è un po' apatico e lui forse se ne accorge. « Intendo dire che sono contento che almeno per adesso niente cambierà. Ma ho capito che ci tieni e ne riparleremo. Promesso. » Continua a sembrarmi un po' fiacco ma devo evitare l'egocentrismo: non ci si può aspettare che mestizia da chi ha appena perso la madre e proprio io dovrei saperlo bene.

« Come va lì? »

« È pesante. »

« Posso immaginare. »

« Senti, c'è una cosa che anche io vorrei dirti. »

Nonostante tutto, come non desiderare che sia qualcosa di bellissimo? Qualcosa tipo « da quando ti ho baciata di nuovo non riesco a smettere di pensarti ».

« Ecco... A dire il vero non è una notizia recente. Nel senso che non è una scelta che ho fatto dopo... mia madre. » Esattamente come me, anche lui non riesce a dire la parola « morte ». Non ci riuscirà per molto tempo. « Quindi, insomma, non dipende da questo. »

« Cosa? » incalzo.

« Io e Federica ci sposeremo a settembre. »

Non mostrerò disappunto. Non mostrerò disappunto. Non mostrerò disappunto. Ma dentro di me non posso fare a meno di chiedermi: perché? Che urgenza c'è? Non siamo più in tempo di guerra, quando ci si sposava giovanissimi che poi non si sa mai!

« Sono felice per voi » rispondo, giudiziosa e inappuntabile, ma dentro mi sento liquefatta. Le mie speranze nascoste, liquefatte. Il piccolo, grande, depauperante innamoramento, liquefatto. Fino ad appena qualche settimana fa, averlo nella mia vita nel ruolo di padre attento e presente era impensabile. Ed è di questo che avrei dovuto accontentarmi, senza aspettarmi niente di più. Ma, d'altra parte, è proprio da me andare incontro spavalda a un grosso errore. « Perché senti il bisogno di dirmelo proprio oggi? » gli chiedo, ma con la sensazione di essermi avventurata in un terreno impervio che mi potrà portare solo scompensi.

« Oggi, domani, che differenza fa? » mi interroga lui.

« Era una cosa importante da dirti. Conta davvero il quando? »

« No, per carità. Dunque non c'entra il bacio di ieri? »

Lui sospira stancamente. « Sì. C'entra. »

« Se non altro, ammettiamolo » dico, e riesco persino a sembrare imperturbabile. « Ma comunque, Marco, è una bellissima notizia. Sincere felicitazioni! » Laddove la sincerità è proprio una parola usata a sproposito. Ma cosa resta da fare in certe circostanze, per proteggersi un po', se non mentire spudoratamente?

Nota dell'autrice
Cosa è vero e cosa non lo è

Questo romanzo non ha la pretesa di essere un'opera storiografica. È piuttosto una timida incursione nel territorio del romanzo storico, in cui fatti realmente avvenuti si mischiano ad altri immaginati dalla fantasia dell'autore.

La figura di Aldegar von Dannenberg non è mai esistita. Tutto quello che concerne lui, di conseguenza, è stato interamente inventato da me. Così come non esiste una necropoli a Montorio, né all'interno del castello è ancora in piedi una chiesetta di epoca medievale. Non esiste nemmeno la Maison Musée Bouclioron di Montargis e nella Torre Abbaziale di San Zeno a Verona non è conservato nessun manoscritto delle Cronache Veronesi di Paride da Cerea. Tutto questo è pura immaginazione.

Al contrario, Selvaggia e Biancofiore furono realmente due figlie naturali di Federico II. Di loro si sa poco e niente: tutto quello che è noto l'ho riportato da documenti autentici che sono consultabili anche online.

Di Selvaggia si sa che andò in sposa a Ezzelino il giorno di Pentecoste del 1238 e che morì nel 1244. Nient'altro. Che fosse cresciuta in Germania a contatto con Enrico VII è frutto della mia immaginazione, come pure il tentativo di fuga di entrambe le sorelle da Foggia a Venosa. Ho altresì ritenuto storicamente poco credibile che Ezzelino avesse fatto uccidere la sua sposa, figlia dell'uomo più potente del mondo conosciuto a quei tempi, pur essendo questa una teoria presa in considerazione dagli storiografi ma altresì attribuita alla *damnatio memoriae* perpetrata dagli storiografi a lui coevi. Tra parentesi, è vero che Ezzelino non ebbe figli, ma la profezia a suo carico è stata una mia invenzione. Una giovane donna in buona salute, nel Medioevo, moriva frequentemente per le conseguenze delle gravidanze. Mi sono quindi attenuta a questo dato che mi è sembrato più plausibile. Come pure, per quanto riguarda Biancofiore, l'idea di attribuirle una menomazione fisica è nata dalla riflessione che le sue sorellastre sono tutte state destinate a matrimoni eccellenti e nessuna è stata risparmiata dallo scopo di rinforzare le alleanze di Federico. Perché risparmiarne una? Perché collocarla in un luogo che non faceva parte del dominio dell'imperatore? Il collegamento con i Montfort attraverso Isabella Plantageneta resta tuttavia una mia supposizione e non ho rintracciato dati storiografici che la comprovino.

Quanto all'intensa attività diplomatica e di spionaggio ai tempi di Federico, questa sembrerebbe essere del tutto verosimile. Non si dimentichi che lo stesso Federico aveva vinto una crociata senza spargimento di sangue: questa sì che era diplomazia! E a quanto pare, corrisponde al vero anche l'imboscata tesa da Federico a Innocenzo IV e sventata dagli informatori di quest'ultimo.

Infine, la lebbra di Enrico VII è un dato paleopatologico di scoperta relativamente recente effettuata dal professor Gino Fornaciari. Ma qui entriamo nel merito dei...

Ringraziamenti

Questo libro non potrebbe esistere senza l'imprescindibile ausilio del Dipartimento di Paleopatologia dell'Università di Pisa, nella persona del professor Gino Fornaciari, che mi ha aperto le porte del suo Istituto e della sua conoscenza con generosità ed entusiasmo e mi ha raccontato la storia di una treccia deposta insieme a un cavaliere.

Ancora, non esistono ringraziamenti sufficienti per l'aiuto fornitomi dal dottor Antonio Fornaciari, di cui sono diventata l'incubo personale per tutte le mail con cui l'ho tartassato, e stessa cosa potrei dire della dottoressa Simona Minozzi. Un sentito grazie per l'ospitalità va anche alla professoressa Valentina Giuffra. Mi sta a cuore sottolineare che l'Istituto di Paleopatologia di Verona è pura fantasia e che gli avvenimenti narrati non hanno punti di contatto con la realtà.

Per le informazioni sui *pomander* ringrazio invece Nadia Botalla Buscaglia, preziosa lettrice che un giorno si è avventurata a chiedermi se avessi bisogno di aiuto per il mio nuovo romanzo e figurarsi se, sfacciata come sono, l'avrei mai rifiutato.

Grazie di vero cuore a Silvia Franceschini, della Libreria Feltrinelli di via Quattro Spade di Verona, che mi ha parlato del possibile ritratto di Federico II nella Torre Abbaziale di San Zeno e che mi ha messo in contatto con la preziosissima Katia Galvetto, che con grande trasporto ha fornito ulteriori informazioni sulla presenza di Federico a Verona. Grazie a monsignor Giovanni Ballarini, abate di San Zeno, e all'architetto Flavio Pachera, fabbriciere del complesso di San Zeno, per aver permesso la visita della Torre Abbaziale che ho cercato di raccontare nel capitolo in cui Costanza la esplora insieme ad Ans. Anche in questo caso, preciso per realismo che il manoscritto che ho riportato nel romanzo non è di fatto ospitato presso la Torre Abbaziale. Anche questa è una licenza che mi sono presa per finalità narrative.

Ringrazio Ferdinando Zamblera, che mi ha suggerito i testi e le fonti più giuste per mettermi sulle tracce dei miei personaggi.

L'aiuto di tutte queste persone è stato prezioso e mi preme rimarcare che ogni eventuale errore o imprecisione è da addebitarsi a me soltanto.

Tutta la mia gratitudine va, come sempre, alla Casa Editrice Longanesi, che ha creduto in questa mia follia sin dal primo momento. A Giuseppe Strazzeri, che nella sua vita precedente era un gentiluomo in un libro di Jane Austen, e a Fabrizio Cocco per la pazienza infinita e per esserci quando le mie storie hanno bisogno di aiuto, ma anche all'intero team che mi sostiene in ogni modo possibile, quindi grazie a Raffaella Roncato, a Diana Volonté, a Patrizia Spinato, ad Alessia Ugolotti. Alle splendide Elena Pavanetto, Giulia Tonelli e Graziella Cerutti. E sempre e per sempre, a Stefano Mauri e Cristina Foschini.

Grazie a Carmen Prestia, la mia mental coach e agente.

Grazie a Maria Grazia e Amalia, che ci sono sempre.

Grazie alle amiche di penna che sopportano le mie paturnie, Cristina Caboni che mi fa da angelo custode, Nadia Terranova e Cristina Cassar Scalia.

Grazie alla mia insostituibile Anna Dalton, ad Alessandra Marino e a Vanessa Steccanella, che mi hanno ceduto aneddoti di monellerie da treenni, da assortire all'ampio repertorio delle mie figlie, e grazie a Michaela Cardi, che spero mi perdonerà per la storia delle patatine!

Grazie a Caterina Carpané per essere sempre molto *lovely*.

Grazie alla Vale, a Laura, a Ornella e a Elisa, i cui preziosi consigli mi sono tornati in mente per l'educazione (e non-educazione) della piccola Flora.

A Maria Luisa Pieri che mi ha accompagnata nella Biblioteca Malatestiana di Cesena in un bellissimo pomeriggio di giugno, grazie alla cui visita ho avuto ulteriori spunti per questo romanzo.

Grazie alla prima lettrice di questo libro, mia madre Giusi, il cui entusiasmo mi ha dato la carica per andare avanti di capitolo in capitolo. Grazie alla nonna Anna, ai miei zii Gaetano e Anna, ai miei cugini Chiara e Francesco, alla mia famiglia acquisita costituita da Maurizio, Grazia, la zia Pina, lo zio Claudio, a Rosario e Laura e Giovanni e anche a mia cognata Chiara – cui a un certo punto ho chiesto notizie sui pesci rossi, e ora capirà il perché!

Grazie a Stefano, a Eloisa e a Bianca, che rendono ricca la mia vita – e a Bianca un po' di più perché il 90 per cento delle sparate di Flora le ho rubate a lei.

Grazie alla mia indimenticabile zia Elvira, perché lei era la zia.

Infine, per chi si fosse interessato agli argomenti, ecco alcune fonti bibliografiche che per me sono state utilissime:

Lezioni di Paleopatologia – G. Fornaciari, V. Giuffra, ECIG

Archeologia dei resti umani: dallo scavo al laboratorio – S. Minozzi, A. Canci, Carocci editore

L'uomo medievale – J. Le Goff, Laterza editore

La vita segreta del Medioevo – E. Percivalli, Newton Compton Editore

I siti web: www.stupormundi.it, ilpalazzodisichelgaita.-wordpress.com, www.beguines.info (in particolare il saggio di W. Bara: *Hadewijch di Anversa: una vita dedicata all'amore* in La Scala n. 70; 3/ luglio-settembre 2016)

Donne tra Medioevo ed Età Moderna in Italia – a cura di G. Casagrande

La scrittura come strumento di governo: il registro della cancelleria di Federico II del 1239-1240 – C. Carbonetti Venditelli

Mandati inediti di Federico II per la interpretazione ed esecuzione di costituzioni – F. Guglielmo Savagnone, 1920, dal sito dell'Università di Palermo

Marriage and Political Violence in the Chronicles of the Medieval Veneto – D. C. Silverman, The University of Chicago Press

Paleopatologia e marker occupazionali dei reperti scheletrici rinvenuti nella Cappella di San Floriano, Rio di Pusteria (V-XVII sec.). Aspetti antropologici del femore – A. Zanatta

E infine, Dio benedica l'Enciclopedia Treccani!

Alessia Gazzola
Una piccola formalità

Rachele sa bene che cosa va di moda e che cosa no, ed è da sempre una grande esperta dei trend del momento al punto che l'ha reso il proprio lavoro: nella Milano più divertente, lei scrive di lifestyle sulla notissima rivista *Chic&Glam*. Quindi se di eredità, atti notarili e faccende giuridiche connesse non ne sa nulla è ampiamente giustificata. Per esempio: perché mai dovrebbe fare come vuole suo padre e rinunciare a scatola chiusa all'insolita proprietà che suo zio le ha lasciato? Le sembra una follia e, in più, il suo intuito da giornalista le suggerisce che in quel lascito c'è qualcosa di interessante. Forse si sta lasciando suggestionare, ma sarà che lo zio lei non se lo ricorda nemmeno, visto che era la pecora nera della famiglia; sarà che suo padre si rifiuta persino di fare il suo nome; sarà che le circostanze della sua morte non sembrano chiarissime... ma tutta questa storia la intriga, e non poco. Rachele rispolvera allora un vecchio contatto della sua rubrica, un compagno del liceo che è diventato notaio. Al nome di Manfredi Malacarne risponde un trentenne affascinante e tremendamente disponibile... Proprio quando, la storia con Alessio, il fidanzato storico, è giunta a una svolta davvero sorprendente. Nel tentativo di svelare il mistero relativo all'eredità e a certi segreti di famiglia, Rachele si ritroverà a capire che le cose che non sa sul mondo (e, soprattutto, su di lei) in realtà sono molte di più e che sarà piuttosto entusiasmante scoprirle tutte...

NOVITÀ

LONGANESI

Alessia Gazzola
Costanza e buoni propositi

Tutto avrebbe pensato, ma non di fare la paleopatologa dopo la laurea in Medicina. Non di vivere a Verona, così distante da Messina, la sua casa. Non di avere una figlia piccola a carico, la buffa Flora. Non di rintracciare il padre della suddetta figlia dopo anni, di trovarlo affascinante come quando l'aveva conosciuto e di scoprirlo perfetto con Flora. Non di provare ancora qualcosa per il suddetto padre. Non di poter vantare una discreta collezione di situazioni ed esperienze imbarazzanti. La vita di Costanza Macallè può dirsi, insomma, abbastanza travagliata. Eppure la trentenne dai capelli rossi ribelli e con il cappotto troppo leggero per l'inverno del Nord può contare su pochi ma buonissimi assi nella manica che la aiutano ad affrontare giorno dopo giorno le sfide della vita: i colleghi dell'Istituto di Paleopatologia, la sorella Antonietta, un'innata capacità di rialzarsi a ogni caduta, la consapevolezza di poter contare sulle proprie forze e l'ostinata determinazione di chi sa cavarsela anche con poco. Perché l'importante è avere sempre buoni propositi...

TEA

Finito di stampare nel mese di novembre 2023
per conto della TEA S.r.l.
dalla Press Grafica s.r.l.
Gravellona Toce (VB)
Printed in Italy